Ein Landei aus dem
Dorf vor dem
letzten Dungeon
sucht das Abenteuer in der Stadt
Light Novel

Story: **Toshio Satou**
Artwork: **Nao Watanuki**

ao Watanuki

Also gut, überlass das hier uns, Lloyd, und zieh los, um die Welt ...

Irgend-wann wird dir das auch gelingen.

Schließ-lich habe ich es auch hin-bekom-men.

Und so verging die Zeit

und die Aufnahmeprüfung an der Militärakademie stand an.

Ausbilder Lloyd erkennt das Potenzial eines jungen Anwärters ...

©Nao Watanuki

Schon gut.

Inhalts-
verzeichnis

Ein Landei aus dem
Dorf vor dem letzten Dungeon
sucht das Abenteuer in der Stadt

Light Novel

15

Story: **Toshio Satou**
Artwork: **Nao Watanuki**

Marie die Hexe

Kann Lloyd nicht überzeugen, in Wirklichkeit die Prinzessin zu sein. Auch diesmal nicht?!

Lloyd Belladonna

Ein extrem starker Junge, aufgewachsen in einem legendären Dorf. Werde zum Helden, der die Welt rettet!

Wenn **Ein La nd ei** mittendrin ein neues Design bekommt.

Charakterprofile

Riho Flavin

Ehemalige Söldnerin mit großem Geschick. Vertraut auf Lloyd und begleitet ihn in die letzte, entscheidende Schlacht.

Selen Hermion

Lloyd befreite sie von einem Fluch.

Alka

Die Vorsteherin des legendären Dorfes. Wacht über Lloyd. Stürzt sich mit ihm gemeinsam in die entscheidende Schicksalsschlacht.

Shoma

Ist für Lloyd wie ein Bruder. Wurde von Eves furchterregender Trumpfkarte außer Gefecht gesetzt.

Rinko

Die Königin von Azami. Kennt Eves wahre Beweggründe.

Phyllo Quinon

Kampfkünstlerin mit einem Faible für Lloyd. Nutzt ihre vielfältigen Kampftechniken in der entscheidenden Schlacht.

Sou

Ein legendärer Held. Ist erwacht, um Zeuge von Lloyds heldenhaftem Auftritt zu werden.

Anzu Kyonin

Schwertmeisterin. Wurde von Eve manipuliert.

Micona Zol

Total besessen von Marie. Verfügt über die Kraft eines Dämonenkönigs.

Merthophan

Mithilfe seiner Muskeln und seiner Liebe zur Landwirtschaft kämpft er bis zum bitteren Ende.

Lena Eug

Betrachtet Alka als Rivalin. Ist endlich aus ihrem Koma erwacht.

Satan

Nennt sich Dämonenkönig der Dunkelheit. Möchte Lloyds Entscheidungsschlacht mit eigenen Augen verfolgen.

Asako Ishikura

Eve nahm Besitz von ihrem Körper, doch nun ist sie endlich ...

Allan Lidocain

Kadett, der Lloyd verehrt. Ihre Begegnung hat sein Leben komplett verändert.

Eve

War in ihrer früheren Welt Präsidentin. Will der Kraft eines Dämonenkönigs habhaft werden.

Prolog

Im Palast des Königreichs Profen, in den Ruinen des Forschungs-
trakts. Der Held unserer Geschichte, Lloyd Belladonna, stand wie
angewurzelt da. Sein sonst so sanfter Gesichtsausdruck war tiefer
Trauer gewichen. In seinen Armen hielt er Shoma, seinen älteren
Bruder – mit gebrochenem Arm, sein hübsches dunkelbraunes
Gesicht von Blut bedeckt und bewusstlos ... Es war ein wahrhaft
schmerzvoller Anblick. Shoma, der weitaus stärker und robuster
war als sein jüngerer Bruder, war brutal zusammengeschlagen
und in einer Ecke des verwüsteten Forschungstraktes liegen gelassen worden, wo Lloyd ihn schließlich gefunden hatte ...

»Shoma ...«

Er wusste, wer dahintersteckte: Eve Profen. Die närrische
Herrscherin von Profen, die ein Hasenkostüm trug. Doch dieser Name war seit jeher nur eine Täuschung gewesen. Ihr wahrer Name war Eva. Genau wie Alka war sie vor hundert Jahren
aus einer anderen Welt hierhergekommen und zu einem Dämonenkönig geworden. Der Unterschied zwischen den beiden
bestand jedoch darin, dass für Eva ihr eigenes Vergnügen und
ihre Ambitionen vorgingen. Mit ihrem unsterblichen Körper
und dem Monopol auf die Runen versuchte die Schurkin, in ihre
ursprüngliche Welt zurückzukehren. Dabei wollte sie die Welt
ins Chaos stürzen, um zu verhindern, dass Alka und die anderen ihr folgen konnten. Für Lloyd und alle anderen Bewohner
dieser Welt war sie eine wahrhaft abscheuliche Existenz – man
konnte sie tatsächlich als den »Endboss« bezeichnen. Dieser
übermächtigen Feindin war Shoma gegenübergetreten, aber
gnadenlos gescheitert.

»Du wurdest wirklich übel zugerichtet ... Und zwar, weil du für uns alle gekämpft hast ...«, sagte Lloyd, der den bewusstlosen jungen Mann betrachtete. Trotz seines ramponierten Körpers zeigte sich auf Shomas Gesicht ein Ausdruck der Erleichterung.

Nun, da Lloyd hier ist, kann er sich um sie kümmern ... Seine Miene wirkte so entspannt und so friedlich, dass man beinahe den Eindruck hatte, er hätte diese Worte ausgesprochen, ehe er das Bewusstsein verloren hatte.

»...«

Ein rauer Wind fegte durch das bröckelnde Gemäuer und über Lloyds Wangen. Das einzige Geräusch, das zu hören war, kam von dem Sand, der von der Decke herabrieselte.

»...«

Früher hatte Lloyd sich immer klein gemacht und Dinge behauptet wie »Ich werde jemandem wie Shoma niemals das Wasser reichen können«. Doch inzwischen hatte er mit seinen Freunden unzählige schwierige Situationen gemeistert und zahlreiche Missverständnisse überwunden. Der einst mit derartigen Selbstzweifeln erfüllte Lloyd existierte längst nicht mehr.

»Ruh dich aus, Shoma«, sagte er liebevoll zu seinem schlafenden Bruder. »Diese andere Welt, die Dämonenkönige oder auch das, was in unserer Welt vorgeht ... Ich verstehe es alles immer noch nicht so ganz ...« Ein entschlossener Zug trat in seine Augen. »... aber ich werde dich unter allen Umständen rächen!«, fasste er sein Vorhaben in Worte und brüllte es lauthals hinaus.

Kapitel 1

Wie die Geschichte eines Jungen aus dem Dorf vor dem letzten Dungeon, der die Welt rettet

Zur selben Zeit im Konferenzraum des Königreichs Profen.

Hier boten eine eingestürzte Decke und zerstörte Wände ebenfalls ein katastrophales Bild. Durch das Loch in der Decke war der Himmel zu sehen, sodass sich der Raum wie ein Atrium anfühlte – allerdings ein äußerst fragiles, das bei einem Erdbeben sicherlich sofort einstürzen würde.

Doch nicht nur der Konferenzraum war von Vritra in Mitleidenschaft gezogen worden, nachdem er durch Eve außer Kontrolle geraten war: Überall lagen verletzte Bedienstete, sodass der Ort einem Feldlazarett glich.

»Sind das alle Verletzten?«, fragte Marie, nachdem sie von einem Vorhang ein Stück Stoff abgerissen hatte, um einem Patienten einen provisorischen Verband anzulegen.

»Anscheinend haben Oberst Sterase und ihr Team allen Verletzten im Erdgeschoss geholfen«, antwortete Allan und wischte sich Schweißtropfen von der Stirn. »Wenn doch jetzt nur noch diese beiden hier aufwachen würden ...«

Sein Blick fiel auf einen erwachsenen Mann und ein Kind, die beide vor ihm auf dem Teppich lagen. Der Mann war groß, schlank und vollständig in Weiß gekleidet. Sein Name war Vritra, der einst auch als Ishikura bekannt gewesen war. Das zerbrechliche Mädchen neben ihm war seine Tochter Asako, deren Körper Eve in Besitz genommen hatte. Sie hatte den beiden wirklich übel mitgespielt.

»Durch die Kraft der Liebe zwischen mir und Lloyd haben wir sie von den Fesseln ihres Fluches befreit! Sie werden bestimmt wieder aufwachen!«

Selbst in solch einer Situation blieb Selen sie selbst und äußerte seltsame Dinge, während sie sich um die Verletzten kümmerte. Für sie gab es auf dieser Welt wohl kein Heilmittel.

»Jaja ... aber ich mache mir mehr Sorgen um die Leute in Profen. Es ist wirklich heftig, dass ihre eigene Herrscherin einen Dämonenkönig auf sie losgelassen hat, findet ihr nicht?«, meldete sich nun Riho zu Wort, die gerade Heilmagie wirkte und Phyllo bei der Erstversorgung der Verwundeten half.

»Ihre charismatische Herrscherin hat sie eiskalt verraten ... Das wird bestimmt in großem Chaos enden ...«, vermutete Phyllo.

Da sowohl Riho als auch Phyllo als Söldnerinnen Erfahrungen gesammelt hatten, wussten sie bestens über die Lage im Land Bescheid und sorgten sich daher, welche Konsequenzen Eves Handeln für das Königreich Profen haben würde.

Ein braun gebrannter Mann mit Lendenschurz mischte sich in das Gespräch ein. Merthophan.

»Das wird sich bestimmt irgendwie regeln. König Sardin und andere bedeutende Persönlichkeiten waren vor Ort. Es wird zwar einige Zeit in Anspruch nehmen, aber sie werden bestimmt eine Lösung finden. Natürlich werde ich auch nicht zögern, bei Bedarf meine Hilfe anzubieten.«

»Im Bereich der Landwirtschaft ...?«, hakte Phyllo nach.

Der Landwirtschaftsberater von Azami nickte und ruckelte seinen Lendenschurz zurecht.

»Alles andere ist nicht mein Ding!«

Er schien es ernst zu meinen, weshalb Phyllo ihm nur einen genervten Blick zuwarf. Erleichtert, dass sich jemand anderes der

Probleme in Profen annahm, stieß Marie einen tiefen Seufzer aus und begann nun stattdessen, sich um Lloyd zu sorgen.

»Übrigens ... Lloyd ist einfach davongestürmt. Wo ist er denn hin?«, fragte sie.

Diese Frage ließ Selen und die anderen Mädchen gleichfalls nicht kalt.

»Stimmt!«, sagte Selen. »Ich werd mal nachsehen.«

»Ich bin auch neugierig.«

»Mhm ...«

Schnell flitzten die drei in die Richtung, in die Lloyd gegangen war. Als Selens Blick auf ihn fiel, kniff sie die Augen zusammen.

»Er hält jemand in den Armen, der am Boden liegt ... Wie ich diese Person beneide«, äußerte Selen ihre Meinung ganz unverblümt.

Das quittierte Riho mit einem genervten Schulterzucken.

»Selbst in dieser Situation bist du immer noch die Alte. Davor ziehe ich wirklich meinen Hut, Selen.«

»Sie ändert sich eben ...« Auch Phyllo wollte zunächst einen Kommentar abgeben, brach jedoch ab und hielt den Atem an.

»Was ist denn los, Phyllo?«, fragte Mena.

»Er kommt zurück, aber ... da, seht ...«

»Was ist denn da? Wie bitte? Waaaaas?«

Marie konnte ihre Überraschung nicht verbergen, als sie in Lloyds Armen Shoma liegen sah. Sie reagierten allesamt verdutzt.

»Was ist mit Shoma passiert?!«

»Hey, das ist doch wohl ein schlechter Scherz, oder ...? Er ist ein Bewohner von Konlon!«

»Und noch dazu ... einer der Stärksten im Dorf...«

Vermutlich war er der stärkste Kämpfer unter den Anwesenden ... Ihn blutüberströmt und mit Wunden übersät zu sehen, war wirklich angsteinflößend.

»Ähm, ist Oberst Sterase hier?«, rief Lloyd. »Sie muss sich schnell um Shomas Verletzungen kümmern!«

Choline war eine Expertin in der Anwendung von Heilungszaubern. Marie zögerte nicht lange und kam Lloyds Bitte sofort nach.

»I... Ich hol sie flugs! Leg ihn derweil vorsichtig hier auf den Boden!«

Als Selen den übel zugerichteten Shoma vor sich liegen sah, verzog sie traurig das Gesicht.

»Wie schrecklich ...«, sagte sie. »Armer Shoma ...«

»Seine Arme und Beine sind gebrochen. Es ist ein Wunder, dass er überhaupt noch atmet.«

»Shoma ist verletzt?!«, schrie Choline, die panisch herbeigeeilt kam und augenblicklich loslegte. »Das sieht überhaupt nicht gut aus! Brecht bitte die Beine von diesem Stuhl ab, sodass wir sie als provisorische Schienen für seine Knochen verwenden können! Beeilt euch!«

Marie ging davon aus, dass Eve dahintersteckte, und erkundigte sich nach ihr.

»Wohin ist Eve verschwunden? War sie immer noch dort?«

Lloyd schüttelte den Kopf.

»Als ich ankam, war sie schon weg ...«

»Sie hat Shoma geschlagen? Und dann auch noch so vernichtend?«

Merthophan hatte selbst schon einmal gegen den jungen Mann gekämpft (im Lendenschurz, bewaffnet mit Landwirtschaftsartefakten). Er war derart überwältigt von Shomas Anblick, dass er seinen Lendenschurz versehentlich zu weit nach oben zog. Das Dämonenkönigduo Satan und Surt war ebenso erstaunt – Satan vergrub die Hände in seinem wirren Haar und blickte verzweifelt zu Boden, während Surt, noch immer in Schildkrötenform, seinen Hals in die Höhe reckte und in den Himmel blickte.

»Direktor Ishikura meinte, dass Eve noch nicht ihre volle Stärke erlangt hat. Und doch konnte sie ihn spielend leicht besiegen?«

»Jesus! Ist Eva ... Eve wirklich so stark?«

Choline, die gerade einen Heilungszauber auf Shoma wirkte, zog eine besorgte Miene.

»Das ist nicht gut ...«, sagte sie.

»W... Was ist denn los, Oberst Sterase?«, fragte Lloyd. »Verschlechtert sich etwa sein Zustand?«

»Nein ...«, antwortete sie, doch sie schien sich mit einer Erklärung schwerzutun. »Der Heilungszauber hat keinen Effekt. Es ist, als würde ihn jemand blockieren.«

Satan runzelte die Stirn.

»Aber haben die Dorfbewohner von Konlon denn nicht schon eine übermenschliche Regenerationsfähigkeit? Warum setzt sie nicht ein?«

»St... Stimmt ... selbst bei mir verheilt ein gebrochener Knochen an einem einzigen Tag! Bei den anderen geschieht das im Nullkommanichts ...«

Was Lloyd für normal hielt, war für die anderen noch immer haarsträubend, doch mittlerweile rangen sich darüber alle nur noch ein gequältes Lächeln ab – es war schon zur Gewohnheit geworden.

»Aber ich kapiere nicht, warum sein Körper Heilungszauber abstößt«, sagte Merthophan.

»Immerhin sind Cholines Zauber die besten der Welt ... Hm?« Merthophan unterbrach seinen Satz und blickte gen Himmel.

»Hey, da kommt was«, sagte Allan.

Phyllo nahm instinktiv eine Verteidigungshaltung ein.

»Etwas Gefährliches ...«

»Doch nicht etwa Eve selbst?!«

»Das pure Böse ... ist hier!«

Tschiiing!

Wie ein Komet raste etwas in atemberaubender Geschwindigkeit in den Konferenzraum Profens. Als der Staub sich langsam lichtete, stand dort ...

»Die entzückende Alka ist hier!«

... die Dorfvorsteherin von Konlon in ihrer weißen Robe. Es war Alka, die Pädo-Oma höchstpersönlich.

»D... Dorfvorsteherin?!«

»Ah, Lloyd! Lange nicht gesehen! Komm her und gib mir eine feste Umarmung und einen dicken Kuss!« Die Gruppe, die zuvor noch in ihr ernstes Gespräch vertieft gewesen war, sah die plötzlich aufgetauchte Pädo-Oma mit schiefen Blicken an – um es milde auszudrücken.

»Und wir dachten schon, da kommt was Böses auf uns zu ...«

»Ich finde, dass es durchaus zutrifft, sie als das pure Böse zu bezeichnen.«

»Ein Meteor der Bosheit ...«

Phyllo, Riho und Selen ließen es sich nicht nehmen, die Situation zu kommentieren. Nachdem Lloyd geschickt einem schlecht getimten Umarmungsversuch ausgewichen war, begann er, Alka Fragen zu stellen.

»Dorfvorsteherin?! Warum bist du nicht in Konlon? Ich dachte, du würdest dortbleiben, um über den schlafenden Sou zu wachen und die Schätze des Dorfes zu beschützen!«

Als Alka die ernste Stimmung zur Kenntnis genommen hatte, ließ sie davon ab, Lloyd umarmen zu wollen.

»Ja, aber dann ist Sou aufgewacht!«, sagte sie plötzlich bitterernst. »Er meinte, dass er das Gefühl hat, Shoma würde nach ihm rufen. Er beaufsichtigt nun an meiner Stelle das Dorf.« Alka ließ den Blick umherschweifen. »Deshalb bin ich hierhergeflogen, um Präsidentin Eva ... Eve zu stellen, aber ... ich sehe hier niemanden, der ihr ähnlich sieht ... Moment mal, Shoma?!« Als Alka den schwer verletzten Shoma auf dem Boden liegen sah, sprang sie vor Schreck in die Höhe und eilte zu ihm. »W... Was ist hier passiert ...? Ich kann das nicht glauben ... Was zur...?! Direktor Ishikura?! Asako?!« Der wiederholte Schock fegte sie förmlich von den Beinen. Mit zitternden Knien verlangte sie nach einer Erklärung. »Satan? Marie? Merthophan?! Was ist hier passiert?!«

»Ähm, Meisterin ...«

Satan und Marie brachten sie hurtig auf den neuesten Stand: Sie erzählten ihr von Vritras Ausbruch, Eves wahrer Identität und wie Eve schließlich Asakos Körper für ihren neuen zurückgelassen hatte und davongeflogen war. Alka schien nun alles zu verstehen.

»Jetzt ergibt endlich alles einen Sinn! Ich hatte mich schon gefragt, warum ich Asako in all den hundert Jahren nicht ein einziges Mal begegnet bin. Dabei war sie direkt vor meiner Nase ... nur hab ich es nie bemerkt. Ich fühle mich schlecht, dass ich ihr nicht helfen konnte ...«

Ein schuldbewusster Ausdruck trat in Alkas Gesicht. Damals, als sie noch im Labor arbeitete, hatte sie dem Mädchen sehr nahegestanden und sich auch oft mit ihr unterhalten.

»Dorfvorsteherin ...«, lenkte Merthophan ihre Aufmerksamkeit auf sich. »Würdest du dir Shomas Verletzungen einmal ansehen? Wir sind uns ziemlich sicher, dass Eve irgendetwas mit ihm angestellt hat ... Da stimmt was nicht.«

»Ja, tut mir leid, mir sind die Hände gebunden«, sagte Choline resigniert.

»Mach dir nichts draus«, tröstete sie Alka und übernahm die Behandlung. »Hmm?«

Doch nicht einmal sie war imstande, ihn zu heilen.

»D... Dorfvorsteherin? Wird Shoma wieder gesund?«, fragte Lloyd nervös nach.

Alka runzelte die Stirn und neigte fragend den Kopf.

»Hmm ... Die Heilrune kann jeden heilen, der noch lebt ... Was hat das also zu bedeuten?« Sie stand auf und blickte ins Leere. »Wir müssen annehmen, dass Eve ein Ass im Ärmel hatte und es gegen ihn verwendet hat«, murmelte sie. »Am schnellsten ginge es, sie direkt zu fragen. Wo ist sie hingegangen ...? Ah, dort entlang!«

»Du weißt, wo sie hingegangen ist?«, fragteLloyd.

Alka antwortete mit stolzgeschwellter Brust.

»Ich habe nur nach Anzeichen von unbekannten bösen Präsenzen Ausschau gehalten. Aber ... um ehrlich zu sein, hatte ich schon damit gerechnet.«

»Womit?«

»Sie will wohl Laborchefin Rinko einen Besuch abstatten und ihr das heilige Schwert abnehmen ... den Schlüssel zum letzten Dungeon.«

»Also ist sie auf dem Weg nach Azami?«

»Ganz genau«, antwortete Alka mit einem gequälten Lächeln.

»Hmm ... Offenbar wird dieser Ort immer wieder als Schauplatz für eine Schlacht ausgewählt ... Also gut ...«

Mit finsterem Gesichtsausdruck wandte sich Alka in Richtung Azami – die Luft um sie herum erzitterte, während Lloyd und die anderen ihrem Blick folgten.

»Es wird Zeit für den Entscheidungskampf.«

Inzwischen ...

Präsidentin Eva oder vielmehr Eve Profen hatte ihr Hasenkostüm und Asakos Körper abgelegt und ihre Freiheit sowie das Aussehen erlangt, das sie sich immer erträumt hatte. Außerdem war sie nun in der Lage, die Kraft eines Dämonenkönigs zu nutzen. Jubelnd flog sie durch die Lüfte in Richtung des Königreichs Azami.

»Juhuu! Jippiiie!« Sie war bestens gelaunt. Mit unbändiger Fröhlichkeit stieg sie auf und ab, drehte sich nach Belieben und brach durch die Wolken, als hätte sie gerade zum ersten Mal in einem RPG ein Luftschiff erhalten. Spaßeshalber flog sie knapp über dem Boden und scheuchte dabei wie ein kleines Kind die Tiere auf. Dann ließ sie ihre Hand in einen Fluss baumeln und spritzte das Wasser auf. Schließlich bewunderte sie auf der Wasseroberfläche ihr Konterfei. »Das ideale Gesicht, der ideale Körper, Jugend, Stärke und so weiter und so fort ... Es ist einfach perfekt.« Eve trat beherzt ins Wasser und ließ durch die aufsteigende Fontäne einen Regenbogen entstehen. »Aber ich bin ein wirklich gieriger Mensch ... Obwohl ich nun all das habe ... bin ich längst nicht zufrieden.« Mit einem selbstironischen Grinsen im Gesicht schwebte sie durch die Luft und starrte in eine Richtung – zum Königreich von Azami, wo sich Rinko aufhielt und sich das heilige Schwert befand. »Ich werde mir das heilige Schwert stehlen, Rinkos entsetztes Gesicht ausgiebig in mein Gedächtnis brennen und mich dann wieder auf den Weg in meine ursprüngliche Welt machen.« Fröhlich vor sich hin kichernd unterließ sie fortan jegliches Herumalbern und flog geradewegs nach Azami.

Unterdessen, im Schloss des Königreichs ...
»Ich kann es spüren ... Irgendwas stimmt nicht.«
Rinko war zurückgeblieben, um das heilige Schwert zu beschützen – ihre Instinkte warnten sie vor einer drohenden Gefahr. Mit ungewöhnlich ernster Miene blickte sie zum Himmel empor. Da sie bis ins Mark erschüttert war, gelang es ihr nicht stillzustehen. Gerade als sie nach dem Schwert sehen wollte, kam Chrom hereingestürmt.

»K... Königin Rinko!«

»Was ist denn los, Chrom? Ist irgendwas mit dem Schwert passiert?«

»Nein, dazu habe ich keine Nachricht erhalten ... Aber was ist denn mit Euch, Königin Rinko? Ihr wirkt besorgt.«

»Nein, ich habe nur ein ungutes Gefühl ...«, antwortete sie, da sie Schwierigkeiten hatte, die Ursache für ihr Unbehagen in Worte zu fassen. »Gibt es etwas Neues?«

»Ja, ich erstatte Meldung!«, sagte Chrom und richtete sich stramm auf. »Doktor Eug ist soeben aufgewacht.«

»Was?! Eugilein ist wach?!«

Eug hatte sich in ihrem letzten Kampf ziemlich verausgabt und lag seitdem im Koma. Mit dem Gedanken, dass ihr Erwachen so etwas wie ein Vorzeichen sein konnte, eilte Rinko schnell in Richtung Keller. Doch schon auf dem Weg dorthin begegnete sie einer taumelnden Eug. Beide wirkten gleichermaßen überrascht.

»Eugilein?!«

Eug dachte nicht daran, vor ihr zu fliehen. Stattdessen wirkte sie sogar ziemlich erleichtert, als wäre Rinko genau die Person, nach der sie suchte. Sie lehnte sich an die Mauer und ließ sich keuchend zu Boden sinken.

»Geht es dir gut, Eugilein?«, erkundigte sich Rinko.

Eug bleckte die Zähne und zwang sich zu einem Lächeln.

»Laborchefin ... Seit hundert Jahren haben wir nicht mehr miteinander gesprochen, oder? Wenn nicht sogar schon länger.«

»Wir haben viel nachzuholen, aber dafür bleibt uns jetzt leider keine Zeit.«

»Du hast es also bemerkt?« Eug kicherte. »Das hab ich mir fast schon gedacht.«

»Du weißt also, woher dieses unheilvolle Gefühl stammt?«

»Ja, das wird vermutlich Eve sein. Präsidentin Eva.«

»Präsidentin Eva?«

»Ich bin mir ziemlich sicher, dass sie ihren neuen Körper hat. Mir war allerdings nicht klar, dass sie nach ihrem Wechsel in diesen besseren Körper eine derart bedrohliche Präsenz haben würde. So bedrohlich, dass ich sogar davon aufgewacht bin.«

»Würdest du dir meine Theorie anhören?«, fragte Rinko. »Alka und ich haben uns schon einige Gedanken darüber gemacht. Präsidentin Eva muss im Sterben gelegen haben. Dadurch wurde sie im Körper einer anderen Person in diese Welt transferiert ... auch wenn das eine unglaubliche Unregelmäßigkeit darstellt.«

»Im Körper einer anderen Person?«

Rinko nickte.

»Das erklärt, warum sie nicht im Besitz der Kräfte eines Dämonenkönigs war. Sie befand sich im Körper von jemand anderem! Toni ... Surt, der vorübergehend in Allans Axt war, konnte auch nicht seine volle Kraft entfalten, das stützt unsere Theorie.«

Auch für Eug ergab diese Erklärung einen Sinn. Ein Satz von Rinko machte sie jedoch stutzig.

»Moment mal, was meinst du mit ›in diese Welt transferiert‹? Ist das hier etwa nicht die Erde, Laborchefin Rinko?«

Rinko erklärte ihr kurz und bündig, dass sie sich in einer völlig anderen Welt befanden. Obwohl es zunächst ein Schock für sie war, begriff Eug sehr schnell.

»Ah … also waren die O-Parts, die wir entdeckt haben, keine Überreste, die sich noch auf der Erde befanden, sondern Bruchstücke, die auch hierher beschworen wurden? Sozusagen Nebenprodukte fortgeschrittener Magie?«

Mena hatte bereits in der Vergangenheit solche Magie verwendet: Mithilfe der Tidal Wave hatte sie von der Erde eine große Menge Meerwasser beschworen. Auch Alkas geliebter Meteorit war nichts weiter als ein Felsen, der von irgendeinem Fleck der Erde hierher beschworen worden war … Als Wissenschaftlerin waren Eug die Zusammenhänge nun mehr als klar. Sie schien eher beeindruckt zu sein, welche Entscheidungen Eve getroffen hatte.

»Deshalb hat sie also dieses Kostüm getragen: um ihr Gesicht zu verstecken. Es erklärt auch, warum sie mir immer wieder damit in den Ohren lag, wie sehr wir die Erde ins Chaos gestürzt haben … Sie wollte, dass ich mich schuldig fühle. Sie war wirklich eine talentierte Wahrsagerin und wusste genau, wie sie jemanden zu ihrer Marionette machen konnte.«

»In Sachen Manipulation macht ihr keiner etwas vor. Sie hat dich wirklich ganz schön hinters Licht geführt, aber du musst dir deshalb keine Vorwürfe machen.«

»Ich gebe ihr dir Schuld, nicht mir. Jetzt zu wissen, dass sie mich ein Jahrhundert lang zum Narren gehalten hat, erfüllt mich eher mit Zorn als mit Traurigkeit.«

Obwohl sie solch starke Worte von sich gab, blickte sie ziemlich entmutigt. Ihr stand ins Gesicht geschrieben, dass Eves Verrat bei ihr tiefe Wunden hinterlassen hatte.

»Ja, aber es bringt nichts, sich darüber den Kopf zu zerbrechen, Eugilein«, versuchte Rinko, sie aufzuheitern. »Wenn Eve nun tatsächlich die Kräfte eines Dämonenkönigs besitzt, stecken wir in großen Schwierigkeiten ... Hast du eine Ahnung, welche Fähigkeit sie haben könnte?«

»Ich weiß leider nicht, welche Kräfte sie besitzt.« Eug seufzte. »Aber ich weiß, welche Fähigkeiten ihr neuer Körper hat, den sie erschaffen hat ... Schließlich habe ich ihn entworfen.«

»Und welche wären das?«

»Alle ...«

»›Alle‹? Was soll das heißen?«

»Na, alle eben.« Eug begann, ihre Sünden zu gestehen. »Alle Fähigkeiten der Dämonenkönige, die ich extrahiert habe. Abaddon, die Trents, Satan, Surt – alle.«

»Sie hat all diese Kräfte?!«, brüllte Chrom, der bisher bloß stumm zugehört hatte. Nun aber brach sich sein Schock Bahn.

Rinko hingegen nickte nur zustimmend. Endlich hatte sie eine Erklärung für ihr Unbehagen gefunden.

»Kein Wunder, dass sie solch eine unheimliche Aura umgibt. Es liegt also nicht nur an ihren eigenen Fähigkeiten, sondern auch an denen der anderen Dämonenkönige ... Abgesehen von diesen Puppen besitzt nur Micona ähnliche Kräfte ... Dieses Mädchen ist echt beängstigend.«

»Mhm ... Dieses Mädchen ist wirklich äußerst abnorm.«

Die beiden erstklassigen Wissenschaftlerinnen bezeichneten Micona als abnorm und verglichen sie mit einem Endgegner – sicher hätte sie dafür einige Tränen vergossen.

»Kümmert sich denn Konlon nicht immer um die Dämonenkönige?«, fragte Chrom. »Das ist doch die Spezialität der Konloner! Hetzt ihr doch einfach das ganze Dorf auf den Hals! Tagtäglich bekämpfen sie die Wesen, die aus dem letzten Dungeon nach draußen gelangen. Wenn sie sich zusammentun, dann...«

Eug blickte zu Boden, ein finsterer Ausdruck lag auf ihrem Gesicht.

»Vielleicht könnten sie sie alle gemeinsam bezwingen, aber wenn Eve es tatsächlich geschafft hat, diese eine Sache zu meistern, dann ...«

Noch ehe sie ihren Satz zu Ende bringen konnte, erschauderte Rinko.

»Sie ist hier.«

»K... Königin Rinko, Ihr meint doch nicht etwa ...?«

Chrom blickte entsetzt auf. Rinko warf ihm daraufhin ihr übliches freundliches Lächeln zu.

»Ah, mach dir keine Sorgen, Chrom. Bring du bitte nur Lu... den König in Sicherheit.«

»D... Das ist alles?!«

»Sie hat es auf mich und das Schwert abgesehen. Sobald er sich in Sicherheit befindet, rufst du für die gesamte Nation und das Militär den Ausnahmezustand aus.«

»D... Das klingt wirklich ernst ...«

Eug verpasste ihm einen Klaps auf den Po.

»Jetzt führ schon die verdammte Armee an, alter Mann! Wir haben unsere eigene Schlacht zu schlagen!«

»V... Verstanden ... Können wir dir wirklich vertrauen?«

Eug steckte sich ein Bonbon in den Mund und ließ es klappernd umherkreisen.

»Es wäre merkwürdig, wenn du jetzt aus meinem Mund hören würdest, dass du mir vertrauen sollst.« Mit ihren scharfen Schneidezähnen zerbiss sie das Bonbon. »Aber ich habe Frustration im Wert von hundert Jahren angestaut, die unbedingt ein Ventil braucht ... Autsch!«

Rinko klopfte ihr leicht auf den Kopf.

»Komm mal wieder runter. Mit Frustration wirst du Eve nicht beikommen! Außerdem bist du gerade erst aus dem Koma erwacht. Du brauchst Ruhe!«

»Aber ...«

»Vritra ... Direktor Ishikura würde dasselbe sagen. Er würde dich darauf hinweisen, dass du eine Menge Papierkram zu erledigen hast, wenn du gegen die Arbeitsvorschriften verstößt.« Da Eug sich Vritra gegenüber schuldig fühlte, verstummte sie. »Hast du mich verstanden?«, hakte Rinko nach.

»Laut und deutlich.«

»Am liebsten wäre es mir, wenn du dich zusammen mit Lu verkriechst und ein Auge auf ihn hast. Oh, aber Finger weg! Er ist mein Mann!«

»Ich bitte dich ... Also gut, alter Mann, bring mich ... Argh.«

Eug taumelte – ihr war deutlich anzumerken, dass sie noch nicht wieder die Alte war.

»Alles in Ordnung?«

»Ich würde lügen, wenn ich Ja sagen würde. Ich fühle mich, als hätte ich gerade eine Nachtschicht hinter mir.« Sie schob ihr

Bedürfnis nach einer Mütze Schlaf beiseite und sprach eine letzte Warnung aus. »Rinko ... Eves Körper ist mein Meisterwerk. Sie kann nicht nur alle Kräfte der Dämonenkönige nutzen, an denen ich geforscht habe ... sie hat möglicherweise auch meine Gegenmaßnahme gegen die Bewohner des Dorfs Konlon fertiggestellt. Es wäre durchaus möglich, dass du unsere letzte Hoffnung bist.«

Rinko grinste ihr zu.

»Na, das klingt ja mal wirklich nach einem Endgegner für mich! Das macht es umso spannender.«

»Es ist echt sinnlos, mit Gamern ein Gespräch zu führen ...«

Kaum hatte sie diese Worte ausgesprochen, schlief Eug vor Erschöpfung ein. Chrom trug sie auf seinem Rücken, er war noch immer besorgt.

»Wenn es stimmt, was Doktor Eug gesagt hat, dann wird dieser Feind eine ernsthafte Bedrohung darstellen.«

»Ja, das denke ich auch«, antwortete Rinko so sichtlich unbekümmert, dass es Chrom schier die Sprache verschlug.

»Was ...?«

»Eve ist unheimlich listig und noch dazu im Besitz etlicher Kräfte von Dämonenkönigen. Außerdem hat sie noch ein Ass im Ärmel, das sie vor den Konlonern schützt ...« Rinko kicherte – es war ein ehrliches, keineswegs gespieltes Lachen. »Aber ich bin nicht allein. Es gibt jene, die ich beschützen muss, und jene, die mir den Rücken stärken. Verstehst du?«

»Ja, klar.«

Chrom nickte. Er kannte den Grund für ihr Grinsen und auch seine Mundwinkel zogen sich nach oben.

»Ach herrje, sie ist gleich hier. Ich sollte gehen.«

»So nahe ist sie schon? Dann sollte auch ich keine Zeit verlieren ... Hng!«

Chrom zuckte zusammen, als plötzlich eine neue Person auf der Bildfläche erschien.

»Ich habe alles mit angehört! Ihr müsst es mir nur befehlen, dann werde ich so viel Zeit wie nötig erkaufen!«

»D... Du ...«

Wer war diese mysteriöse Person nur? Wer wäre fähig, Zeit gegen solch einen mächtigen Feind zu erkaufen?

»Für meine geliebte Marie würde ich sogar mein Leben aufs Spiel setzen!«

Nun, eine große Enthüllung ist wohl nun nicht mehr nötig, oder ...?

Kurze Zeit später ...

Swiiiisch!

Eve raste geradewegs auf ihr Ziel zu, und zwar so schnell, dass sogar der Wind pfiff, als er an ihr vorbeizog. Als sich die zahlreichen Straßen und Wege unter ihr zu einer großen Hauptstraße vereinten, konnte sie Azami schon deutlich erkennen.

»Also gut, Ziel in Sichtweite ... Hmm?«

Kurz bevor sie die Ebene vor den Mauern des Königreichs Azami erreichte, spürte Eve eine seltsame Präsenz. Sie hielt inne und nahm die Umgebung in Augenschein. »Was könnte das sein? Nanu?« Eve kniff die Augen zusammen und sah inmitten der Ebene ein Mädchen stehen. »Hmpf ...«

Es stand mit verschränkten Armen herausfordernd unter ihr und hielt seinen stechenden Blick auf sie gerichtet. Es war Micona Zol, die im Jahrgang über Lloyd zur Militärakademie ging und total vernarrt in Marie war. Unfreiwillig hatte sie die Kräfte eines Dämonenkönigs erlangt. In diesem Moment strahlte sie eine ähnliche Feindseligkeit aus wie bei ihrem ersten Auftritt in unserer Geschichte und wartete auf Eve.

Diese landete elegant vor ihr, ehe sie sich höflich und zugleich herablassend verbeugte. »Kann ich dir vielleicht helfen, junges Fräulein?«, fragte sie und gab sich ganz und gar unschuldig. Micona starrte sie nur wortlos an, weshalb Eve eine übertrieben besorgte Miene aufsetzte. »Wenn du nicht mit mir sprichst, kann ich auch nicht ...«

»Bist du Eve Profen?«

Eve grinste.

»Du hast es bemerkt? Nach all der Zeit, die ich in diesem Hasenkostüm verbracht habe, dachte ich, dass mich niemand erkennen würde! Aber ich bin eben so vornehm, dass man mich überall ...«

»Schluss mit dem Gelaber!«

Bereits zum zweiten Mal unterbrochen, zog Eve einen Schmollmund.

»Du weißt also, dass ich eine Königin bin, und verhältst dich trotzdem so?«

»Ich habe schon davon gehört, dass du die Quelle allen Übels bist und viele ungeheuerliche Missetaten begangen hast«, giftete Micona sie an. Das Mädchen schien kein bisschen eingeschüchtert zu sein. »Außerdem wurden mir deinetwegen gegen meinen Willen die Kräfte eines Dämonenkönigs aufgedrückt.«

»Ähm ... Mir wurde mitgeteilt, dass du die Tabletten und den Inhalt des Fläschchens total begeistert zu dir genommen hast.«

»Hör auf mit deinem Gesülze!«

Micona war schon immer gut darin gewesen, unvorteilhafte Erinnerungen zu verdrängen, und zeigte keine Spur von Schuldbewusstsein. Sie schien derart entschlossen, dass Eve beeindruckt war.

»Na, okay ... Danke für den herzlichen Empfang! Du willst dich also an mir rächen, nehme ich an?«

»Das auch!«, brüllte Micona so laut, dass Eve zusammenzuckte.

»Warum schreist du denn so? Und was meinst du bloß mit ›auch‹ ...?«

Die Schärfe verschwand aus Miconas Augen und Eve wich überrascht zurück. »Vorrangig ist es, weil Maries Mutter mich darum gebeten hat, dich hier aufzuhalten! Das ist ein direkter Befehl meiner zukünftigen Schwiegermutter Rinko! Indem ich Punkte bei ihrer Familie sammle, lege ich den Grundstein für unsere gemeinsame Zukuuuunft!«

Richtig, die mysteriöse Person von zuvor war Micona. Sie hatte die drohende Gefahr für Azami gespürt und war herbeigeeilt. Weil sie wusste, dass Rinko Maries Mutter war, hatte sie sich freiwillig gemeldet, um Zeit gegen Eve zu schinden ... sogar wenn sie dabei vielleicht ihr Leben lassen würde. Logischerweise hatten Rinkos wie Chroms Miene da starkes Unbehagen gezeigt.

»Reines Eigeninteresse also? Na ja, wenigstens ist das ziemlich offensichtlich, aber ... hätte Azami denn nicht eine bessere Person als dich schicken können, um mich zu empfangen?«

»Wir wissen, dass du das heilige Schwert stehlen und das Königreich zerstören willst! Wenn ich dich hier und jetzt aufhalte, werde ich von Marie gelobt und sie streichelt mich ... ähm, ich meine, als Soldatin Azamis kann ich so etwas nicht zulassen!«

Miconas letzter Satz klang zwar ziemlich resolut, doch ihr tropfender Speichel nahm ihren Worten jegliche Glaubwürdigkeit.

»Guck dich doch mal an! Gibt es in Azami eigentlich nur Menschen, die die Dinge ins Lächerliche ziehen?« Eve klang beinahe beeindruckt. Das Glänzen in Miconas Augen galt eindeutig mehr der Zukunft, die sie sich mit Marie erträumte, als der Zukunft ihres Königreichs. Sogar Eve, die Menschen normalerweise gern manipulierte, war hier mit ihrem Latein am Ende.

»Und deshalb werden wir Eve Profen stürzen!«, brüllte Micona und nahm augenblicklich eine Kampfhaltung ein.

Abaddons Kräfte verliehen ihr bunte Flügel und die Trents ließen Baumwurzeln aus ihr sprießen. Eve wirkte zutiefst erheitert.

»Hi hi hi! Eine weitere Aufwärmübung kommt mir gerade recht! Also gut, dann werde ich ...«

»Stiiiiiiiiiiiirb! Für meine strahlende Zukunft mit Marie! Oh, und natürlich auch für Azami!«

»Hörst du eigentlich auch mal zu?!«

Das tat Micona nicht. Angetrieben von ihrer Sehnsucht schoss sie wie eine Kugel auf Eve zu. Baumwurzeln streckten sich nach ihr aus, doch sie wich ihnen spielend aus.

»Dass dein Land für dich bloß zweitrangig ist, hättest du besser für dich behalten sollen ... Trotzdem werde ich es genießen, mit dir zu spielen.«

Mit einem provokanten Funkeln in den Augen startete Eve ihren Gegenangriff – mit denselben Baumwurzeln, die Micona soeben benutzt hatte.

»Wie?!«

Micona riss erstaunt die Augen auf. Eve grinste nur. Zum ersten Mal seit ihrem Aufeinandertreffen gewann sie die Oberhand.

»Du warst nur das Versuchskaninchen ... Dafür, dass auch ich diese Kräfte erlangen konnte!«

Es schien ihr sichtlich Spaß zu machen, mit den Wurzeln nach ihrer Kontrahentin zu schlagen. Schließlich verstrickten sich ihre Wurzeln ineinander und es wirkte, als würden sie einen Ringkampf austragen.

»Hng ... Ich bin bereits länger im Besitz dieser Wurzeln! Ich kann also besser mit ihnen umgehen.«

Tatsächlich schien Micona in diesem Duell einen überraschenden Vorteil zu haben, doch Eve verlor ihr selbstsicheres Auftreten nicht.

»Erfahrung ist ein entscheidender Faktor! Aber ...«

»?!«

Im Nu spie Eve Feuer. Sie nutzte dafür weder eine Beschwörungsformel noch Magiesteine – es war reiner Feueratem wie der eines Monsters. Auf eine Beschwörungsformel hätte sie noch reagieren können. Gegen eine solche Geschwindigkeit war Micona indessen machtlos. Eine Wand aus Feuer kam direkt auf sie zu.

»Waaah! Das ist so heiß! Was ist das? Das ist doch keine Magie!«

Ihr gelang es gerade so, sich mit ihren Wurzeln zu schützen. Allerdings versperrte sie sich damit auch selbst die Sicht und verpasste Eves nächsten Angriff.

»Hab ich dich!«

Aus dem toten Winkel erschien plötzlich eine harte, gigantische Steinfaust − wie die des Golems, dessen sich der Dämonenkönig Zalko bedient hatte.

»Verdammt!«

Zwei Angriffe unterschiedlicher Natur trafen sie zeitgleich, woraufhin Micona durch die Luft geschleudert wurde.

»Mhm, dieser Golem-Arm ist wirklich toll! Als würde ich mit einem Knüppel zuschlagen.«

Der Schlag erwischte Micona mit solcher Wucht, dass er beim Aufprall einen kleinen Krater hinterließ. Dank der Heuschreckenhülle des Dämonenkönigs Abaddon entging sie schweren Verletzungen.

»Argh ... Ich hatte schon gehört, dass du die Kräfte aller Dämonenkönige nutzen kannst, aber es mit eigenen Augen zu sehen, ist doch noch mal was anderes.«

»Willst du etwa aufgeben, Miconalein?«

»Ich nehme die Herausforderung an! Wahre Liebe kann jedes Hindernis überwinden!«

Micona war noch immer hoch motiviert. Eve schien das zu gefallen, denn sie lächelte anerkennend.

»Du bist wirklich ein zäher Brocken! Wie gefällt dir das?«

Eve hob ihren Golem-Arm an und zeigte mit einem Finger auf

Micona. »Wie war das noch gleich? Runenkanone? Ach, auch egal ... Feuer!«

»Was?«

Pschiu!

Ein lautes Geräusch, ein greller Blitz – dort, wo Micona bis eben gestanden hatte, stiegen Flammen auf. Dem Mädchen war es gerade so gelungen auszuweichen, der Boden vor ihr war völlig versengt.

»Nööt, nööt!«, gab Eve enttäuscht von sich. »Auf bewegliche Ziele zu schießen, ist echt schwierig. Das erinnert mich an meine Schießstunden vor langer Zeit. Allmählich wird man zwar besser, doch die Schulterschmerzen lassen sich umso schlechter ertragen! Der Rückstoß ist wirklich hart.« Eves Stimme hallte durch den Rauch. Schon bald hatte sie genug von ihren Anekdoten und zielte erneut mit ihrem Finger auf Micona. »Das Ding hier hat allerdings keinen Rückstoß! Ich kann daher schießen, so oft ich will! Wobei der Rauch es ein wenig schwieriger macht, aber ...«

Pschiu! Pschiu!

Kaum hatte sie zu Ende gesprochen, schoss Eve wie wild drauflos – sie zielte nicht mal, sondern hoffte nur, dass einer ihrer zahlreichen Schüsse sein Ziel schon erwischen würde.

»Wenn ich nur oft genug schieße, werde ich sicher den ein oder anderen Treffer landen! Okay, es wird langsam Zeit, dass ich Rinko einen Besuch abstatte. Viel zu staubig hier und erst dieser Qualm!«

Sie drehte den Rauchschwaden den Rücken zu. »Keine Sorge, Rinkolein, ich bin schon unter ...«

Zisch!

Eve wähnte sich ein bisschen zu sicher und so traf sie Miconas Angriff völlig unerwartet.

»Wooooaaaaah!«

»Hoppla, da hab ich wohl nicht richtig aufgepasst. Sind meine Schüsse etwa alle danebengegangen ...?«

Eve wich gelassen zurück, kratzte sich am Kopf und lächelte gekünstelt. »Ich schätze, ich tauge einfach nicht zum Schießen! Selbst in der anderen Welt hat mir Asako meine Waffe weggenommen und mich damit erschossen. Oder ...?«

Eve vermutete zunächst, dass ihre Runenkanone ihr Ziel verfehlt hatte, doch ... Miconas Körper wies eindeutig schmerzhafte Brandwunden auf, die definitiv von einigen der zahlreichen Schüsse stammten.

»Ach herrje! Ich hab also doch getroffen!«, sagte Eve überrascht.

»Natürlich hast du das!«, schrie Micona und schlug ihr direkt ins Gesicht. »Und es tut höllisch weh!«

Ihre Gegnerin wich der Ohrfeige nicht aus und rieb sich anschließend doch ein wenig perplex die getroffene Stelle. Offenbar hatte der Hieb keinen großen Schaden angerichtet. Micona hingegen war ein totales Wrack, vor allem ihre Haare waren stark in Mitleidenschaft gezogen worden. Doch trotz ihrer lebensgefährlichen Verletzungen stürmte sie weiterhin voran und legte sämtliche Kraft in all ihre Schläge.

»Wie kommt es, dass du dich noch immer bewegst?«, fragte Eve. »Wenn du das mit solchen Verletzungen noch schaffst, be-

©Nao Watanuki

deutet das deinen sicheren Tod! Dabei sollte ich die Letzte sein, die dich davor warnt!«

Micona packte Eve am Kragen.

»Weil es ein Mädchen gibt, das meine Wunden liebevoll versorgen wird, wenn ich verletzt bin!«

Miconas Worte klangen derart dramatisch, dass man schon beinahe den Paukenschlag hören konnte.

»Aber sie sind doch lebensbedrohlich, oder nicht?«

»Noch bin ich nicht tot! Je tiefer meine Wunden, desto länger wird Marie mich gesund pflegen! Das ist überhaupt kein Hindernis, verstehst du?«

»Ähm ... klar!«

Eve war außerstande, Miconas leidenschaftlichem Vortrag zu folgen, und nickte nur wortlos. Sie schien sich damit abgefunden zu haben, dass es sinnlos war zu versuchen, sie zu verstehen oder gar zu überzeugen. Vielleicht hielt ja auch der hohe Blutverlust Micona davon ab, einen klaren Gedanken zu fassen – sie murmelte weiter vor sich hin und es war unklar, ob sie wirklich mit jemandem oder einfach zu sich selbst sprach.

»Es gibt jemanden, der mich braucht, jemanden, der mich heilen wird, jemanden, der sich um mich sorgt, jemanden, den ich liebe ... Welch größere Freude kann einem das Leben bieten?!«

»...«

»Gebraucht zu werden, macht einen Menschen stark! So was sollte man auf keinen Fall unterschätzen!«

Trotz ihres getrübten Verstands griff Micona weiterhin gnadenlos an.

Psssschh!

Bis Eve ihr etwas ins Gesicht sprühte.

»Argh ...!«

Als Micona es einatmete, verdrehte sie sofort die Augen und fiel bewusstlos zu Boden. Gelangweilt blickte Eve auf sie herab.

»Der Dunst des Dämonenkönigs Dionysos ... Wenn jemand an der Schwelle des Todes steht, genügt ein einziger Spritzer davon, um diese Person bewusstlos werden zu lassen. Bloß ...«

Zwar konnte Micona ihre Worte nicht mehr wahrnehmen, aber Eve schien ihrem Ärger dennoch Luft machen zu wollen.

»Du hast Nerven, mir eine Lektion über die Freuden des Lebens erteilen zu wollen. Wenn es ausreichen würde, gebraucht zu werden, um mich zufriedenzustellen, wäre ich niemals zu einem Dämonenkönig geworden.« Mit diesen Worten wandte sich Eve wieder Azami zu. »Was würdest du sagen, wenn die Menschen, die dich brauchen, zusammen mit ihrem Königreich dem Erdboden gleichgemacht werden würden?« Eve kicherte. »Ich hoffe, du heulst Rotz und Wasser!« Ohne zu zögern, setzte sie ihren Weg in Richtung Azami fort. »Freude im Leben ... Schwachsinn!«, fluchte sie vor sich hin.

Micona wurde von etwas angetrieben, woran es Eve mangelte. Sie war stolz, egal wie verletzt sie war ... Alles an Micona nervte Eve, wie eine Gräte, die ihr im Halse stecken geblieben war, doch sie bewegte sich, als würde es ihr nichts ausmachen.

Am Nordtor von Azami ging es normalerweise zu jeder Tages- und Nachtzeit lebhaft zu. Händler, Touristen und Kutschen sorgten hier stets für reges Treiben. Doch in diesem Moment lag eine seltsame Stille über dem Ort. Das Tor, das sonst fast immer offen stand, war fest verschlossen – eine äußerst ungewöhnliche Situation. Es war, wie wenn man zu seinem vertrauten Supermarkt geht und plötzlich vor einem geschlossenen Rolltor steht: Man fragt sich, ob etwas Schlimmes passiert ist oder der Laden nun für immer geschlossen hat. Soldaten von Azami blickten über die Stadtmauer. Eve ließ ihren Blick über sie schweifen und seufzte.

»Ach herrje, Miconalein hat also versucht, Zeit herauszuschlagen? Nun, damit hat sie ihr Ziel wohl erreicht, nehme ich an!«

Die Frau, die an einer Säule nahe dem Tor lehnte, als würde sie auf eine Verabredung warten, hob zur Begrüßung die Hand.

»Lange nicht gesehen! Du bist ja seit dem letzten Mal viel jünger geworden, Präsidentin ... Oder soll ich dich lieber Königin von Profen nennen? Oder ist dir vielleicht Eve lieber?«

Es war Rinko. Sie hatte die Hände in den Taschen ihres Mantels vergraben und näherte sich Eve langsam, während sie sprach. Auf ihrem Gesicht lag ein entspanntes Lächeln, als würden die beiden nach langer Zeit wieder einmal in der Bahnhofsbar gemeinsam etwas trinken gehen.

»Das ist ja mal eine Begrüßung, Laborchefin Rinko. Oder soll ich dich lieber Königin nennen?« Eve zeigte mit dem Daumen über ihre Schulter nach hinten und kicherte. »Dein Opfer, das du losgeschickt hast, um Zeit zu schinden, schläft dort hinten. Gut zu wissen, dass du immer noch so herzlos bist!«

»Hey, ich habe eingesehen, dass ich Fehler gemacht habe. Ich habe sowohl mein Leben als auch meinen Charakter gebessert.«

Rinko gab der Meute hinter sich ein Zeichen, woraufhin Miconas Klassenkameradinnen zu ihr eilten, um sich um sie zu kümmern.

»Hmm, Miconalein scheint ziemlich beliebt zu sein! Verstehe, verstehe ... Das ist sehr motivierend!«

»Ja, es scheint, als hätten sie viel zusammen durchgemacht. Ehrlich gesagt bin ich überrascht, dass du sie davonkommen lässt.«

»War nur so eine Laune. Mir gefällt der Gedanke daran, wie sie aufwacht und anstelle ihres Königreichs nur einen rauchenden Krater vorfindet. Schließlich bin ich genau deshalb hierhergekommen!«

Eve trat einen weiteren Schritt nach vorn, doch Rinko stellte sich ihr in den Weg.

»Tut mir leid, aber du bist in meinem Zuhause nicht willkommen.«

»Dein Zuhause? Soso ... « Eve war sowohl erstaunt als auch ein wenig amüsiert. Rinko stammte wie sie aus einer fremden Welt und bezeichnete diesen Ort dennoch als ihre Heimat. Eve bekam Lust, sie ein wenig damit aufzuziehen. »Ich habe dich immer für den Typ Mensch gehalten, der seine Familie zurücklässt, wenn die Forschung es verlangt. Du hast dich wirklich geändert!«

»Das höre ich oft«, sagte Rinko leicht genervt. »Dafür bin ich dir auch sehr dankbar. Zwar gehörte das nicht zu deinem Plan, doch du hast mir sehr dabei geholfen zu erkennen, was wirklich wichtig ist im Leben.«

»Als du noch Leiterin des Labors warst, habe ich immer gehofft, du würdest eine Familie gründen, damit ich ein Druckmittel gegen dich habe. Aber du hast dir Zeit gelassen, bis du in eine andere Welt gekommen bist! Etwas zu spät für meinen Geschmack.«

»Ich hätte sonst keinen dieser Menschen kennengelernt. In diesem Punkt bin ich tatsächlich dankbar.«

Wie zuvor Micona stand nun Rinko in einer herausfordernden Pose vor Eve. Diese zuckte jedoch nur mit den Schultern.

»Was wirklich wichtig ist im Leben? Eine Familie ist nichts weiter als ein Klotz am Bein.«

»Sogar du würdest es verstehen, wenn du eine hättest, Eve. Meine Leute sind mir kein Klotz am Bein, sondern der Wind in meinen Segeln.«

Während sich ihr scheinbar belangloser Wortwechsel fortsetzte, näherten sich die beiden einander.

»Ich wusste, dass wir eines Tages gegeneinander kämpfen würden, aber dass es gleich in einem Faustkampf in einer anderen Welt enden würde?«

»Man weiß nie, was das Leben bringt. Schließlich hat sogar eine Soziopathin wie ich eine Familie gegründet.«

»Bereit, wenn du es bist!«

»Ich bin längst bereit!«

Mit diesen Worten verschwanden die beiden plötzlich. Und dann …

Bumm!

Ein Geräusch, als wären zwei voll beladene, riesige Lastwagen ineinandergekracht, erfüllte die Luft. Alle Anwesenden spürten die Schockwelle, als würden sie aus nächster Nähe einem Konzert von Taiko-Trommlern zusehen. Sogar die Soldaten, die den Kampf gewöhnt waren, stießen überraschte Laute aus.

Die Quelle des Geräuschs waren Rinkos und Eves Fäuste, die aufeinanderprallten. Wie Boxer, die nach dem Gong ihre Fäuste aneinanderschlagen, »begrüßten« sich die beiden mit einem wuchtigen Schlag.

Donnernder Lärm ging von der schlanken Schönheit und der etwas außer Form geratenen Wissenschaftlerin aus. Die Zuschauer waren sprachlos: Es war ein verblüffender, wenngleich zutiefst verstörender Anblick.

»Präsidentin Eva!«

»Laborchefin Rien Cordelia!«

Bumm!

Ein weiterer Schlag folgte, während die beiden einander bei ihren alten Namen riefen.

»...!«

Rinko gewann das Kräftemessen. Wie ein flacher Stein, der übers Wasser hüpft, wurde Eve über die Ebene geschleudert, ehe sie weit entfernt am Rande des Waldes landete.

»In reiner Kraft scheinst du mir voraus zu sein«, stellte sie fest und stand auf, als wäre nichts passiert. Doch Rinko erlaubte sich keine Pause und blieb wachsam. Sie wusste, dass Eve eine ernsthafte Bedrohung war.

»Faustkämpfe waren doch noch nie deine Spezialität, Eve Profen«, erklärte sie, als hätte sie ihre Gegnerin durchschaut.

Eve kicherte.

Nao Watanuki

»Du hattest darauf gehofft, mich zu besiegen, bevor ich so richtig in Fahrt komme, nicht wahr? Wie ein geiziger Koch, der versucht, seine Gäste mit der Vorspeise satt zu kriegen.«

Eve nahm eine lockere Haltung ein, dann hob sie ihren Arm und vollführte mit ihrer Hand eine Geste, als würde sie eine Concierge zu sich rufen.

»Runenzeichen?!« Rinko wusste sofort, was das zu bedeuten hatte, und wandte sich an die Soldaten und Abenteurer hinter sich. »Ist die Evakuierung der Bürger beendet?!«

»Eben noch rechtzeitig«, rief ihr Rol zu, die für Riho so etwas wie eine ältere Schwester war. »Alle nicht kämpfenden Mitglieder des Militärs stehen im Schloss in Position.«

»Rinko!«, rief Katsu Kondo von der Abenteurergilde. »Unsere Mitglieder sind auch jederzeit bereit!«

Gasch, Gasch!

Gaston schlug seine Schilde aneinander.

»Rinko! Ich bin Gaston Ten, der Mann, der dreihundert Schleime überlebt hat! Ich bin jederzeit bereit für ...«

»Jaja, schon gut.« Rinko ließ ihn nicht ausreden. »Alle Einheiten! Wappnet euch für den Angriff! Sie wird ihre Untergebenen herbeirufen!«

»»»Verstanden!«««, riefen alle Soldaten und Abenteurer im Chor. Gleichzeitig ertönte ein unheimliches Summen aus der Luft.

Bzzzzz! Bzzzzz!

Ein riesiger Schwarm Heuschrecken näherte sich, genau wie einst bei Abaddons Angriff auf das Maria-Stadion. Doch das war noch nicht alles. Die Heuschrecken trugen geheimnisvolle

Objekte um ihre Beine. Erst als sie immer näher kamen, konnte man von unten erkennen, worum es sich handelte.

»Das sind diese gepanzerten Puppen ... und Klone von Surt?!«

Als wären die gigantischen Insekten allein nicht schon bedrohlich genug, kamen nun auch noch feuerspeiende, schildkrötenartige Monster und mechanische Krieger hinzu, die einem menschlichen Soldaten in jeglicher Hinsicht überlegen waren. Angesichts dieser überwältigenden Streitkraft tropfte selbst Rinko der Schweiß von der Stirn.

»Das sind weitaus mehr, als ich erwartet habe. Ein Koch, der die Vorspeise überspringt und direkt zum Hauptgang übergeht, hat keinen Sinn für Wabi-Sabi!«

»Tut mir leid, von Wabi-Sabi hatte ich noch nie eine Ahnung«, scherzte Eve.

Rinko wirkte nun leicht angespannt.

»Schwer gepanzerte Einheiten, die Feuer spucken, fliegende Insekten und gepanzerte Puppen, die normalen Soldaten überlegen sind ... Das ist Level impossible!«

»Hast du wirklich Zeit, darüber zu klagen, Rinkolein?«, fragte Eve sie triumphierend.

Rinko warf ihr einen bitteren Blick zu.

»Setzt du also all deine Streitkräfte in diesem Kampf ein?«

»Ja, so war der Plan«, gab Eve ohne Umschweife zu.

»Das kommt unerwartet«, murmelte Rinko und ballte die Fäuste.

Siegessicher begann Eve einen Monolog.

»Das hast du wohl nicht kommen sehen, wie? Natürlich stimmt es, dass ich mich, wenn ich das heilige Schwert habe, immer noch um Konlon kümmern muss ... Deshalb bist du wohl auch nicht von einem groß angelegten Angriff ausgegangen, oder?«

»...«

Rinkos Schweigen sagte alles.

»Außerdem hast du wohl auch nicht damit gerechnet, dass ich unversehrt und stärker denn je vor dir aufkreuzen würde, nachdem du Lloyd, Shoma und den Lendenschurzkerl zu mir geschickt hast.«

Rinko schnalzte mit der Zunge, denn sie konnte ihre Frustration nicht länger verbergen.

»Aber wenn du alle deine Streitkräfte hier einsetzt ... dann hast du sicher noch ein Ass im Ärmel.«

»Ah, ist das etwa so offensichtlich? Nun, davon werde ich dir allerdings nichts verraten.«

Eve machte kein Geheimnis daraus, sie wusste, dass es unnötig war.

»Wenn Eugilein die Wahrheit gesagt hat, dann lastet wohl wirklich alles auf meinen Schultern«, sagte Rinko.

»Ku hu hu hu! Betrachte es als Ehre, dass ich dir meine gesamte Armee auf den Hals hetze!«

Zum ersten Mal im klaren Vorteil gegenüber Rinko, dirigierte Eve ihre Streitkräfte mit kindlicher Freude, so als hätte sie soeben ein neues Spielzeug erhalten.

Rinko zwang sich zu einem Lächeln und versuchte, entschlossen zu wirken.

»Wenn doch wenigstens Lloyd und die anderen hier wären ...
Habe ich mich etwa vertan ...?!«

Da Rinko gerade abgelenkt war, nutzte Eve ihre Chance – sie verkürzte die Distanz und schlug fest zu, dieses Mal mit ihrem Golem-Arm.

»Kh!«

Die Faust grub sich tief in Rinkos Gesicht. Während sie immer weiter zuschlug, genoss Eve den Ausdruck auf Rinkos Gesicht.

»Ich besitze die Macht der Dämonenkönige und werde nicht zögern, sie einzusetzen! Du kannst nicht gegen mich kämpfen, wenn du dich um diejenigen sorgst, die sich hinter dir befinden!«

»Gah!«

Eve nutzte das Momentum, band Rinko mit ihren Trent-Wurzeln fest und hob sie in die Luft empor.

»...!«

»Ach herrje, das war ja einfacher als gedacht! Micona war eine weitaus größere Herausforderung als du.«

Durch ihre geschwollenen Augenlider blickte Rinko auf Eve.

»Du hattest Besitz vom Körper einer anderen Person ergriffen, auch wenn ich nicht weiß, von wem ... Deshalb warst du außerstande, deine Kräfte anzuwenden. Das war der Grund, warum Eugilein dir einen idealen Körper erschaffen musste, oder?«

Rinkos Frage kam für Eve einem Eingeständnis ihrer Niederlage gleich, weshalb sie beschloss, ihre Unterhaltung fortzusetzen.

»Ja, eine Laune der Götter ließ meine Seele in Asako wandern, die Tochter von Direktor Ishikura. Deshalb konnte ich die Kräfte eines Dämonenkönigs niemals nutzen. Ich war wohl so etwas wie ein Geisterdämonenkönig.«

Rinko öffnete überrascht die Augen.

»So war das also ... Das hatte ich nicht erwartet. Das erklärt auch, warum du die Kräfte aller Dämonenkönige gesammelt hast, auch wenn es unüberlegt war.«

»Unüberlegt?«

»Als Gamerin kenne ich mich aus. Als wir hierherkamen, wurde jedem aus dem Labor das Attribut ›Dämonenkönig‹ auferlegt. Leute mit schwächerem Willen nahmen dadurch monsterartige Formen an ... Je mehr sie jedoch ihr Bewusstsein zurückerlangten, desto mehr ähnelten sie ihrem früheren Selbst. Alkaleins Liebe zu ihrem Bruder machte sie beispielsweise zu einer Neunjährigen und soweit ich weiß, verlor sogar der alte Gärtner, der wohl mit hineingezogen wurde, seinen Willen und verwandelte sich in den Dämonenkönig der Trents, den Erlkönig.«

»Was willst du damit sagen? Du bist doch nicht der Typ Mensch, der auf dem Sterbebett seine Theorien ausplaudert.«

Eve schöpfte Verdacht.

»Verstehst du es denn immer noch nicht?« Rinko grinste. »Die Tatsache, dass du die Kräfte aller anderen Dämonenkönige aufnehmen konntest, zeigt, dass du keine Identität besitzt. Du wirst vielleicht von deinen Ambitionen angetrieben ... doch im Grunde bist du eine leere Hülle.«

»Wird das jetzt eine Moralpredigt?«, keifte Eve gereizt.

Rinkos Blick war nicht der von jemand in einer ausweglosen Situation. Sie glaubte ihren Sieg wohl noch in greifbarer Nähe.

»Wusstest du, dass Dämonenkönige ihr wahres Ich zeigen, wenn man sie bezwungen hat?«

»So wie in einem deiner Retro-Videospiele?«

»Man zerstört sich selbst und zeigt seine wahre Natur als Dämonenkönig ... Das bezeichnet man auch als zweite Form.«

»Ah, deshalb hat sich Eugilein in eine Bestie verwandelt. Das ist mir noch nicht möglich, aber eines Tages ...«

»Das wirst du niemals können«, unterbrach Rinko sie scharf. »Allein dass du die Kräfte so vieler Dämonenkönige in dich aufnehmen konntest, ist Beweis genug, dass du keine zweite Form annehmen kannst! Das ist der Unterschied zwischen uns beiden! Und genau da liegt meine Chance auf den Sieg!« Rinkos Augen weiteten sich und sie spannte ihre Bauchmuskeln an. »Ich mag es nicht, das in der Öffentlichkeit zu tun ... das macht den Leuten meistens Angst.«

Ein knackendes Geräusch war zu hören – der Klang von sich ausdehnendem Fleisch.

»Du hast also eine Kraft, die ich nicht besitze ... Du faszinierst mich immer wieder aufs Neue, Laborchefin.« Kichernd beobachtete Eve Rinkos Transformation.

»Hab keine Angst, Eve. Auch wenn ich ein Drache bin, bin das noch immer ich.«

Rinkos Leib riss auseinander und ein Donnern erfüllte die Luft. Sie sprengte die Trent-Wurzeln, die sie zuvor festgehalten hatten.

»Oh, sieh dich nur an! Würden dein Mann oder Marie dich jetzt sehen, würden sie sicher panisch Reißaus nehmen!«

»Spar dir deine Versuche, mich zu verunsichern, Eve. Meine Familie ist aus härterem Holz geschnitzt, als du glaubst.«

In diesem Augenblick wurde Rinko von einem grellen Licht umhüllt. Als es wieder verschwand, hatte sie sich bereits in einen gigantischen Drachen verwandelt: Er war von goldener Farbe und stand auf zwei Beinen wie ein schlanker Tyrannosaurus Rex. Er hatte sowohl etwas Zerstörerisches als auch etwas Elegantes an sich. Man konnte Rinko wahrlich als Königin der Drachen bezeichnen.

Eve war sichtlich beeindruckt von deren zweiter Form.

»Das ist so viel cooler, als ich dachte! Warst du etwa das Vorbild für den Drachen aus den Legenden der Dämonen? Ich wünschte, Anzulein könnte das sehen! Sie würde es lieben!«

»Sie würde es vermutlich mehr lieben, wenn ich dich besiegen würde.«

»Nun, das tut mir leid, denn das wird für immer ein unerfüllbarer Traum für dich bleiben, Rien Cordelia!«

»Ach je, Anzulein scheint dir ja wirklich wichtig zu sein.«

»Sie war meine erste echte Freundin ... Oh!«

Bevor Eve ihren Satz beenden konnte, schwang Rinko ihren Schwanz nach ihr und schleuderte sie durch die Luft. Er war groß genug, um ihren Körper im Gleichgewicht zu halten, und ähnelte einer langen, dicken Peitsche. Die ohrenbetäubenden Geräusche, die sie mit ihm verursachte, ähnelten weder einem Knall noch einem Aufprall; doch für die anderen waren sie das Signal für den Beginn der Schlacht. Überall im Königreich Azami ertönte lautes Kampfgebrüll.

Waaaaah!

»Hepp!«

Noch einmal schwang Rinko ihren Schwanz: Diesmal rammte sie Eve damit in den Boden. Jede Bewegung Rinkos wurde vom Jubel der Umstehenden begleitet. Verlegen hob sie ihre kurzen Vorderarme, um die Anfeuerungsrufe zu erwidern. Es schien fast so, als hätte sie nicht damit gerechnet, dass man ihr in dieser Form zujubeln würde.

Eve war indessen überhaupt nicht davon begeistert – sie stand schnell wieder auf und ließ die Schultern kreisen.

»Du bist ja fast wie Godzilla aus diesen Monsterfilmen.«

»Hieße das denn nicht, dass du dann Mechagodzilla wärst?«

»Da ist was dran ... Mein Körper ist tatsächlich wie der eines Cyborgs.«

Kaum hatte Eve zu Ende gesprochen, spie Rinko auch schon sengende Flammen aus ihrem Maul, die Eve wiederum mit Surts Flammen konterte. Möglicherweise versuchte sie zu beweisen, wie zuversichtlich sie noch war, indem sie eine ähnliche Kraft verwendete, um sich mit ihrer Kontrahentin zu messen.

»Musst du das denn so in die Länge ziehen, Eve? Ich will das hier schnell beenden, damit ich den anderen helfen kann!«

Rinko verzichtete auf ihren Feueratem und versuchte stattdessen, ihre Gegnerin zu beißen. Eve hatte dies jedoch vorausgesehen und blockte den Angriff mit ihrem Golem-Arm.

»Oh, das habe ich mal bei einer öffentlichen Vorführung des Polizeihundetrainings gesehen!«

»Grrr ...«

Noch immer wirkte Eve unheimlich gelassen. Rinko begann, sich zu fragen, warum sie noch immer so zuversichtlich sein konnte. In puncto Stärke war sie ihr eindeutig überlegen und auch sonst verlief der Kampf zu ihren Gunsten ...

»Könnte es sein, dass du nur bluffst, weil du weißt, dass du nicht gewinnen kannst?«, fragte Rinko unverblümt.

Ein ungeheuer boshaftes Lächeln breitete sich auf Eves Gesicht aus.

»Ku hu hu ... bist du neugierig? Dann lass mich dir zeigen, was ich sonst noch zu bieten habe.«

»Was soll das heißen?!«

Eve nutzte den Moment, in dem Rinko ihren Kiefer lockerte. Sie wich zurück und ...

»Also gut!«

»Was?!«

... versteckte sich in ihrem eigenen Schatten.

»Mist! Das ist Seta... Satans Kraft!« Rinko trat einen Schritt zurück und bereitete sich darauf vor, Eve mit ihrem Maul zu schnappen, sobald sie wieder aus den Schatten auftauchte. Doch das geschah nicht. »Was soll das denn jetzt? Hast du etwa vor abzuhauen?«

»Ach, ich bitte dich! Natürlich nicht!«, antwortete Eve selbstsicher.

Einen kurzen Augenblick später schoss etwas aus den Schatten hervor ...

»Grrr!«

»Was?!«

Es war ein Wolf, wenn auch kein gewöhnlicher. Es war ein vierbeiniges Wesen, das vollständig von pflanzenartigen Ranken bedeckt war. Rinko erkannte es augenblicklich.

»Das ist ... Dionysos' Wolf?!«

»Korrekt! Und hier ist dein Preis!«

Der seltsame Wolf sprang umher und rannte an Rinko vorbei, in Richtung Azami.

»V... Verdammt!«

Rinko hatte angenommen, dass Eve bereits all ihre Beschwörungen aufgebraucht hatte. Diese tauchte wieder aus ihrem Schatten hervor und schwebte mit einem breiten Grinsen über ihm.

»Wellenangriffe sind der Schlüssel in jeder Schlacht! Ach ja, ich vergaß ... Du bist ja eine Forscherin und keine Strategin.«

»Mist, was bin ich nur für eine Gamerin! Wie konnte ich nur den nervigsten Teil von Strategiespielen vergessen?«

»Ku ha ha! Ich hätte nicht geglaubt, dass eine solch gigantische Kreatur vor Angst so blass werden kann! Man lernt eben jeden Tag dazu!« Eve begann, wild vor sich hinzukichern.

»Mist ...«

Rinko stand vor einer schweren Entscheidung: Sollte sie weiter gegen Eve kämpfen? Oder sollte sie versuchen, das Königreich und seine Bewohner zu schützen?

Eve ließ sich ihre Chance nicht entgehen und nutzte Rinkos kurzen Moment der Unentschlossenheit gnadenlos aus.

»Stirb ...!«

Ohne zu zögern, stürzte sie sich blitzschnell auf ihre Gegnerin und ließ ihre Faust auf Rinkos Kehle zusausen. Es war, als wäre der bislang faire Schlagabtausch in einen erbitterten Kampf um Leben und Tod umgeschlagen. Rinko gelang es nicht, rechtzeitig zu reagieren: Sie war direkt in die Falle ihrer Gegnerin getappt. Eve war nicht hier, um ihre Stärke zur Schau zu stellen, sie war hier, um ihr Vorhaben effizient zu erledigen – wie jemand, der Dokumente mit einem Stempel versieht. Rinko konnte nicht mithalten. Das Ergebnis von Eves Schlag war eine Wunde, aus der Blut spritzte. Obwohl Eve normalerweise viel redete, ließ sie diesmal ihr siegessicheres Grinsen für sich sprechen. Sie wusste, dass der Sieg ihr gehörte.

»Siehst du, wie ich es dir gesagt habe. Sie sind ein Klotz am Bein! Punkt für mich!«

Eve genoss den Moment, in dem sie Rinkos Überzeugungen, die sie zuvor so leidenschaftlich verteidigt hatte, als leere Phrasen entlarvte. Rinko knurrte und versuchte, trotz der blutenden Wunde an ihrem Hals zu kämpfen.

»Noch habe ich nicht verloren!«

»Oh, gib dich keinen Illusionen hin.«

Rinko wollte aus kürzester Distanz ihren Feueratem einsetzen, doch Eves Faust, die sich noch immer in ihre Kehle versenkte, hinderte sie daran.

»K... Kh!«

»Ach je, hast du etwa Halsschmerzen? Das tut mir aber echt leid, Rinkolein!«

Eve setzte ihren erbarmungslosen Angriff auf Rinko fort: Sie schlug und trat gnadenlos auf sie ein. Rinko war vollkommen wehrlos, da ihre Gegnerin sie wie einen Boxsack behandelte.

Die Soldaten und Abenteurer beobachteten das Geschehen mit fassungslosen Mienen.

Dies trieb Eve zusätzlich an.

»Ku ... Ku hi hi hi!«

Sie konnte sich ihr Lachen nicht mehr verkneifen und ließ auf Rinko noch stärkere Angriffe niederprasseln. Obwohl Eve fand, sie hätte längst zu Boden gehen sollen, stand Rinko noch immer, und das frustrierte sie zunehmend.

»Jetzt gib schon auf! Früher hast du doch deine Arbeit auch immer schnell hingeworfen! Ist das etwa die Kraft der Gefühle?! So was hattest du noch nie!«

»Wie ich schon sagte ... Ich habe jetzt ein Herz!«

»Ja, und es pumpt das Blut direkt aus deinen Wunden! Jetzt geh schon zu Boden!«

»Niemals!«, brüllte Rinko – jedoch nicht, um Eve einzuschüchtern, sondern vielmehr um sich selbst zu ermutigen: Es war ein Schrei tief aus ihrer Seele.

»Gib auf!«

»Wenn man nicht aufgibt, geschehen Wunder! Das hat mir dieser Junge beigebracht! Tut mir leid, aber ich werde mich nicht so einfach geschlagen geben!«

»Noch jemand, der an diesem Lloyd-Syndrom leidet? Dafür gibt es leider kein Heilmittel, Rinkolein!«

Wie um den Kampf zu beenden, drehte Eve nun ihre Faust in Rinkos Kehle ... als plötzlich ebenjener Junge vor ihr erschien, der Rinko gelehrt hatte, niemals aufzugeben.

»Geht es dir gut?!«

Die Quelle des Lloyd-Syndroms höchstpersönlich war aufgetaucht.

»Ll... Lloyd?!« Rinkos Ausruf war eine Mischung aus Freude und Überraschung.

»G... Gaaaah?! Lloyd?!«

Eve klang hingegen wie ein Frosch, der von einem Auto erfasst wird. Sie hegte eine ganz besondere Abneigung gegen den Jungen. Schnurstracks zog sie ihre Faust von Rinkos Kehle und wich zurück.

»Vritras Ausbruch hätte mir eigentlich mehr Zeit verschaffen sollen ... Bist du etwa den ganzen Weg aus Profen hierhergekommen? Wie ...? Gaaah!«

Als Eve ihren Blick nach oben richtete, bemerkte sie ein kleines schwarzes Loch am Himmel, durch das nun auch Selen, Riho und Phyllo geflogen kamen – Lloyds ständige Begleitung.

»Zeit, an die Arbeit zu gehen!«

»Mhm ...«

»Waaah! Azami steckt echt in Bedrängnis!«

Nachfolgend erschienen auch Marie, Allan, Renge, Anzu und Mena ... Die Hauptstreitkräfte des Königreichs Azami, die eigentlich in Profen aufgehalten werden sollten, waren nun versammelt. Zum Schluss tauchte aus dem schwarzen Loch noch eine weitere Gestalt auf.

»Huhuuu!«

Es war Alka, die mit einem breiten, verschmitzten Grinsen auf Eve herabblickte.

»Aaaaaargh!«

»Du hast dich ja ganz schön ausgetobt an diesem Körper! Deine Brust und Taille waren wohl große Problemzonen für dich, oder, Präsidentin Eva? Oder sollte ich lieber sagen: Eve Profen?!«

»Alkalein ... Ich hätte nie gedacht, dass du Konlon im Stich lassen würdest.«

»Hm? Das hab ich gar nicht! Sou ist aufgewacht und kümmert sich nun an meiner Stelle darum. Er meinte, dass eine Gefahr für seine Freunde ihn aus seinem Schlummer geweckt hat.«

»O... Oh, wie schade ... Ich hatte schon gehofft, Konlon wäre ungeschützt, damit ich dort einen Angriff starten könnte.«

»Deine Stimme überschlägt sich ja«, neckte Alka sie, ehe ein finsterer Blick in ihre Augen trat. »Das hast du nun davon, dass du den armen Shoma gequält hast. Zum Dank habe ich dir einen wirklich netten Jungen, eine Stalkerin, die auf der schwarzen Liste steht, und ein paar Dämonenkönige mitgebracht!«

Eve ballte eine Hand zur Faust und richtete sie drohend in Alkas Richtung.

»Na gut, es macht keinen Unterschied! Früher oder später wären wir ohnehin aufeinandergetroffen. Es wird Zeit, dass wir das hier beenden und ...«

Doch während ihre Unterhaltung auf den Höhepunkt zuging ...

»Ähm, geht es dir gut, Fräulein Drache? Moment mal, ich habe das Gefühl, dass wir uns irgendwoher kennen?«

»Hust, hust ... Oh, hey, Lloyd! Ich bin's, Rinko!«

»Was? Rinko?!«

Ungeachtet der angespannten Atmosphäre rings um ihn zeigte sich Lloyd von Rinkos Drachenform beeindruckt.

»Wow ... Du bist ja wirklich wie ein richtiger Drache! Und du siehst total stark aus! Ich wusste nicht, dass du so eine Fähigkeit besitzt!«

Von der gelassenen und unbedarften Haltung des Jungen war Eve sichtlich irritiert. Sie bewunderte ihn sogar ein kleines bisschen dafür.

»Dieser Junge ...«, murmelte sie.

Marie war zutiefst schockiert über die Gestalt, die ihre Mutter angenommen hatte ... vor allem aber über das Blut, das sie verlor.

»Mama?! D... Du blutest ja so stark!«

»Ah, mein Töchterchen! Keine Sorge, mit etwas Spucke verheilt das schon wieder ... Gah!«

»Mama, das war keine Spucke, sondern Blut!«

Marie war genauso schlecht darin wie Lloyd, die Vibes zu spüren. Die beiden nervten Eve zusehends.

»Die Anspannung hat sich in Luft aufgelöst ... Da fragt man sich doch, wofür man sich überhaupt die Mühe gemacht hat«, lamentierte sie und massierte sich die Schläfen.

Da trat Anzu hervor.

»Ich kann dir helfen, sie wieder aufzubauen, Eve.«

Die Fürstin des autonomen Gebiets Ascorbin Anzu Kyonin, auch bekannt unter dem Namen Schwertgöttin, umgab wie eh und je eine einschüchternde Präsenz. Sie hatte Eve immer sehr nahegestanden, doch jetzt, da sie wusste, dass sie von ihr benutzt worden war, war sie von Wut erfüllt.

»Seht ihr? Das ist eine normale Reaktion! Genau das wollte ich, Anzulein!«, sagte Eve und grinste ihr breit zu.

»Du machst mir Angst ... Gerade redest du noch darüber, dass dir Anspannung fehlt, und jetzt grinst du mich an.«

»Ach, jetzt sei doch nicht so. Du kommst gerade rechtzeitig! Ich hab da eine Idee!«

Eve richtete ihren Blick auf die Kämpfe, die um sie herum ausgebrochen waren. Heuschrecken, gepanzerte Puppen, Feuerschildkröten und Wölfe – das alles hatte ihr einen großen Vorteil verschafft. Durch die Rückkehr der Streitkräfte von Azami aus Profen drohte die Situation allerdings wieder zu kippen.

»Ich hatte gehofft, das hier durchziehen zu können, während die anderen in Profen aufgehalten werden«, murmelte sie, »aber das hat leider nicht funktioniert.«

Lloyd und die anderen Anwesenden waren derweil damit beschäftigt, die Monster aus dem Verkehr zu ziehen, die Azami attackierten.

»Kommt nur! Lloyd und ich sind zusammen stark wie hundert Mann«, brüllte Allan. Zwar war sein Ruf ein wenig aufgebauscht worden, doch der Aufschrei des berühmten Drachentöters ermutigte die erschöpften Soldaten des Heers von Azami.

Und dann war da noch Lloyd, der entscheidende Faktor.

»Los geht's, Lloyd!«

»Ja, Meister Satan!«

Der Junge saß auf Satans Rücken und schlug eine Heuschrecke nach der anderen aus der Luft. Ihr Auftauchen hatte den Verlauf der Schlacht völlig auf den Kopf gestellt. Auch Mena und Renge waren starke Kämpferinnen und machten mit den mechanischen Kriegern und den Wölfen im Handumdrehen kurzen Prozess. Die staunenden Blicke der umstehenden Soldaten und Abenteurer waren auf sie gerichtet.

Eve hatte ihre gesamten Streitkräfte in den Kampf geschickt – dennoch gingen sie nach und nach zu Boden. Eigentlich hätte sie das aus der Fassung bringen sollen, doch stattdessen lächelte sie. Obwohl es offensichtlich war, dass sie diese Schlacht verlieren würde, wirkte sie, als hätte sie noch ein Ass im Ärmel.

»Ku hu hu.«

Alka entging nicht, dass etwas nicht stimmte.

»Hat die Niederlage dich etwa um deinen Verstand gebracht? Nein, das ist es nicht ...«

Sie kannte Eve zu gut – sie würde nicht unvorsichtig werden.

»Oh, ich erinnere mich nur an ein paar schöne Momente in der Vergangenheit«, antwortete Eve ausweichend.

»Okay, aber lass dir eins gesagt sein: Wir werden uns keinesfalls zurückhalten. Das wird unser letzter Kampf sein und ich muss vor Lloyd einen guten Eindruck machen.«

Alka würde sich wohl niemals ändern. Eve grinste nur.

»Das soll mir recht sein. Ich habe auch nicht vor, den Kampf ewig in die Länge zu ziehen. Also lasst uns in die Vollen gehen und es schnell hinter uns bringen!«

»Klar ... Dann mal los!«

Alkas Tonfall war vollkommen verändert. Nur einen Augenblick später ... sah sie plötzlich erwachsen aus. Der menschliche Dämonenkönig war ihre wahre Form. Die Luft rings um sie knisterte vor Energie und sogar Eve, die sonst so selbstsicher war, wich einen Schritt zurück.

©Nao Watanuki

»Oh! Ich habe die Dorfvorsteherin schon einmal in diesem Cosplay gesehen!«, sagte Lloyd, an dem die Anspannung des Kampfes komplett vorbeiging.

Alka, die trotz des Risikos, das ihre Transformation barg, diese Gestalt annahm, schien etwas enttäuscht, als Lloyd sie so abtat.

»Na ja, immer noch besser, als wenn er sich vor dir fürchtet, oder?«, versuchte Eve, sie halbherzig zu trösten.

»Kein Kommentar.« Alka fing sich schnell wieder und schaltete in den Kampfmodus um.

Eve seufzte und lächelte gequält.

»Also ehrlich ... Drei, nein vier Kämpfe in Folge, wenn ich Shoma dazuzähle. Macht das nicht eher mich zur Protagonistin dieser Geschichte?«

Noch immer schien sie ziemlich zuversichtlich zu sein.

»Du hast einen von Menschenhand erschaffenen Körper und einen Haufen Kräfte zahlreicher Dämonenkönige. Du bist kein wahrer Dämonenkönig! Du hast keine Identität und kannst daher auch deine zweite Form nicht erreichen. Und trotzdem bist du der Meinung, gewinnen zu können?«

»Du willst also sagen, dass ich nur bluffe? Ich kann dir versichern, dass du damit falschliegst.«

Eve bedeckte ihren Arm mit noch mehr Gestein und formte eine gigantische Faust, die größer als ein kleines Haus war, ehe sie auf Alka einschlug.

Zumm!

Alka gelang es jedoch mühelos, Eves Schlag mit einem einzigen Finger aufzuhalten.

»Diesen Angriff hast du mit einem einzigen Finger gestoppt?!«
Eve klang amüsiert.

»Du willst also noch immer nicht aufgeben ... Also gut, dann
werde ich dir deine Maske vom Gesicht reißen.«

Alkas Pädo-Oma-Aura war wie weggeblasen, sie war wieder zu
ihrer alten, kühlen Haltung übergegangen und startete nun ihrer-
seits einen Angriff.

Ratsch, ratsch, ratsch!

Sie kratzte mit ihren Nägeln über Eves Faust.

»Fertig.«

Als sie danach leicht mit dem Finger auf die Faust tippte, ex-
plodierte diese wie ein Sprengsatz. Sie löste nicht nur eine, sondern gleich mehrere Explosionen aus, die langsam Eves Arm em-
porschossen.

»Wow!«, gab Eve beeindruckt von sich. »Eugilein hat mir bereits davon erzählt! Du kannst mit deinen Nägeln nach Belieben
Runen durch Kratzen eingravieren! Sie hat sie Zaubernägel genannt, wenn ich mich recht entsinne.«

»Sowohl du als auch Eug, ihr quatscht einfach zu viel!«

»Du könntest diesen Angriff doch ›ultimative Runen-Nagel-
bombe‹ nennen ...! Wie wäre das? Den Namen habe ich mir gerade ausgedacht und überlasse ihn dir kostenlos!«

»Viel zu peinlich ... Nicht einmal, wenn du mir Geld dafür be-
zahlst, würde ich diesen Namen verwenden.« Noch während Alka
ihr antwortete, entfesselte Eve ihren Feueratem. »Wie schäbig.«

Direkt in die auf sie gerichteten Flammen zeichnete Alka eine
weitere Rune.

Poff!

Die Flammen wehten davon, verstreuten sich in alle Richtungen und lösten sich auf. Es sah fast so aus, als wäre sie von einer Faust zerteilt worden – der Anblick erinnerte an einen dieser computergenerierten Spezialeffekte in diversen Filmen. Unter normalen Voraussetzungen wäre es physikalisch unmöglich gewesen, Feuer zu schlagen ... Genau das sorgte bei Eve daher auch für Verblüffung.

»Wie geht denn so was?«

Gelangweilt hob Alka ihren Nagel in die Luft.

»Ich habe eine Impulsrune in die Flamme gezeichnet.«

Hierfür musste sie lediglich ihren Nagel auf etwas richten.

»Nun, dann darf ich wohl nicht erlauben, dass deine Nägel mich berühren. Ich muss offenbar so gegen dich kämpfen, als hättest du Gift an deinen Händen, Alkalein!«

Eve beschloss, Alka auf Abstand zu halten, indem sie sie mit ihren Trent-Wurzeln aus der Ferne attackierte.

»Jetzt werde ich dir die Macht aller Dämonenkönige zeigen, Alkalein!«

Die Wurzeln schwangen zu Alka. Eve hatte sie mit der Kraft des Golems und der von Surt verstärkt. Entweder befanden sich an ihren Spitzen nun Steine, sodass sie Morgensternen glichen, oder sie schwang sie herum wie feurige Peitschen. Eves Angriffe, die wie eine Welle über Alka hereinbrachen, waren vielfältig und einfallsreich.

»Nette Tricks«, kommentierte Alka spöttisch. »Für eine alte Frau ...«

»Ziemlich beleidigend, das von jemandem zu hören, den man gemeinhin nur als Pädo-Oma kennt!«

Während Eve ihre Wurzeln wie Flammenwerfer und Steinknüppel verwendete, tanzte Alka durch die Luft und wich den Angriffen aus.

»Das ist, als hätte Yamata no Orochi* mehr als acht Köpfe ...«, murmelte sie und schüttelte den Kopf.

Eve wendete alle Kräfte auf, die ihr zur Verfügung standen, ging jedoch wenig raffiniert vor. Alka wehrte eine Wurzel nach der anderen mit ihrem Nagel ab. Sie explodierten mit einem Geräusch, als würde man eine Gitarrensaite zupfen.

»Deine Bemühungen sind vergebens, Eve.«

»Oh, aber du würdest eine Kapitulation doch ohnehin nicht akzeptieren, oder?«, antwortete diese halb im Scherz, woraufhin Alka einen Seufzer ausstieß.

»So wie du klingst ... hast du sicher noch was in der Hinterhand, oder?«

Eve gab wohl nur vor, in die Ecke gedrängt zu werden. Mutig näherte sich Alka ihr, um herauszufinden, worum es sich handelte.

»Das hier war es!«

»Waaah!«

Als sie bemerkte, dass Alka sich ihren Weg durch die Wurzeln bahnte, um sich ihr zu nähern, hob sie ab.

»Du hast also doch kein Ass mehr im Ärmel? Wenn du nur bluffst, ist das dein Ende, Eve Profen.«

Eve flog mit voller Kraft davon, Alka war ihr dicht auf den Fersen. Auch wenn sich der Kampf in den Himmel verlagerte,

---

* Legendäre achtköpfige Schlange aus den japanischen Mythen, die oft auch als Drache bezeichnet wird.

war er nicht weniger intensiv ... Schließlich streifte Alkas Nagel Eves Seite.

Das war schon alles, doch nur dadurch hatte sie die Impulsrune dort eingraviert ... zumindest genug davon, um Eve das Gefühl zu vermitteln, sie wäre von einem stumpfen Gegenstand getroffen worden, und sie durch die Luft zu schleudern.

»Ugh?!«

»Das ist der Anfang von deinem Ende, Eve Profen.«

»V... Verdammt ...«

Eve verzog das Gesicht und ihr brach aus allen Poren der Schweiß aus. Alka sah darin zwar ihre Chance, den Sieg einzufahren, blieb aber ungewöhnlich konzentriert, als sie sich näherte, um ihr den finalen Schlag zu verpassen.

»Du Dummkopf.«

Auf Eves eben noch schreckverzerrtem Gesicht zeichnete sich nun ein Grinsen ab.

»...?!«

Ihr teuflisches Lächeln jagte Alka einen Schauder über den Rücken.

»Die Impulsrune ist doch in deinen Körper eingraviert! Wie kannst du also ...?«

Wie konnte sie immer noch so zuversichtlich sein? Bluffte sie schon wieder? Oder spielte sie nur mit ihr?

Als sich in Alkas Augen ein Zögern bemerkbar machte, streckte Eve ihr die Hand entgegen – darin hielt sie einen

Fleischklumpen. Alka kreischte unwillkürlich auf. So war sie dem Ganzen also entgangen. Im nächsten Moment schleuderte sie das Stück Fleisch davon.

»Denkst du wirklich, ich hätte keinen Plan?« Eve grinste triumphierend. Sie hatte absichtlich so getan, als wäre sie in Bedrängnis, um Alka dazu zu bringen, ihr die Rune einzugravieren. Dann, als Alka gerade nicht hinsah, hatte sie sich das Fleisch mit der eingravierten Rune herausgeschnitten. Eine drastische, aber effektive Lösung.

»Tsss ...«

Alka hatte bereits zum Schlag ausgeholt, sie konnte ihn nicht mehr unterbrechen. Egal welcher Konter sie erwartete, sie würde ihn einstecken müssen. Mit diesem Gedanken schlug sie zu.

Fumm!

Der Wind heulte ohrenbetäubend. Durch ihren Schlag war sie jedoch für einen Moment völlig deckungslos, was Eve natürlich sofort ausnutzte. Sie näherte sich blitzschnell Alkas Seite und sprühte etwas aus ihren Fingerspitzen.

Psscht!

Ein feiner Nebel legte sich auf Alkas Gesicht, kaum mehr, als wenn man eine Ladung Fliegenspray aus einer Dose sprüht.

»Was ist das? Etwa Tränengas?« Alka war irritiert. »Ähm, was ...?«

Ihre Dämonenkönigmaske zerbrach und flog davon. Ihre kühle, berechnende Miene war nun einem Ausdruck der Überraschung gewichen. Nur einen winzigen Augenblick später verwandelte sie sich wieder in ihre ursprüngliche neunjährige Gestalt zurück.

Doch das war noch nicht alles: Da sie ihre Fähigkeit zu fliegen verloren hatte, befand sie sich nun im freien Fall. Mit voller Wucht krachte sie mit dem Rücken zu Boden – und war außerstande, ihren Sturz abzufedern.

»W... Was hast du getan?!«

Alka hatte keine Ahnung, was soeben geschehen war. Ihr Tonfall hatte sich wieder normalisiert: Sie war nun wieder in ihrem üblichen Pädo-Oma-Modus. Sie spürte ein unerklärliches Kribbeln in ihren Händen, das ihre Bewegungen einschränkte. Obwohl sie normalerweise gegen Gifte immun war, verspürte sie starke Schmerzen. Plötzlich fiel ihr etwas ein.

»...?! Hast du so etwa Shoma besiegt?!«

Alka wurde leichenblass. Trotz ihres unsterblichen Körpers schien sie schwer verletzt zu sein und die Schmerzen ließen nicht nach. Die Parallelen zu Shoma waren nicht von der Hand zu weisen.

»Es scheint zu wirken«, sagte Eve, die neben ihr landete und ihre Verwirrung ignorierte. »Diese Impulsrune war wirklich eine Herausforderung ... Oh, Moment mal, ich meine diese ultimative Dingsbums-Attacke! Hättest du die in meine Brust geritzt, wäre ich wohl in ernsthafte Schwierigkeiten geraten. Es wäre unschön gewesen, diesen Vorbau zu verlieren!«

»Was hast du mit mir gemacht?!«

»Es wirkt prima, oder? Ich bin froh, dass ich es zuerst an Shoma ausprobieren konnte. Dadurch wusste ich, aus welcher Distanz das Spray am schnellsten wirkt.«

Wie eine Verkäuferin, die ihr neuestes Produkt präsentiert, streckte Eve ihre Handfläche aus.

»Eine Waffe, speziell gegen Bewohner Konlons! Ich nenne es Hannyatou*! Es basiert auf demselben Prinzip, das du dir einst als ›Priesterin der Erlösung‹ zunutze gemacht hast, um den Helden Sou zu erschaffen ... Nun habe ich es gegen dich verwendet.«

Alka war zwar benommen, doch selbst in diesem Zustand verfluchte sie sich für ihre offensichtliche Unaufmerksamkeit.

»Aus dem Grund hast du also all diese Streitkräfte auf Azami gehetzt ...«

»Ku hu hu. Mir scheint, als wären alle schwer mit meinen Monstern beschäftigt. Höchste Zeit, mir das heilige Schwert zu schnappen und mich nach Konlon zu begeben.«

Eve war sichtlich erfreut, doch Alka warnte sie.

»Hast du es etwa schon vergessen? Das heilige Schwert kann von keinem Dämonenkönig berührt werden.«

»Oh, dessen bin ich mir durchaus bewusst. Und dafür habe ich auch eine entsprechende Maßnahme getroffen.«

Eve drehte sich um und ließ den Blick umherschweifen. Vor ihren Augen befand sich ...

»Ha! Ihr habt keine Chance gegen mich!«

... Anzu, die gerade fröhlich eine Heuschrecke zerteilte.

»Alles, was ich brauche, ist eine gute Freundin!«, sagte Eve. »Und damit meine ich eine nützliche Spielfigur.«

»Was hast du vor ...?«

Doch ehe Alka noch ein weiteres Wort sagen konnte, verschwand Eve in ihrem eigenen Schatten.

* Buddhistisches Wort für »Wasser der Weisheit«.

»Hab ich dich!«

Auf Satans Rücken kämpfte Lloyd noch immer unermüdlich gegen die Heuschrecken und die mechanischen Soldaten.

Seine beeindruckende Darbietung versetzte sowohl die Soldaten als auch die evakuierten Bürger des Königreichs schier in Entzücken. Mit dem Eintreffen von Lloyd und seinen Gefährten hatte sich das Blatt gewendet und unter den Umstehenden breitete sich ein allgemeines Siegesgefühl aus.

Mitten in dem Chaos erschien der Junge allen als eine Art Hoffnungsschimmer.

»Los geht's! Passt euch mir an, Meister Satan, Surt!«

»Verlass dich auf mich!«

»Oh, yeaaah!«

Während Satan durch die Luft manövrierte, vollführten Lloyd und Surt eine beeindruckende Kombination aus Attacken.

»Aero!«

»Fiiiiire!«

Lloyds Wind und Surts Flammen vereinigten sich und erschufen einen Feuersturm, der die herannahenden Heuschreckenschwärme zu Asche verbrannte. Lloyds Aero war schon immer sehr stark gewesen, doch nun besaß er auch noch die volle Kontrolle über ihn. Satan war zutiefst beeindruckt.

»Oh Mann, es gibt wohl nichts mehr, was ich dir beibringen kann ... Brauchen wir die anderen hier eigentlich noch?«

»Hey, Satan!«, protestierte Surt auf der Stelle. »Ich habe auch meinen Beitrag geleistet!«

»Oh ... Jaja ...«

»Lass das jetzt bloß nicht unter den Tisch fallen! Aber ich versteh schon, dass du dich über das Wachstum des Jungen freust. Du fühlst dich sicher wie sein Vater.«

»Das stimmt ... Oh, Surt, Heuschrecken auf zehn Uhr!«

»Aye, aye, Sir!«

Während sich Lloyd und Surt um die Angriffe kümmerten, hielt Satan nach herannahenden Angreifern Ausschau.

»Hm? Was ist das ...?«

Da bemerkte er etwas Ungewöhnliches und bog scharf ab.

»Waaah!«

»Hey, flieg vorsichtiger, Satan!«

»T... Tut mir leid, aber da drüben ...«

Satan hatte etwas im hohen Gras entdeckt: Alka lag dort verletzt auf dem Boden.

»Was ist denn los? Es gibt nicht mehr viele Heuschrecken ... Ist da etwa eine neue Bedrohung?«

»Wenn du eine Pause brauchst, bin ich dabei, Kumpel!«

»Nein, das ist es nicht ... Aber wenn meine Augen mich nicht täuschen, dann ... Tut mir leid, wir müssen landen.«

Satan sank rasch zu Boden, wobei sich Lloyd und Surt an seiner Mähne festhielten. Inmitten der Lichtung, auf der sie landeten, lag Alka, die sogar schwer verletzt war.

»Oh, du hast echt gute Augen, Seta ... Gut, dass du mich gefunden hast.«

»A... Alka?!« Lloyd hatte sie noch nie zuvor so gesehen. Schockiert eilte er zu ihr. »Dorfvorsteherin?! Geht es dir gut?!«

»Oh, Lloyd ... Es fällt mir schwer zu atmen ... Es tut weh ...«

»Oh nein ... Das darf nicht wahr sein ...!«

»Wie wäre es mit einer Mund-zu-Mund-Beatmung?«

Lloyd erkannte daraufhin sogleich, dass keine Lebensgefahr bestand, und antwortete beruhigt: »Ihr scheint es den Umständen entsprechend gut zu gehen.«

»Hättest du dich doch nur normal benommen, hätte er sich mehr Sorgen um dich gemacht, Alka.«

Surt seufzte.

»Du Narr, wenn man schon mal die Gelegenheit auf einen Schmatzer bekommt, muss man sie auch beim Schopf packen«, antwortete sie schwach mit einem schelmischen Grinsen. »So lauten nun mal die Regeln!«

»Alka, manche Regeln sind da, um gebrochen zu werden.« Ihr Pädo-Oma-Verhalten würde sich wohl niemals ändern. »Also, was ist passiert? Moment mal, was ist mit Eve? Hast du sie erledigt?«

Lloyd blickte sich um, entdeckte aber nirgendwo ein Anzeichen von Alkas Gegnerin.

»Sie ist mir entwischt ... Ich habe verloren«, antwortete die Dorfvorsteherin schwach.

»Du hast verloren?!« Lloyd stand das Entsetzen ins Gesicht geschrieben. »Sie ist dir entwischt, während du in der Dämonenkönigform warst?!«

»My God!«

Alka besaß die übermächtige Fähigkeit, eine Rune in den Körper ihres Gegners einzugravieren, und hatte doch verloren, was sie auch offen eingestand.

»Ich habe sie unterschätzt ...«, gab sie zu.

»Was hat sie getan?«, fragte Surt und drehte dabei seinen Schildkrötenkopf hin und her.

Alka fiel es schwer zu atmen. Sie brauchte einen Moment, um zu antworten.

»Sie hat eine Waffe ... die effektiv gegen die Bewohner von Konlon ist ... Gaaah!«

»Ruh dich erst mal aus. Aber sag uns vorher bitte, wohin Eve gegangen ist«, sagte Satan.

»Ich weiß es nicht ... Sie plant irgendwas«, brachte Alka stöhnend hervor. »Sie meinte, sie hätte da eine ganz bestimmte Person im Auge, aber ...«

»Du sagst, sie hat ... es auf eine ganz bestimmte Person abgesehen ...? Oh!«

Lloyd schien eine Ahnung zu haben und rannte davon.

»Ähm, Lloyd?«

Doch er war bereits zu weit von Satan entfernt, um ihn hören zu können.

»Warte doch mal, Satan!«, rief Surt, der bemerkte, dass Satan im Begriff war, Lloyd schnurstracks hinterherzujagen. »Wir sollten zunächst Alka in Sicherheit bringen, bevor wir dem Jungen folgen.«

»D... Du hast recht.«

Alka sah so aus, als würde sie jeden Moment das Bewusstsein verlieren. Satan hievte sie auf seinen Rücken. Indem sie ihre letzten Kraftreserven mobilisierte, versuchte sie, ihnen noch etwas mitzuteilen.

»Sagt ...«

»Hm? Was meinst du, Alka?«

»Sagt Lloyd ... dass er sich nicht fürchten soll. Er soll einfach weiter voranschreiten.«

»Ist sie etwa im Halbschlaf?«

Nahezu unhörbar murmelte sie mit schwacher Stimme noch etwas vor sich hin.

»Sie meinte, das Gift wirkt nur gegen die Konloner.«

»Wie war das, Alka? Ich hab dich nicht verstanden!«

»Du hast nichts zu befürchten.«

Sie schloss die Augen und wurde bewusstlos.

Surt streckte seinen Hals aus, um ihr ins Gesicht zu blicken.

»Ist sie tot? Nein, sie atmet noch. Schläft sie etwa nur?«

»Sie hat ihre letzte Kraft aufgewandt, um ihm zu sagen, dass er sich nicht fürchten soll ... Das ist mal wieder typisch für sie.« Einen Moment später lachte Satan. »Aber du hast etwas vergessen, Alka. Der Junge hat keine Angst mehr. Egal was andere sagen, er schreitet weiter mit Zuversicht voran.«

Das lag seit jeher in Lloyds Natur. Er steckte sich Ziele und arbeitete darauf hin – allein die Tatsache, dass er Konlon in Richtung Azami verlassen hatte, bewies das. Zwar hatte ihm bisweilen die Zuversicht gefehlt und es kam durchaus vor, dass seine Nerven blank lagen ... Doch Satan wusste, dass er sich niemals unterkriegen lassen würde.

»Inzwischen legt er los, ohne lange zu fackeln ... Er hat nun das Selbstvertrauen, das ihm früher gefehlt hat. Es braucht schon einiges, um ihn jetzt noch aufzuhalten.«

Alka konnte seine Worte nicht mehr hören, doch Satan klang in diesem Moment wirklich wie ein fürsorglicher Vater.

Derweil in der unterirdischen Schatzkammer von Azami ... In dem Raum, in dem das heilige Schwert aufbewahrt wurde, befanden sich zwei Gestalten. Hinter ihnen lagen lauter Soldaten aus Azami am Boden. Vor ihnen standen Eve und ...

»Verdammt ...«

... Anzu. Sie hielt ihr Katana in der Hand, ihre Augen funkelten wütend. Rihos Schwester Rol war mit der Sicherheit der Schatzkammer betraut worden und sichtlich bestürzt.

»W... Was ist passiert, Fräulein Anzu? Habt Ihr uns etwa verraten?« Sie hatte angenommen, dass die Anführerin des autonomen Gebiets Ascorbin auf ihrer Seite war. »Wie viel hat sie Euch gezahlt?!«

»Wieso denkst du, dass Geld im Spiel war?!«

»Also nicht? Dann ... hat sie eingewilligt, Eure Autobiografie zu veröffentlichen? Lasst es lieber sein! Selbstverlage können ihre Bücher nicht in Buchläden unterbringen und man bleibt dadurch auf den Beständen sitzen! Lasst Euch nicht von ihr täuschen!«

»Klingt, als sprichst du aus Erfahrung, Rol«, mischte sich Eve ein. »Anzu hat niemanden verraten. Damit das klar ist.«

»Wo soll das denn bitte klar sein?! Willst du mich etwa verarschen?«, brüllte Anzu. Sie hielt ihr Schwert fest in der Hand, stand aber wie versteinert auf einem Fleck – eine seltsam unnatürliche Pose.

»Ich habe extra dafür gesorgt, dass du kein schlechtes Gewissen haben musst! Du durftest sie mit der Rückseite deines Schwertes bewusstlos schlagen!«

»Das ist ja wohl das Mindeste! Lös sofort diesen unheimlichen Zauber von mir!«

Offenbar stand Anzu auf irgendeine Weise unter Eves Kontrolle. Eve kicherte leise und bewegte ihre Finger, als würde sie eine Marionette steuern.

»Okay, okay ... das Gespräch ist hiermit beendet.«

»?! Lauf weg!«, schrie Anzu und schwang ihr Schwert nach Rol. Ihre Hände und Beine bewegten sich dabei schrecklich hölzern, was es umso beängstigender wirken ließ.

»Einfacher gesagt als getan! Ah, Mist ...!«, stammelte Rol nervös. Zwar gelang es ihr gerade so, Anzus Angriff auszuweichen, jedoch ...

»Tja, schade.«

... nutzte Eve die Gelegenheit und wickelte eine Trent-Wurzel um Rols Fuß, um ihr die Lebensenergie abzusaugen.

»Hnng!«

Während Eves Gelächter durch den Raum hallte, fiel Rol bewusstlos zu Boden.

»Ich hatte mich auf alle Eventualitäten vorbereitet und in ein paar Bekannte Kontrollsamen gepflanzt.«

»Wann ...?!«, knurrte Anzu, die vor Wut die Zähne zusammenbiss.

»Dein Haarschmuck!« Eve lächelte und zeigte auf Anzus Kopf. »Es freut mich, dass du ihn immer noch trägst.«

»Mist, ich hatte ganz vergessen, dass du mir die Spange gegeben hast! Ich hätte sie wohl besser irgendwann auf den Müll werfen sollen.«

»Jetzt sei doch nicht so, Anzulein! Ich weihe dich nur in dieses Geheimnis ein, weil du so eine gute Freundin bist.«

»Freundin?! Dass ich nicht lache! Freunde tun so was nicht!«

»Hmm, schon möglich. Da ich nie eine richtige Freundin hatte, weiß ich das nicht … Schon traurig, oder?«

Eve beendete die Unterhaltung und ging tiefer in den Raum hinein, bis sie sich schließlich vor einer massiven Tür wiederfand.

»Also gut, Anzulein! Schneide es durch!«

»…!«

Anzu stand der Unwille ins Gesicht geschrieben, doch sie konnte nicht anders, als dem Befehl zu gehorchen. Dank ihrer meisterhaften Schwertkunst zerschlug sie mit einem einzigen Streich das Schloss und die Angeln der Tür. Als selbige zu Boden polterte, tönte ein gewaltiges Donnern durch den unterirdischen Raum. Nun offenbarten sich zahlreiche Schätze, eine seltsam aussehende Statue, Briefe und Massagegutscheine, die Marie ihrem Vater als kleines Mädchen geschenkt hatte. Am hintersten Ende des Raumes stand außerdem ein auffällig verziertes, seltsames Schwert. Es war das heilige Schwert, das Rinko erschaffen hatte und das zugleich der Schlüssel zum letzten Dungeon war.

»Da ist es ja! Komm zu Mami, heiliges Schwert!«

»Das ist es also?«

Fröhlich sprang Eve durch den Raum, um das Schwert an sich zu nehmen, doch … ihre Hände glitten hindurch.

»Ach herrje.«

Es war, als würde sie versuchen, einen Regenbogen oder ein Hologramm zu berühren – das Objekt war wahrhaftig eigenartig. Doch Eve lächelte nur amüsiert.

»Selbst mit den Kräften eines Dämonenkönigs in meinem neuen Körper kann ich es nicht berühren. Sie hat es so entworfen, dass nur Menschen dieser Welt und keine Besucher es herausziehen können.«

»Warum hat sie sich denn solche Mühe gegeben?«, fragte Anzu, woraufhin Eve ihr Rinkos Beweggründe erläuterte.

»Rinko hatte ursprünglich geplant, mit ihrer neu gewonnenen Unsterblichkeit wieder in unsere alte Welt zurückzukehren, nachdem sie ihren langen Urlaub hier genossen hat.«

»Eine andere Welt ... Für mich klingt das immer noch unglaublich.«

»Doch Rinko konnte nicht dabei zusehen, wie wir Besucher aus einer anderen Welt Chaos über diese Welt bringen.« Wie ein Forscher, der ein Ökosystem erforschen will, doch bemerkt, dass seine Anwesenheit es aus dem Gleichgewicht bringt. »Sie wollte Menschen finden, die Dämonenkönige wie Abaddon oder den Erlkönig versiegeln können und bereit wären, die Runenmagie zu erlernen. Also erschuf sie ein heiliges Schwert, dass nur unvorstellbar starke Bewohner dieser Welt herausziehen können.«

»Sie war also auf der Suche nach jemandem, der in der Lage wäre, den Schlamassel, den die Dämonenkönige angerichtet haben, zu beseitigen.«

»Es war wahrscheinlich Schicksal, dass sich die Bewohner von Konlon unter Alkaleins Anleitung letzten Endes um die Dämonenkönige kümmerten.« Eve lächelte und schüttelte den Kopf. »Allerdings begann Rinko irgendwann, diese Welt ins Herz zu schließen, und verspürte überhaupt kein Verlangen mehr, sie zu verlassen. Warum der Schlüssel jedoch ein Schwert ist, na ja ... sie ist ein unglaublicher Fan von Retro-RPGs ...«

Eve bewegte erneut ihre Finger und zwang Anzu so, nach dem heiligen Schwert zu greifen.

»Oh?! Ich kann es anfassen?!«

»Offenkundig benötigt es eine unglaubliche Menge magischer Kraft, um es herauszuziehen, doch ich schätze, danach kann es jeder tragen. Vielleicht liegt es aber auch daran, dass du eine Meisterschwertkämpferin aus Ascorbin bist? Du wirkst auf mich jedenfalls wie die Art Mensch, die das Portal zu einer anderen Welt öffnen würde.«

»Nein, das würde ich nicht!«

»Na ja, Rinkolein hat es mit den Details noch nie so genau genommen. Ist ja auch egal.«

Als würde sie ein neues Videospiel ausprobieren, ließ Eve Anzu das Schwert umherschwingen.

Nach einer Weile hatte Eve jedoch genug davon. »Wir sind hier fertig«, sagte sie und wandte sich ab, um den Ort zu verlassen. »Jetzt müssen wir uns schnellstmöglich aus Azami verdrücken. Ab nach Konlon, wo wir die Tür zum letzten Dungeon öffnen und ich in meine Welt zurückkehren kann. Dann heißt es: Mission erfüllt.«

©Nao Watanuki

»Mission erfüllt? Solltest du das wirklich machen, werden die Dämonenkönige, die im letzten Dungeon versiegelt sind, in diese Welt freigelassen. Weißt du, wie viele Menschen dadurch sterben werden?«

»Rinko wird mir an den Fersen kleben, da muss ich halt zu solchen verzweifelten Maßnahmen greifen. Es bricht mir echt das Herz!«

»Dein Grinsen sagt aber ganz was anderes!«

Eve konnte sich nicht beherrschen, in ihren Gedanken schmiedete sie schon Pläne für die Zukunft.

»Ich bin unsterblich und nur ich kann die Runen kontrollieren! Gib mir hundert ... nein, fünfzig Jahre, und die ganze Welt wird unter meiner Kontrolle stehen. Selbst wenn es Rinkolein gelingen sollte, zu mir aufzuschließen, wird es dann längst zu spät sein.«

Eve war voller Vorfreude. Doch auf einmal ...

»Hat gerade jemand meinen Namen genannt?«

... stand Rinko vor ihnen – sie war offenbar fest entschlossen, wenngleich schwer verwundet. Sie hatte nicht mehr die Gestalt ihrer zweiten Form, ihre Kleidung war blutgetränkt. Eve hatte nicht mit ihr gerechnet und wirkte deshalb einen Moment lang überrascht, aber sie fasste sich schnell wieder und grinste.

»Man könnte meinen, du hättest gerade einen chirurgischen Eingriff hinter dir.«

»Ich könne definitiv einen Chirurgen gebrauchen. Mir tut alles weh«, antwortete Rinko mit einem leichten Lächeln.

Eve runzelte fragend die Stirn.

»Bist du vielleicht hier, um mich zu verabschieden?« Rinko schwieg. »Willst du Zeit schinden?« Wieder folgte keine Antwort, weshalb Eve gelangweilt das Gesicht verzog. »Hier wird dir dein Recht, zu schweigen oder darauf zu beharren, nichts nützen. Stell dir mal vor, der Täter in einem Krimi würde an den Rand einer Klippe gedrängt werden. Wäre es nicht unheimlich langweilig, wenn er statt einer dramatischen Offenbarung urplötzlich schweigen würde?«

»Es hat einfach nichts funktioniert«, brach Rinko daraufhin ihr Schweigen.

»Wie meinst du das?«

»Eve, ich bin hier, um dich zu töten.«

»Hast du das nicht schon längst versucht?«

»Ha ha ha, stimmt«, antwortete Rinko. »Aber ich habe mich zurückgehalten. Genauer gesagt, ich habe meinen letzten Trumpf nicht ausgespielt. Dabei habe ich noch etwas ganz Besonderes in der Hinterhand.«

»Du machst es aber spannend ... Was denn?«

»Ich bin im Besitz einer Rune, die Unsterblichkeit rückgängig machen kann.«

Nachdem Rinko diese Bombe platzen ließ, erstarrte Eve.

»Du hast was ...?«

Rinko blieb ruhig und wiederholte sich: »Eine Rune, die Unsterblichkeit rückgängig machen kann.«

Die Unsterblichkeit war einer der großen Stärken, die alle Besucher aus der anderen Welt besaßen, die zu Dämonenkönigen geworden waren. Sogar wenn sie tödliche Wunden erlitten, konnten sie innerhalb eines Jahres wieder zum Leben erwachen (dies hing jedoch stark von den jeweiligen Individuen ab). Diese Rune beraubte sie dieses Vorteils. Eve hatte in ihrer Rolle als Präsidentin viele Versuche unternommen, die ewige Jugend oder einen gesunden Körper zu erlangen ... Nun, da ihr dies gelungen war, entpuppte sich diese Nachricht für sie als Albtraum. Sie konnte ihren eigenen Ohren nicht trauen.

»...«

»Dein Blick gefällt mir«, meinte Rinko grinsend.

»Na, ich schätze mal ...«, begann Eve, die langsam wieder ihre Fassung zurückgewann (oder es zumindest vorgab) mit zittriger Stimme, »... dass du dann reinen Tisch machen willst?«

»Jetzt mach dir nicht ins Hemd, Eve. Auch für mich besteht hier ein hohes Risiko! Diese Rune ist wirklich mächtig und macht auch mich sterblich, ihre Anwenderin. Wenn ich sie also falsch benutze, würde das meinen sofortigen Tod bedeuten«, offenbarte Rinko. Es klang, als wäre die Rune eine Art Selbstzerstörungsmechanismus, was ihre Entschlossenheit, Eve zu stoppen, nur noch mehr unterstrich. »Ursprünglich habe ich diese Rune entwickelt, um zusammen mit Lu, dem König von Azami, gemeinsam alt zu werden. Doch wenn ich die Unsterblichkeit mit diesen Verletzungen aufhebe, könnte ich womöglich hier und jetzt tot umfallen«, erklärte sie, wobei sie zwischen den Sätzen innehielt, um Luft zu holen, als würde sie gegen heftige Schmerzen ankämpfen.

»Du riskierst dein Leben? Das ist ja total untypisch für dich«, kommentierte Eve sichtlich beeindruckt.

»Eigentlich hatte ich vor, sie zu verwenden, sobald Frieden herrschen würde, aber die Umstände lassen mir gar keine andere Wahl.«

»Ich bin unverletzt! Wenn du hier die Unsterblichkeit von mir nimmst, wirst nur du sterben. Dein Tod wäre sinnlos! Du wirst deine Chance verlieren, den Rest deines Lebens mit deiner Tochter und deinem Mann zu verbringen.«

Eves Versuch, Rinko zu manipulieren, schlug fehl.

»Aber du wirst dich nicht mehr regenerieren können.«

»Ja, da das mit meiner Unsterblichkeit zusammenhängt, hast du wohl recht ...«

»Die anderen werden sich um den Rest kümmern. Noch bevor du Konlon erreichst, werden dich Lloyd und Marie bereits dort erwarten, um dich zu besiegen«, sagte Rinko entschlossen.

Eves Leben bestand indessen praktisch daraus, solche Momente zu untergraben. Möglicherweise würde sie ihre Unsterblichkeit verlieren, doch die Freude darüber, jemandes Hoffnungen zu zerschmettern, überwog die Angst davor. Ihre Panik legte sich wieder und sie kam zur Besinnung.

Anzu hingegen ... Nun, sie hatte soeben erst von der Unsterblichkeit erfahren und konnte dem Gespräch der beiden nicht mehr folgen.

»Ich fühle mich hier irgendwie fehl am Platz. Darf ich vielleicht heim?«

Weder Rinko noch Eve blickten sie an, als sie sich bei ihr entschuldigten.

»Tut mir leid, Anzulein.«

»Das hier ist gleich vorbei. Du kannst unsere Zeugin sein!«

Kaum hatten diese Worte Rinkos Lippen verlassen, drehte sich Eve um und nahm die Beine in die Hand.

»Ich habe, was ich wollte! Ich habe keine Lust, unnötige Risiken einzugehen!«

»Nicht so schnell ...!«

»Waaah!«

Rinko blockierte ihr den Fluchtweg und allein ihr finsterer Blick ließ Eve zurückweichen.

»Also echt ...« Rinko schüttelte den Kopf. »Ich kann nicht glauben, dass du dich gerade ernsthaft aus dem Staub machen wolltest.«

Sie trat vor und begann, die Anti-Unsterblichkeitsrune in den Boden zu ritzen.

»Ich wollte einfach nur dein erstauntes Gesicht sehen«, erwiderte Eve genervt.

»Alleine mag es dir vielleicht gelingen, aber denkst du wirklich, dass du nach Konlon gelangen kannst, während du das heilige Schwert und Anzu, deren Körper du kontrollierst, bei dir hast? Schließlich warten draußen noch Dutzende Elitekämpfer auf dich.«

Selbst wenn sie hier fallen würde, hatte sie noch Verstärkung. Allein dieses Wissen gab ihr die Zuversicht, ihren riskanten Plan umzusetzen. Doch Eve war sich dessen vollauf bewusst. Sie kratzte sich am Hinterkopf und kicherte.

»Ich hatte schon erwartet, dass so etwas geschehen würde ... Du bist nicht die Einzige mit einem Ass im Ärmel.«

»Ach ja ...?«, fragte Rinko alarmiert. Sie kannte Eve lange genug, um zu wissen, dass sie in diesem Moment die Wahrheit sagte. Einen Sekundenbruchteil später ...

Brrrmmm!

... begann das ganze Schloss zu erbeben. Es bebte nicht nur auf und ab, sondern auch zu allen Seiten – es war unberechenbar, wie wenn ein Baby auf einen Gegenstand schlägt und ihn umherrollt.

»W... Was ist hier los ...?!«, rief Anzu.

Während Rinko versuchte, ihr Gleichgewicht zu halten, fixierte sie Eve mit ihrem Blick.

»Was hast du getan?«

Als würde sie eine Show moderieren, begann Eve, die Ursache für die Erschütterungen zu erklären.

»Woher dieses Beben stammt? Das ist Magie! Und nicht nur irgendeine ... Es ist ein Teleportationszauber! Das gesamte Schloss wird an einen völlig anderen Ort versetzt!«

»Das gesamte Schloss?!«, reagierte Anzu schockiert.

»Ganz genau!«, erwiderte Eve erfreut über deren Reaktion. »Für den Fall, dass mein Plan in die Hose gehen sollte, habe ich entschieden, einfach das ganze Schloss nach Konlon zu bringen, gemeinsam mit dem heiligen Schwert!«, enthüllte Eve fröhlich ihren Plan. Sie hatte Spione in die Armee von Azami geschleust, die an mehreren Stellen im und um das Schloss speziell auf Teleportationsmagie ausgelegte Magiesteine angebracht hatten.

»Sie sahen vielleicht nicht aus wie normale Magiesteine, aber sie wurden eigens von Doktor Eug erschaffen. Eine einfache Anwendung meiner Runenkanone hat sie mit Magie aufgeladen. Ich bin zwar nicht gut darin, bewegliche Ziele zu treffen, aber so was hier gelingt mir.«

»Das war also schon von langer Hand vorbereitet ... Wir wussten, dass Jio Spione bei uns eingeschleust hat ...«

Das Beben war so heftig, das Rinko auf die Knie ging, sehr zu Eves Belustigung.

»Unser Ziel ist dir ja bereits bekannt: Auf nach Konlon!«

Brrrmmm!

Ein heftiger Ruck begleitete das Ende von Eves Erklärung und ein seltsames Gefühl der Schwerelosigkeit umgab Rinko und Anzu. Das Beben hatte aufgehört, vermutlich waren sie gelandet. Der Boden war dadurch etwas in Schieflage geraten, wodurch Rinko das Gleichgewicht verlor.

Auch Eve schien nicht damit gerechnet zu haben, denn auch sie kippte zur Seite. Unbeeindruckt richtete sie sich auf. »Na, überrascht? Es kommt schließlich nicht alle Tage vor, dass ein Palast sich bewegt!«

»Das eben scheint dich aber auch auf dem falschen Fuß erwischt zu haben.«

»Das bildest du dir nur ein, Anzulein«, erwiderte Eve, die nun wieder auf den Beinen war.

»Den ganzen Weg nach Konlon?« Rinko war fassungslos. »Es ist nicht möglich, eine solch gewaltige Masse mit normalen Magiesteinen in Bewegung zu versetzen ...«

»Aber es ist wahr! Schau doch selbst!« Eve schoss mit ihrer Runenkanone auf die Wand.

Bamm, bamm!

Die Wand stürzte ein und es bot sich der Blick auf eine bunte Landschaft mit grünen Hügeln, über die ein sanfter Wind strich. Rinko klappte die Kinnlade herunter – was Eve amüsiert aufnahm.

»Ku hu hu. Jetzt sind deine verlässlichen Verbündeten in weiter Ferne ... Und was nun? Willst du diese Rune immer noch verwenden und alles andere den Bewohnern von Konlon überlassen? Auch wenn Hannyatou sie völlig machtlos machen kann? Versuchst du dein Glück trotzdem?«

»D... Du bist wirklich ... Gaaah!«

Überraschung und Wut überwältigten Rinko und sie vergaß für einen Augenblick, dass sie sich noch immer mitten in einem Kampf befand. Eve nutzte diese Unaufmerksamkeit stehenden Fußes aus und versetzte Rinko mit voller Kraft einen Tritt in ihre ungeschützte Seite. Rinko flog zur Seite, prallte gegen eine Wand und stürzte zu Boden. Durch den Erfolg ihres Überraschungsmanövers verfiel Eve in lautes Gelächter.

»Ein überwältigendes Comeback! Eigentlich sollte das nur mein letztes Mittel sein, um das heilige Schwert zu transportieren, aber dich dadurch auch von deinen Verbündeten zu trennen, ist das Sahnehäubchen auf der Torte! Dein enttäuschtes Gesicht zu sehen, ist einfach unbezahlbar, Rinkolein!« Voll überschwänglicher Freude sprach Eve sogar der abwesenden Eug ein Kompliment aus. »Eugilein, du bist wirklich ein Genie! Du hast zwar keine Ideen oder Eingebungen wie Rinko oder Alka, aber wenn es darum geht, die Visionen anderer Menschen in die Tat umzusetzen, bist du unschlagbar. Durch die Befehle von oben hat sich dein wahres Potenzial entfaltet! Hätte ich dir nicht den Weg gewiesen, hätte dein Stolz dich nutzlos gemacht!«

»Rinko! Hng!«

Anzu versuchte, zu Rinko zu eilen, doch Eve übernahm schnell wieder die Kontrolle über ihren Körper und zwang sie, in die andere Richtung zu gehen.

»Na komm, noch einen Schritt! Du schaffst das schon!«

»Ich bin nicht dein Baby! Rinko! Rinkoooo?!«

Rinko lag mit schmerzverzerrtem Gesicht am Boden, ihre Wunden hatten sich wieder geöffnet. Eve winkte ihr zum Abschied und machte sich nun auf den Weg nach Konlon oder vielmehr: auf den Weg zum letzten Dungeon.

»Nun kommt also die Zielgerade! Sozusagen mein letzter Dungeon: das Dorf Konlon!«

Rinko ärgerte sich über sich selbst. Sie hatte sich völlig verschätzt und offensichtliche Zeichen übersehen ...

»Das ganze Schloss zu teleportieren ...«, murmelte sie, während sie zusammengekrümmt auf dem Boden lag. »Also das hat sie schon weit im Voraus geplant. Direkt vor meiner Nase! Heute ist wohl mein Unglückstag ... Ich habe einen großen Fehler gemacht.«

Gerne hätte sie auf die Konloner gezählt, doch Eve hatte schon angedeutet, dass sie einen Trumpf gegen sie in der Hand habe. Das ließ befürchten, dass selbst sie, nach Alkas Niederlage, chancenlos wären. »Wir können das Blatt nicht mehr wenden«, flüsterte Rinko, der die Tränen in den Augen standen.

Ihre Verbündeten, auf die sie gehofft hatte, zählen zu können, waren noch immer in Azami. Ihr Vorrat an guten Ideen war aufgebraucht ...

»Geht es dir gut?«

Aus irgendeinem Grund stand urplötzlich Lloyd vor ihr.

»Sowohl Oberst Molybden als auch Rol lagen bewusstlos am Boden! Was ist hier passiert?«

»Das Schloss steht schief ...«

»War das vielleicht ein starkes Beben ... Guckt mal raus!«

»Wie?! Was?!« Lloyd war nicht allein. Auch Riho, Phyllo, Selen und alle anderen waren bei ihm. Rinko konnte ihren Augen kaum trauen. »W... Warum seid ihr alle hier im Schloss? Habt ihr nicht draußen gekämpft?«

Mit entschlossenem Gesichtsausdruck wandte sich Lloyd zu ihr.

»Wir sind hier, um die Prinzessin von Azami zu retten!«

»Was?«

Rinko lenkte ihren Blick über Lloyds Schulter – hinter ihm stand Marie, die Prinzessin von Azami höchstselbst. Sie schien ebenso verdutzt zu sein wie ihre Mutter.

Indessen brachte Lloyd Licht ins Dunkel.

»Die Dorfvorsteherin meinte, dass Eve es auf jemanden abgesehen hat! Ich habe die Prinzessin nirgendwo in der Nähe gesehen, weshalb mein Verdacht gleich auf sie fiel und ich geradewegs zum Schloss gerannt bin!«

»Aber ich bin doch hier ...«

Eve hatte vermutlich Anzu gemeint, die das heilige Schwert für sie transportieren sollte. Mal wieder ein klassisches Missverständnis ... Dass Lloyd immer noch nicht wusste, dass Marie die gesuchte Prinzessin war, war offen gestanden ein Wunder.

»Deshalb also?« Selen starrte ins Leere. Sie war ihm anscheinend instinktiv gefolgt.

»Selen ...«

»Nun, wenn Lloyd losrennt, dann tue ich das auch!«, verteidigte sie sich.

»Verständlich«, stimmte ihr Merthophan zu. »Als ich Lloyds entschlossenen Gesichtsausdruck gesehen habe, hat mir mein Bauerngefühl auch gesagt, dass etwas nicht stimmt, und ich bin ihm direkt gefolgt. Das war bei dir doch sicher auch nicht anders, oder, Riho Flavin?«

»Ja, abgesehen von dem Teil mit dem Bauerngefühl ...«, antwortete Riho und schüttelte angesichts des wohl einzigen Mannes auf dieser Welt, der in einem Lendenschurz ein Schloss betreten würde, den Kopf.

Allan und Mena stimmten ebenfalls zu.

»Lassen wir diesen Landwirtschaftsmist mal beiseite ... Immer wenn Lloyd so ernst guckt, steckt was dahinter.«

»Wir kennen ihn lange genug.«

»Mu ha ha! Das trifft auch auf mich zu! Wir pflegen eine Langzeit ☆ Beziehung!«, mischte sich Nexam in das Gespräch ein und entblößte sein Gesäß. Die Art, wie er das Wort »Langzeitbeziehung« aussprach, klang leicht obszön, weshalb Renge, die aus derselben Gegend stammte wie er, bloß die Stirn runzelte.

»Nexam ...«, knurrte sie. »Das war äußerst unelegant.«

Zu sehen, dass sich alle wie üblich verhielten, erleichterte Rinko und zauberte ihr ein Lächeln ins Gesicht.

»Ha ha ...«

»Mama?«

»Ich habe den Halt verloren«, antwortete Rinko. »Außerdem tun meine Wunden wirklich übelst weh.«

Lloyd beugte sich mit ernster Miene über sie.

»Geht es dir wirklich gut, Königin?«

»Mir geht es gut, sie hatte es auf das heilige Schwert abgesehen.«

»Das heilige Schwert? Nicht die Prinzessin?!«

»Sie ist in diese Richtung gegangen. Das Schwert hat sie bei sich.« Rinko deutete auf die zertrümmerte Mauer.

Angesichts der Szenerie, die sich hinter dem Loch ausbreitete, wirkte Lloyd geschockt.

Als sich das erste Entsetzen gelegt hatte, erklärte Rinko, wie Eve Anzu kontrollierte.

»Also benutzt sie Anzu dazu, das heilige Schwert zu tragen? Wie unelegant!«, sagte Renge.

»Nimm es Anzu nicht übel, Renge. Das ist wirklich nicht ihre Schuld!«, nahm Nexam sie in Schutz.

»Oh, ich habe eher Mitleid mit ihr. Nichts ist weniger elegant, als unter jemandes Kontrolle zu stehen, nicht wahr?«

Lloyd hörte mit verschränkten Armen und geschlossenen Augen zu – nach einer Weile öffnete er die Augen wieder.

»Okay, ich glaube, ich habe so weit alles verstanden.«

»Lloyd?«

»Ich werde Eves bösen Machenschaften ein Ende bereiten! Keine Sorge, ich kümmer mich drum!«

»Gut ... Schnapp sie dir!«

Da Rinko sehen konnte, wie motiviert er war, entschied sie sich, es bei diesen Worten bewenden zu belassen. Immerhin hatte der gutherzige Junge schon mehr als ein Wunder bewirkt. Eve hatte sich selbst als Protagonistin bezeichnet, doch Rinko nominierte Lloyd für diese Rolle.

»Ich werde vorangehen, aber ich brauch eure Unterstützung, Leute!«, bat Lloyd die Gruppe.

Alle nickten ihm daraufhin zu.

»Lloyd, du weißt, du kannst dich auf uns verlassen!«

»Marie ...«

Selen sprang zwischen die beiden, um seine Aufmerksamkeit auf sich zu ziehen.

»Natürlich! Ich werde dir bis ans Ende der Hölle folgen!«

Riho kratzte sich am Hinterkopf.

»Du wirst wohl wirklich in die Hölle kommen, aber Lloyd kommt todsicher in den Himmel.«

»Selen gehört in die Hölle ... das steht fest ...«

»Hmpf! Ich bin noch immer ein junges Mädchen! Ich habe mehr Zeit als genug, um mir mein Ticket für den Himmel zu verdienen! Wenn man allerdings für seine Sünden disqualifiziert werden würde, hätte ich wohl ein Problem.«

Das war kaum der richtige Zeitpunkt, um darüber zu diskutieren, in welchem Fall man Zutritt zum Himmel bekam. Doch Selen konnte Phyllos Kommentar nicht einfach so hinnehmen.

Merthophan ruckelte seinen Lendenschurz zurecht und trat an Lloyds Seite.

»Jeder stolze Landwirt würde den Kampf an dem Ort zu Ende bringen wollen, an dem er seine Leidenschaft zur Landwirtschaft entdeckt hat!«

Choline und Chrom konnten sich ein Schmunzeln nicht verkneifen. Ihr ehemaliger Kollege hatte sich in jeglicher Hinsicht stark verändert – und nur mit einem Lendenschurz bekleidet gewährte er ihnen die Sicht auf ziemlich viele Stellen.

»Er ist längst nicht mehr derjenige, der er einmal war ... Vielleicht aber doch noch und nun sieht er bloß von außen betrachtet anders aus.«

»Was machen wir nur mit ihm?«

Oberst Chrom stützte sich auf Choline, offenbar plagten ihn die Schmerzen.

»Wie geht es deinen Verletzungen, Chrom?«, erkundigte sich Lloyd nach ihm.

»Das ist jetzt nicht so wichtig«, antwortete er und stieß mit seiner Faust leicht gegen Lloyds Brust. »Du bist nicht mehr der Junge, der bei der Aufnahmeprüfung durchgefallen ist und deshalb total deprimiert versucht hat, einen Job in der Kantine zu ergattern.«

Als Lloyd damals vor ihm aufgetaucht war, hatte er unglaublich schüchtern gewirkt.

»Nein! Ich werde mein Bestes geben!«

Lloyd war zwar noch immer die Aufrichtigkeit in Person, doch er hatte sich zu einem fähigen Soldaten entwickelt.

»Als Leiter der Kantine und Ausbilder an der Akademie konnte ich Zeuge deines Wachstums werden. Also gut, überlass das hier uns, Lloyd, und zieh los, um die Welt zu retten! Zeig uns, aus welchem Holz du geschnitzt bist!«

Lloyd nickte entschlossen. Marie trat zu ihm und richtete ebenfalls ermutigende Worte an ihn.

»Auch ich vertraue dir! Als Prinzessin ...«

Bumm!

Gerade als sie einen neuen Versuch starten wollte, ihm zu sagen, dass sie die Prinzessin war, erschütterte ein lauter Knall die Umgebung.

»Wir haben keine Zeit zu verlieren! Danke für deine aufbauenden Worte, Chrom! Ich werde mein Bestes geben!«

Lloyd war fest entschlossen, sich der Gefahr zu stellen und Konlon zu retten. Als Marie seinen eifrigen Blick sah ... ließ sie den Kopf hängen.

»Er hat mich auf keinen Fall gehört ...«

»Nein.«

»Kein Wort.

»Uh huh ...«

»Dabei war das der perfekte Zeitpunkt für eine Enthüllung!«, jammerte Marie.

Das Resultat sprach jedoch gegen sie. Ihr schlechtes Timing war bemerkenswert.

»Lasst uns Eves bösen Taten ein Ende setzen! So können wir sowohl bei Lloyd als auch in seinem Heimatdorf Konlon punkten und die Fundamente für unsere Zukunft legen!«

»Selen, du bist wirklich unerschütterlich.«

»Mhm ...«

Während Marie noch enttäuscht vor sich hin schmollte, machten sich die anderen bereits auf den Weg nach Konlon. Lloyd wollte ihnen gerade folgen, als Rinko seinen Ärmel packte.

»Lloyd, Eve hat eine Waffe, die gegen alle Bewohner Konlons wirkt. Pass auf dich auf!«

»Wirklich?! Oh nein! Ich hoffe, allen geht es gut!«

Es erwärmte Rinkos Herz, dass Lloyd sich selbst in solchen Momenten zuerst um das Wohl der anderen sorgte.

»Deine Waffe ist deine Freundlichkeit, Lloyd. Ich drücke dir die Daumen!«

»Okay! Was?« Als er eben aufzubrechen gedachte, stutzte Lloyd.

»Rinko, wolltest du dir gerade den Schmutz aus dem Gesicht wischen?«

»Hm? Nein, eigentlich nicht.«

Sie blickte ihn verdutzt an.

»Dann lass mich das erledigen!«, sagte er und zog ein Taschentuch hervor. »Wir wollen schließlich nicht, dass in diese Wunden Bakterien gelangen! Ich wische das für dich ab.«

»Das ist nicht nötig, Lloyd ... Du solltest dich ... Was?!«

Rinko blickte überrascht auf das Taschentuch, das der Junge in seiner Hand hielt: Darauf war eine Entzauberungsrune geschrieben.

»Lloyd, ist das etwa ...?!«

»Oh ja! Ich glaube, das nennt man eine Entzauberungsrune. Damit bekommt man jede Art von Schmutz und Flecken weg! Ist eine kleine Haushaltsweisheit von mir! Sie eignet sich auch hervorragend, um Wunden zu säubern! Hattest du denn nicht vor, dieselbe Rune einzuritzen?«

Er zeigte auf die halb fertige Anti-Unsterblichskeitsrune, die auf dem Boden glühte.

»Oh ... die sehen sich ja tatsächlich sehr ähnlich. Aber Alka hatte ja auch ihre eigenen Runen entwickelt, da ergibt das absolut Sinn ...«

Die Augen voller Hoffnung, schnappte sich Rinko daraufhin Lloyds Hand.

»Lloyd, es gibt da etwas, das du dir merken solltest ... nur eine Kleinigkeit.«

»W... Worum geht es denn?«

»Deine Haushaltsweisheit, die dir beim Putzen hilft, könnte tatsächlich die Welt retten ... Auch wenn das jetzt unglaublich klingen mag, ich habe einen Tipp für dich, wie das funktionieren kann«, sagte Rinko und grinste bis über beide Ohren.

Das laute Geräusch zuvor war das Ergebnis von Eves Angriff. Überall lagen die Konloner verstreut – sie waren Opfer der Kraft von Hannyatou geworden.

»Hannyatou für dich! Und für dich! Ich sprüh mir einfach die Sorgen vom Leib!«

Eve sprühte das Hannyatou überall hin, als wäre sie eine Kammerjägerin. Nun stand ihr jedoch der Mann gegenüber, der Lloyd großgezogen hatte: Pyrid.

»Haaah!«

Wumm! Wumm!

Seine Schockwellen hatten diese Explosion erzeugt. Anders als sonst stand er fest entschlossen vor Eve.

»Es tut mir leid, aber würdest du bitte aufhören, überall dieses seltsame Zeug zu versprühen? Meine Dorfbewohner leiden darunter.«

»Und da ist auch schon die grimmige Gottheit Pyrid! Hier, Geschenk für dich!«

Doch Pyrid hatte bereits erkannt, warum die Dorfbewohner umfielen, und wich dem nebelartigen Hannyatou mit fließenden Bewegungen aus.

»Haaah!«

Mit einer einzigen Handbewegung blies er das Spray in den Himmel. Angesichts dieser beeindruckenden Technik zog Eve eine Augenbraue hoch.

»So soll das laufen, ja? Nur ein einziger Atemzug davon und das war's für dich! Wie lange du das wohl durchhalten kannst?«

»Ich mag zwar alt sein, aber ich kann meinen Atem noch immer einen ganzen Tag lang anhalten.«

»Was für ein Ungeheuer ...! Aber das könnte man wohl auch von mir behaupten ...«

»Wie ...?! Hnng?!«

Genau in diesem Augenblick entdeckte er zu seinen Füßen Trent-Wurzeln. Eve hatte sie während ihres Gesprächs heimlich in seiner Nähe platziert. Aus den Spitzen der Wurzeln trat das Hannyatou aus. Natürlich gelang es Pyrid auszuweichen ... doch ein Teil seines Körpers kam trotzdem damit in Berührung.

»Ha, das wird nicht ausreichen, um ... Gaaah!«

Hannyatou wirkte wie ein Fluch: Schon der kleinste Kontakt genügte, damit die Wirkung eintrat.

»Ich bin wohl wirklich alt geworden ... Ich war unvorsichtig ... trotzdem!«

»Das war knapp ... H... Hey!«

Er hatte seinen Titel grimmige Gottheit nicht von ungefähr: Pyrid wehrte sich weiterhin, sein Kampfgeist und der Wille, die Dorfbewohner zu schützen, schienen ihn anzutreiben.

Indessen war Eve ebenfalls keine gewöhnliche Existenz. Sie wich seinen Angriffen geschickt aus und versprühte noch mehr Hannyatou. Und mit jedem Mal verlor der alte Mann an Kraft. Trotzdem gab er nicht auf. Seine feste Entschlossenheit ließ Eve in ehrliche Bewunderung ausbrechen.

»Du trägst deinen Titel zu Recht! Selbst nach so viel Hannyatou kannst du dich noch immer bewegen?«

Normalerweise hätte Eve diese Gelegenheit genutzt, um noch ein wenig mit ihrem Gegner zu spielen, doch sie hatte ein Ziel, das sie schnellstmöglich erreichen wollte – sie verpasste Pyrid einen kräftigen Tritt.

»Und hepp!«

»Gaaah!«

Pyrid prallte gegen eine Hauswand und wurde von den herabstürzenden Trümmern begraben. Sobald sich Eve vergewissert hatte, dass er nicht noch einmal aufstand, schritt sie weiter voran, doch dann ...

»Du solltest den Älteren wirklich mehr Respekt erweisen.«

»Wer ist da ...?«

... ertönte wie aus dem Nichts eine mysteriöse Stimme und sie drehte sich um.

»Da hast du meinem Bruder und alten Freund ja ganz schön eingeheizt.«

Ein älterer Gentleman stand vor ihr.

»Sou?«, sagte Eve, als wäre sie gerade zufällig einem alten Bekannten begegnet.

»In der Tat.«

Sie wusste, dass sie dem Mann schon einmal begegnet war, doch sie rieb sich die Augen und sah noch einmal genauer hin.

»Du hast dich ziemlich verändert.«

Sou lächelte verschmitzt und spielte den Ahnungslosen.

»Ach ja? Mir ist es selbst zwar nicht aufgefallen, aber vielleicht habe ich mich gut gehalten?«

Er war ein Runenmann, was bedeutete, dass sich sein Äußeres je nach Betrachter unterschied. Ursprünglich war er ein Held gewesen, doch als er zunehmend unter diesem vagen Konzept gelitten hatte, war er selbst zu einer vagen Existenz geworden, die an diese Welt gefesselt war. Seit er sich mit Shoma angefreundet und mit ihm seine Liebe zu Lloyd geteilt hatte, begann er, sich selbst als »extremer Lloyd-Fan« zu definieren, was ihn aus diesem vagen Zustand befreite.

»Um der alten Zeiten willen möchte ich dich etwas fragen ... Wie siehst du mich, Eve?«

»Als einen Großvater, der seine Enkelkinder verhätschelt.«

Genau so wirkte er in diesem Augenblick. Wie ein Großvater, der sich die ganze Woche auf den Besuch seiner Enkelkinder vorbereitet, deren Sommerferien kurz vor der Tür stehen.

Sou widersprach ihr nicht, im Gegenteil, es wirkte so, als würde er sich sogar geehrt fühlen.

»Genau das bin ich! Ich bin nur aufgewacht, um Lloyds heldenhafte Taten mit dieser Kamera festzuhalten.«

»Der schon wieder?«, grunzte Eve. Ständig mit diesem Namen konfrontiert zu werden, nervte sie sichtlich. »Leider habe ich ihn in Azami zurückgelassen. Er neigt dazu, mir in die Quere zu kommen.«

»Ach, hast du das wirklich?«

»Ja, du kannst dich also wieder schlafen legen.«

»Ich fürchte, das kann ich nicht«, sagte Sou kopfschüttelnd. »Ich kann nicht ignorieren, was du meinen Freunden angetan hast.«

»Schon wieder dieses Wort ... ›Freunde‹ ...«

Eve zog eine Grimasse, sie hatte das Gerede über Freundschaft und Kameradschaft satt. Sou ließ sich jedoch nicht beirren und begann, ihr wie ein Moderator die Freuden der Freundschaft und seines großen Idols auseinanderzusetzen.

»Eine vage Existenz zu sein, brachte mir nichts als Leid. Ich war meines Zweckes beraubt, zu dem ich erschaffen wurde, und doch nicht in der Lage, zu verschwinden ... Ich konnte nichts werden. Dieses Gefühl lässt sich nur schwer in Worte fassen.«

»Das kann ich nachvollziehen. Auch ich habe mir immer wieder neue Ziele gesteckt, um weiterzuleben.«

»Aber das allein reicht nicht aus, oder? Ich habe versucht, meiner Heldenrolle zu entfliehen, indem ich zum Schurken wurde ... Das hat mich allerdings nicht zufriedengestellt.«

»Verstehe.«

Eve überlegte, ob sie etwas Sarkastisches erwidern sollte, doch Sou gab ihr keine Gelegenheit dazu ... Sein Vortrag ähnelte einer Moralpredigt.

»Wir alle brauchen jemanden, der uns versteht, Eve Profen. Das ist mir klar geworden, als ich meiner vagen Existenz entfliehen und anstatt als Monster als alter Mann weiterleben konnte.«

Eve knirschte mit den Zähnen.

»Soll das subtile Prahlerei sei?«

Sou nickte.

»Wenn du es als Prahlerei empfindest, dann beweist das nur, dass du dich noch immer auf einer Durststrecke befindest.«

»Ich bin ganz und gar nicht durstig! Ich bin wieder jung! Und guck dir bloß meine Kurven an! Und meine Haut! Ich könnte es mir sogar leisten, einen kompletten Tag meine Hautpflege zu vernachlässigen!«

Anzu blickte sie verdutzt an.

»Du pflegst jeden Tag deine Haut? Das hab ich ja noch nie gemacht.«

»Spätestens in fünf Jahren wirst du es bereuen!«

Sou wartete das Gespräch der beiden ab und hob schon mal langsam die Fäuste.

»Wollen wir?«, sagte er. »Ich nehm an, dass du meinen Freund Shoma so zugerichtet hast. Es ist an der Zeit, ihn zu rächen.«

»Oh Mann, kaum zu glauben, dass du derselbe Typ bist, der die Dämonenkönige befreien wollte, nur um zu filmen, wie Lloyd gegen sie kämpft«, kommentierte Eve sarkastisch, ehe sie ebenfalls in Kampfhaltung ging.

»Ich werd über seine Heldentaten einen Film drehen und den rausbringen. Nachdem ich dich besiegt habe, werde ich alle Zeit der Welt dafür haben!«

»Wenn du mich besiegen solltest, wird dir aber ein großer Kampf entgehen ... und auch, wie ich ihn in den Boden ramme.«

»Selbst ohne irgendwelche packenden Actionszenen reicht sein Alltag aus, um das Publikum zu fesseln! Das ist die Anziehungskraft eines Lloyd Belladonna!«, erklärte Sou leidenschaftlich, wie ein Großvater, der sich zum Sporttag seines Enkels aufmacht.

»Uff, für solchen geistigen Dünnpfiff ist es schon zu spät am Tag. Ich hoffe, nach dir kommt kein anderer mehr.« Eve seufzte und bewegte die Finger.

»W... Woaaah!«

Mit dem heiligen Schwert in den Händen bewegte sich Anzu nach vorn.

»Geh du schon mal vor zum letzten Dungeon, Anzulein.«

»Warte, hey! Halt! Ihr seid doch meine Beine, oder?!«, jammerte sie mit Tränen in den Augen, als sie dazu gezwungen wurde, sich in den hinteren Teil des Dorfes zu begeben.

Eve zog ein Taschentuch hervor und winkte ihr hinterher, als würde sie einen tränenreichen Abschied vortäuschen, ehe sie sich wieder Sou zuwandte.

»Nanu, du lässt Anzulein also gehen?«

»Ohne dich kann sie ohnehin nichts ausrichten.«

»Das stimmt. Würde sie in meine alte Welt zurückkehren, wäre das eine dieser klischeehaften Isekai-Geschichten. Ich kann es deutlich vor meinen Augen sehen: wie ihr die Knie zittern, wenn sie das erste Mal ein Flugzeug sieht ... Nicht wirklich originell, wenn du mich fragst.«

Sou las zwischen den Zeilen.

»Wir wollen ja beide keine Unbeteiligten oder Menschen, die uns nahestehen, in diese Sache mit reinziehen. Stimmt doch wohl, oder?«

Eve runzelte kurz die Stirn, überspielte ihre Unsicherheit indessen schnell wieder.

»Aber sicher ... Ich darf schließlich nicht zulassen, dass das Mädchen, das das heilige Schwert halten kann, verletzt wird, nicht wahr? Immerhin ist das hier ziemlich gefährlich.«

»Was meinst du?«, wunderte sich Sou.

»Oh, für jeden, der nicht aus Konlon stammt und daher immun gegen Hannyatou ist, habe ich noch ein Ass im Ärmel.«

»Du bist wohl echt gut vorbereitet.«

»Non, non!«, sagte Eve und wedelte mit dem Finger. »Ich habe das nicht vorbereitet ... sondern gerade erst erschaffen.«

»Erschaffen ...? Hng?!«

Quietsch!

Aus dem Schatten unter Eves Füßen krochen plötzlich fünf Hasenkostüme hervor. Es war ein wirklich unheimlicher und verstörender Anblick. Sie waren leer und ihre Gliedmaßen in alle möglichen Richtungen verdreht. Ihre vage, finstere Natur kam Sou nur allzu vertraut vor – seine Augen weiteten sich.

»Runenwesen?«

»Jepp!«, antwortete Eve amüsiert. »Sie sind genau wie du. Die Königin von Profen und ihr Hasenkostüm ... Immer wieder ging das Gerücht um, dass es mehrere von diesen Kostümen gebe, die alle von unterschiedlichen Menschen getragen wurden, die als meine Doppelgänger fungierten.«

»Und genau dieses Gerücht hast du als Basis für diese Runenwesen verwendet?«, hakte Sou nach.

»Volltreffer! Auch wenn sie nicht so sorgfältig durchdacht sind wie das Konzept des Helden Sou, dessen Name in Ruinen und alten Schriften verewigt wurde, und dadurch wesentlich instabiler sind, sollten sie dennoch stark genug sein.«

Das genügte Sou, um ihre Absichten zu durchschauen.

»Verstehe ... Du planst etwas Abscheuliches.«

»Jepp! Ich wette, es wird ihnen ein Leichtes sein, diese armen, wehrlosen Bewohner von Konlon umzubringen.«

Eve hob ihre Hand – die Gliedmaßen der Hasenkostüme wackelten, als sie sich in Bewegung setzten und dabei Geräusche wie niedere Handlanger in einem Tokusatsu*-Streifen von sich gaben.

»Ach Gottchen, wart mal kurz!«

Sous Reaktion glich der eines alten Mannes: Er hatte nun förmlich etwas Niedliches an sich.

»Was denn jetzt? Du solltest dich lieber beeilen, wenn du nicht willst, dass jemand stirbt!«

* Japanischer Spielfilm, der stark auf den Einsatz von Spezialeffekten zurückgreift.

»Natürlich will ich das nicht. Aber die Enkel meiner Freunde sind jetzt hier!«, klärte Sou Eve auf, während ein Hasenkostüm auf ihn zustürmte.

»Iiiih!«

»Hmpf ... Die sind überraschend stark.«

Sou holte mit aller Kraft zum Schlag aus ... doch auf dem Kopf des Kostüms erschien nur eine Delle – bremsen ließ es sich dadurch nicht.

»Sie sind leer ... Wie ironisch!«

»Was, tun sie dir etwa leid? Fühlst du dich ihnen verbunden, weil sie auch Runenwesen sind?«

»Ja, es wäre wohl besser, wenn ich sie schnell loswerde ... Das ist wirklich eine makabre Vorstellung.«

»Oh, ich fühle mich geehrt! Nun, ich werde mich jetzt auf den Heimweg machen. Ich frage mich, ob mein altes Zuhause noch steht.«

Lässig winkte sie ihm zum Abschied zu.

»Warte ... Autsch!« Sou versuchte, ihr zu folgen, doch die Kostüme hinderten ihn daran. »Das ist wirklich problematisch. Sie sind vielleicht nicht übermäßig stark, doch eventuell stark genug, um ein paar der Bewohner von Konlon zu töten. Das darf ich nicht zulassen! Der Tod ist für jeden eine traurige Angelegenheit.«

Sou, der einst als Monster bezeichnet worden war und infolge seiner bösen Taten in Vergessenheit geraten wollte, fand es höchst ironisch, dass solche Worte nun ausgerechnet seinen Mund verließen – ein gequältes Lächeln legte sich auf sein Gesicht. »Jetzt ist vielleicht nicht der geeignete Zeitpunkt, um daran zurückzudenken ... Diese selbstsüchtige Frau ...«

Eve war die Art von Person, die immer das letzte Wort haben musste. Aus der Ferne rief sie ihm eine Entschuldigung zu.

»Ich wäre gerne noch geblieben und hätte dich gequält! Aber immer wenn ich zu zuversichtlich bin, sucht mich das heim.«

Sou hielt sich kichernd ein Hasenkostüm vom Leib.

»Hi hi hi, ich verstehe deine Angst sehr gut.«

»Was soll das heißen?«

»Du hast Lloyd in deine Gedanken gelassen, oder? Und jetzt fürchtest du dich vor ihm.«

»Was ...?!«

Eves postwendende, empörte Reaktion war für Sou Antwort genug. Er verpasste dem Kostüm einen Schlag und erklärte in aller Seelenruhe, was Lloyd so Furcht einflößend machte.

»Er ist die Verkörperung des Unerwarteten. Er ist der Meister der Missverständnisse und vollbringt die unglaublichsten Wunder. Er ist der Wunderknabe von Azami ... nein, der ganzen Welt! Und genau damit zieht er alle in seinen Bann.«

Eve versuchte, sich nicht anmerken zu lassen, dass Sou mit seinen Worten genau ins Schwarze traf.

»Ach, ich bitte dich. Ich habe mich nicht von Azami hierherteleportiert, weil ich mich vor ihm fürchte! Und wie soll er Wunder vollbringen, wenn er auf Satans Rücken herumreitet, um sich um mein Fußvolk zu kümmern?«

Gerade in dem Augenblick, in dem sie ihm verdeutlichen wollte, dass Lloyd niemals auftauchen würde, wurde plötzlich eines der Hasenkostüme in ihre Richtung geschleudert und landete vor ihren Füßen.

»Was ...?«

»Wenn man vom Teufel spricht! Ich hatte zwar keinen Grund zu glauben, dass er kommen würde, aber ich habe es dennoch getan! Ha ha ha, was für eine Freude!«

Sou musste sich noch nicht mal umdrehen, um zu wissen, wer eingetroffen war. Eves wütender Blick galt jemandem, der hinter ihm stand.

»Das reicht, Eve!«

Lloyd und seine Gefährten waren aufgetaucht. Das war das zweite Mal am selben Tag, dass Lloyd ihr in die Quere kam, woraufhin Eve ihre Verärgerung nicht mehr verbergen konnte.

»Du schon wieder?! Du willst also zum zweiten Mal meine Pläne durchkreuzen?! Kennst du denn eigentlich keine Zurückhaltung? Warum folgst du mir wieder und wieder? Hng?!«

Nur Alka war fähig, sich zu teleportieren. Daher hatte Eve angenommen, sie würden es niemals rechtzeitig hierher schaffen. Doch schon kurz darauf dämmerte es ihr. »Wart ihr etwa auch im Schloss?!« Mitten in dem Chaos hätte niemand ohne triftigen Grund im Palast sein sollen. Kein normaler Mensch würde so handeln. Eve hatte sogar das Gefühl, Lloyd könnte ihre Gedanken lesen. Voller Frustration knirschte sie mit den Zähnen. »War das etwa Rinkos Plan?! Es sah nicht so aus, als würde sie davon wissen! Oder war Alka noch bei Kräften und konnte reden? Hat sie vielleicht nur so getan, als wäre sie verletzt? Hat sie etwa ausgerechnet mich überlistet?! Was hattet ihr im Schloss zu suchen?!«

»Oh, ich habe mich nur um die Prinzessin gesorgt!«, sagte Lloyd. »Ich bin ins Schloss, um nach ihr zu sehen, doch sie war nicht da ... Merkwürdig, oder? Habe ich sie etwa übersehen? Aber da war niemand, der ihr auch nur ansatzweise ähnlich sah ...«

»...«

Eves Blick wanderte über seine Schulter zu Marie – die leise vor sich hin weinte.

»Na ja, nur weil er diese Tatsache noch nicht durchschaut hat, stehen wir hier! Ein kleines Opfer für das Wohl aller ...!«, tröstete sich Marie.

»Wenn das hier alles vorbei ist, solltest du wirklich mal dein Leben überdenken, Marie«, sagte Riho.

Marie ließ den Kopf hängen, Trost hörte sich anders an.

»Jedenfalls habe ich die Prinzessin nicht gefunden. Aber ich bin mir sicher, sie versteckt sich an einem sicheren Ort!«

Eve kämpfte gegen den Drang an, hinter den Jungen zu zeigen. Stattdessen blickte sie die anderen an, um sich seine Geschichte von ihnen bestätigen zu lassen.

»Ich bin Lloyd nur gefolgt, weil ich auf eine Chance gehofft habe, ihm näherzukommen.«

»Ich bin nur mitgekommen, um Selen davon abzuhalten.«

»Dasselbe gilt für mich ...«

»Es ist meine Pflicht, ihn zu unterstützen, egal in welcher Situation!«

»Dasselbe gilt für mich ...«

Lloyds Freunde wählten warme und herzliche Worte, Marie trug hingegen einen ziemlich komplizierten Ausdruck zur Schau.

»Ich hatte mich gewundert, warum Lloyd so besorgt war. Doch als ich herausfand, dass es wegen der ›Prinzessin‹ ist, war ich schockiert. Es ist zwar zu unserem Besten, doch weh tut es mir trotzdem.«

Lloyd konnte und wollte einfach nicht glauben, dass sie die Prinzessin war – seine Sorge galt ausschließlich einer imaginären Prinzessin.

»Marie, du solltest dich wirklich mal zusammenreißen!«, sagte Eve. »Würdest du dich wie eine Prinzessin verhalten, wäre ich jetzt nicht in dieser Lage!«

»Warum muss ich mir vom Endboss eine Moralpredigt über mein Leben anhören?!«, wehrte sich Marie – sie fühlte sich ungerecht behandelt und ihr stiegen Tränen in die Augen.

Lloyd versuchte, sie zu verteidigen, setzte jedoch mit seiner Bemerkung eher noch eine Schippe drauf.

»Genau! Was hat denn bitte Maries Schlampigkeit mit der Prinzessin zu tun?!«

»Ehrlich gesagt, alles …«, murmelte Eve.

Jedes Wort, das gesprochen wurde, versetzte Marie einen Stich ins Herz … Sie war jetzt wohl noch angeschlagener als die Dorfbewohner Konlons.

»Siehst du?!«, rief Eve und zeigte auf sie. »Jetzt ist sie völlig niedergeschlagen!«

»Aber warum?«

»Das reicht! Diese Hexe ist die Prinzessin von Azami, Lloyd!«

Lloyd warf Marie einen flüchtigen Blick zu und … schüttelte den Kopf.

»Du willst mich also mit solch offensichtlichen Lügen aus dem Konzept bringen? So einfach lasse ich mich nicht täuschen!«

»Aber es ist wahr! Weil du so schwer von Begriff bist, verletzt du die Gefühle anderer! Jetzt sag's ihm endlich, Marie!«, ermutigte Eve ihre Feindin.

Ein toter Ausdruck lag in Maries Augen.

»Das hab ich wieder und wieder versucht. Aber es war vergebens ... Es wird niemals funktionieren ...«, murmelte sie entmutigt.

»Gib nicht auf! Lass dir den Mut nicht nehmen und schau nach vorne!«

Die Endgegnerin feuerte sie an (ha ha).

Sou, der noch immer gegen die Hasenkostüme kämpfte, beobachtete das Schauspiel mit einem strahlenden Lächeln.

»Ha ha ha ... Allein seine Anwesenheit verwandelt diese ernste Lage in die reinste Komödie. Er kann ein schlechtes Ende in ein Happy End verwandeln. Das zeichnet einen wahren Helden aus!«

»Verdammt! Verdammt! Verdaaaaammt!«

Eve wusste nicht mehr, was sie sagen sollte, und suchte so schnell sie konnte das Weite.

»Hey, warte!«, rief Lloyd ihr hinterher.

Sou drängte ihn, ihr nachzulaufen.

»Überlass das hier uns! Nimm du die Verfolgung auf, Lloyd! Wir werden derweil für den Schutz der Dorfbewohner sorgen!«

»Ah, gut ... Vielen Dank!«

Als Lloyd sich leicht vor ihm verbeugte, zog Sou wie aus dem Nichts eine Kamera hervor und begann, ihn zu filmen und wie in einem Interview mit ihm zu sprechen.

»Viel Glück, unser Held! Übrigens, Lloyd ...«

»Ähm, ja?«

»Wie sehe ich für dich aus?«

»Ähm ... hmm ... wie ein Rentner?«

Sou lachte laut auf.

»Ganz genau! Ich habe aufgehört, den Helden zu spielen! Aufgehört, den bösen Buben zu spielen! Also gut, überlass den Rest ruhig uns!«

»Okay ... Danke!«

Neben Lloyd tauchte plötzlich Satan in seiner zweiten Form auf – dem Löwen.

»Steig auf, Lloyd! Surt, du bleibst hier und hilfst Allan!«

»Aber klaro, überlass das ruhig mir! Den Jungen sollte man besser nicht alleine lassen!«

Sobald Surt sich zu Allan gesellt hatte, wandte sich Satan wieder Lloyd zu.

»Los, komm!«

»Ihr hinterher, Satan! Und ihr, Leute: Bitte passt gut auf mein Heimatdorf auf!«

»Überlass das ruhig uns, Lloyd!« Selen meldete sich zuerst zu Wort. Sie klopfte sich stolz an die Brust. »Schließlich soll das zukünftig auch mein Heimatdorf werden!«

»Du lässt aber auch keine Gelegenheit aus ... Was soll's ... Wir kümmern uns drum, Lloyd!«

»Mhm ...«

Riho, Phyllo und die anderen nickten ihm zu und klopften sich ebenfalls an die Brust. Nachdem er seinen zuverlässigen

Mitstreitern (und einer eher nutzlosen Person mit leerem Blick in den Augen) sein Heimatdorf anvertraut hatte, begab sich Lloyd mit Satan auf die Jagd nach Eve. Der letzte Showdown stand kurz bevor.

Unterdessen war Anzu mit dem heiligen Schwert in ihren Händen dazu gezwungen worden, zum entlegensten Teil des Kontinents zu ziehen: dem letzten Dungeon.

Die Furcht stand ihr ins Gesicht geschrieben. Zwar war sie die Herrscherin über das Gebiet Ascorbin, dem Trainings-Mekka für Kampfsportler aus aller Welt, doch Konlon war eine andere Welt, der Stoff, aus dem Legenden waren ... Nun, sie kam nicht aus eigenem Willen hierher. Ihre Beine bewegten sich von allein, sie selbst war ganz und gar nicht bereit, an diesen Ort zu kommen. Jedes Mal wenn sie auf einen Ast trat oder die Blätter raschelten, zuckte sie zusammen. Irgendwann lichtete sich der Wald und sie fand sich auf einer weitläufigen Wiese wieder. Gegenüber der freien Fläche befand sich ein seltsamer Stein, der eine unheimliche Aura ausstrahlte. Unwillkürlich fingen ihre Beine an, auf ihn zuzusteuern.

»Bitte nicht! Mein Bauchgefühl sagt mir, das ist gefährlich!«

Obwohl sie sich laut beschwerte, ohne Gehör zu finden, wandte sie sich dem Felsen zu. Ein merkwürdiger Anblick offenbarte sich ihr: Ein avantgardistisches Gebäude schien mit der Felswand verschmolzen zu sein und bildete den Eingang zu einer Höhle. Trotzdem wollten Anzus Beine anscheinend nicht stoppen und trugen sie ins Innere.

»Wo bin ich hier? Ist das der Eingang zur Hölle?! Waaah!«

Mir nichts, dir nichts packte sie jemand von hinten.

»Hellooo!«

Eve kam herbeigeflogen: Sie packte sie an der Taille und flog mit ihr tief in die Höhle hinein.

»E... Eve, lass mich los!«

»Tut mir leid, Anzulein. Wir haben leider keine Zeit mehr.«

Anzu wusste genau, worauf sie hinauswollte.

»Ist etwa Lloyd aufgetaucht?«

Der Junge vermochte wahre Wunder zu bewirken, das wusste mittlerweile so gut wie jeder.

»Du hast einen scharfen Instinkt, Anzulein«, antwortete Eve und gab ihr mit einem Zungenschnalzen zu verstehen, dass sie recht hatte. Sie flogen weiter und weiter, immer tiefer in die Höhle hinein. Weit hinter ihnen konnten sie die Stimme eines Jungen wahrnehmen: vermutlich Lloyd.

»Hier sollen sie drin sein? Wartet auf uns!«

»Argh, er ist schon da? Nein, noch haben wir genügend Zeit! Ich muss es nur schnell machen!«

Eve beschleunigte ihren Flug, bis sie schließlich den tiefsten Punkt des letzten Dungeons erreichten. Dort befand sich ein stiller Raum, der so aussah, als hätte ihn noch nie zuvor jemand betreten. Eine Kombination aus Naturstein und künstlichen Elementen, vermutlich Überreste des Forschungslabors, bildeten eine Art Korridor. In der Mitte des Raums prangte ein Stein, der sich nur schwer beschreiben ließ. Er erinnerte an ein riesiges, auf einem großen steinernen Deckel platziertes Gewicht. Vermutlich wäre es leichter, sich ein Bild zu machen, wenn man ihn mit einem massiven Druckstein verglich. Hätte man noch ein Seil darumgebunden, hätte man ihn für eine Art Heiligtum halten können – doch schon allein der bloße Stein war wesentlich unheimlicher. Von irgendwoher ließ sich ein Summen vernehmen, das an eine Mücke erinnerte. Es kitzelte das Trommelfell und klang zutiefst beunruhigend. Jeder, der diesen Ort betrat, wusste instinktiv, dass sich hier kein Mensch aufhalten sollte.

»Was zum Teufel ist das für ein Ort ...? Owaaah!«

Anzu wurde zur Seite gestoßen und landete mit dem Gesicht auf dem Boden.

Eve betrachtete tief ergriffen den Stein.

»Über hundert Jahre ist es her, aber es kommt mir vor, als wäre es erst gestern gewesen.«

Vor langer, langer Zeit hatte Eve diesen mystischen Stein auf einer verlassenen Insel gefunden. Er verlieh ihrem langweilig gewordenen Leben plötzlich wieder Farbe – ihr neues Spielzeug brachte ihre Gehirnsäfte wieder zum Fließen.

»Es ist ein Glücksfall, dass auch die Forschungseinrichtung in diese Welt teleportiert wurde. Dadurch bleibt die Prozedur dieselbe. Doch zuerst ...«, murmelte Eve vor sich hin.

Es gab weder Warnsignale noch auffällige Farben, die zur Vorsicht gemahnten, doch irgendetwas in Anzu wusste instinktiv, dass sie an diesem Ort besser nichts anfassen sollte.

»Was ist das?«, fragte sie. »Eve, dieses Ding ist wahnsinnig gefährlich!«

»Ja, gut bemerkt, Anzulein. Springen deine Instinkte etwa an?«

»Ja, es ist, als wäre das ... die hoch konzentrierte Fassung eines Dämonenkönigs.«

»Konzentriert! Das trifft es ganz gut!«

Eve kicherte. Anzu fürchtete sich zu sehr, als dass sie sich zu einem Lächeln zwingen konnte. Der Stein schien etwas zu versiegeln. Wie in einem Märchen, bei dem man böse Mächte auf die Welt losließ, sobald man ihn entfernte. Sie hatte nicht vergessen, dass Eve davon gesprochen hatte, die Dämonenkönige freizulassen.

»Werden die Dämonenkönige, die Alka und die Dorfbewohner besiegt haben, etwa davon versiegelt?«

»Oh, das erkennst du schon vom bloßen Hinsehen?«, sagte Eve im Ton einer Angestellten in einem Bekleidungsgeschäft gegenüber einem Kunden.

»Sogar einem Baby würde auffallen, dass man dieses Ding nicht berühren sollte!«, fauchte Anzu wie ein kleines Kätzchen, das gerade das große weite Meer erblickt hatte.

»Siehst du diesen kleinen Spalt da? Schwächere Dämonen schlüpfen da durch, selbst wenn man sie besiegt hat. Die wirklich üblen Zeitgenossen nehmen sich etwas mehr Zeit, habe ich gehört.« Der Spalt war so klein, dass gerade mal ein kleiner Finger hindurchpasste. Der Gedanke daran, wie sich ein Dämonenkönig dort hindurchzwängte, war äußerst verstörend.

»Und wenn man diesen Stein vollständig entfernen würde ...«

»Würde eine ganze Horde von Dämonenkönigen zurückkehren. Und das ist noch nicht alles ...«

»Es wird noch schlimmer?!«

»Jeder in der Gegend würde in die andere Welt transportiert und dabei so viel Mana ausgesetzt werden, dass er seinen Verstand verlieren würde.«

»Verstand verlieren? Wie meinst du das?«

Eve warf einen einschüchternden Blick auf Anzu.

»Das bedeutet, du würdest zu einem Dämonenkönig werden.« Anzu schluckte kräftig. »Du würdest dein ideales Alter behalten und eine übernatürliche Kraft entwickeln, die sich von deinen Träumen und Ambitionen ableitet. Außerdem würde dir ein Wunsch gewährt werden, der die Welt beeinflussen würde. Eugilein hat sich beispielsweise immer beschwert, dass es viel zu wenige Menschen gibt, die so klein sind wie sie ... und so wurde die Zwergenspezies geboren. Das ist auch der Grund, warum wir Zwerge haben und keine Elfen.«

»Elfen ...? Was sind das für Kreaturen?«

»Ach, vergiss es. Du musst den Spalt nicht vollständig öffnen. Nur weit genug, damit ich durchpasse. Auch wenn wir so ein paar Dämonenkönige freilassen werden!«

Aus der Ferne erreichte sie Lloyds Stimme.

»Oh! Ich quatsche mal wieder zu viel. Okay, Anzulein! Steck das heilige Schwert in den Stein!«

Eve bewegte ihre Finger und zwang Anzu damit, sich zu bewegen. Unbeholfen und steif näherte sich diese dem Stein.

»Verdammt! Ich weiß, dass das Chaos über uns hereinbrechen wird, wenn ich dieses Ding auch nur ein kleines bisschen bewege!«

»Keine Sorge! Sobald ich durch bin, kannst du den Spalt wieder verschließen. Es dauert wirklich nur ganz kurz ... Natürlich werden in der Zwischenzeit einige Dämonenkönige herauskriechen ... All die verwandelten Wissenschaftler, die versuchen, sich ihre Träume zu erfüllen.«

Abaddon hatte sich mit der Erforschung essbarer Insekten befasst. Der Trent-König hatte einmal davon geträumt, die Wüsten grün werden zu lassen ... Vielleicht war aber auch nur ein unglücklicher Gärtner zufällig hineingeraten. Bilder aus der Vergangenheit huschten an Eves innerem Auge vorbei.

Inzwischen versuchte Anzu ein letztes Mal erbittert, Widerstand zu leisten.

»Hng! Grrrrrr ...!«

Wenn sie den Spalt öffnete, würde sie die Welt ins Chaos stürzen. Sie musste dagegen ankämpfen.

»Oh, wir haben jetzt keine Zeit, sentimental zu werden! Erspar mir bitte den Ärger, ja?«

»Wenn das Schicksal der Welt auf dem Spiel steht, werde ich alles geben, um Schlimmes zu verhindern!«

»Die Welt? Alles wird so sein, wie es sein muss, also zerbrich dir nicht den Kopf darüber! Und jetzt steck das Schwert rein!«, befahl Eve und bewegte ihre Arme wie eine Dirigentin, um Anzu dazu zu zwingen, das Schwert in den Stein zu stecken.

»Ah!«

Das Schwert leuchtete hell auf. Die Klinge verflüssigte sich und sickerte in die Ritzen des Steins.

»Das ist so, als würde man Harz oder Beton gießen.«

Schon bald war nur noch der Griff übrig – der Rest des Schwertes war mit dem Stein verschmolzen.

»Der Griff fungiert als Hebel und ... so kann man dann den Spalt öffnen. Los, Anzulein! Walte deines Amtes!«

»Aero ...!«

Durch das tiefste Innere des letzten Dungeons hallte Lloyds Stimme.

Krawumm! Bamm! Bamm ... Baaaaam!

»W... Was zur Hölle ist hier los?!«

Unter einem donnernden Knall krachte eine Wand des Dungeons ein, woraufhin Lloyd und Satan hereinstürmten.

»Lloyd! Das war ziemlich grob! So was hab ich dich aber nicht gelehrt!«

»Die Dorfvorsteherin hat mir das erst vor Kurzem beigebracht! Wir nennen diese Technik den ›Konlon-Stil der Dungeonabkürzungen‹!«

»Du darfst nicht alles glauben, was diese verrückte Alte dir erzählt ... Doch diesmal war es eine gute Entscheidung!«

Je mehr Lloyd seine Schüchternheit abgelegt hatte, desto mehr neigte er zu halsbrecherischen Aktionen ... und dazu, Dinge nachzuahmen, die er vermutlich besser sein ließ. Satan wirkte wie ein besorgter Vater.

»Das hat ganz gut geklappt, oder?«

»Jepp, alles prima, immerhin hat es ja auch funktioniert.«

Nach dem Kompliment seines Meisters lächelte Lloyd.

Wütend, dass die beiden sie unterbrochen hatten, knirschte Eve mit den Zähnen – ein unangenehmes Knacken ertönte.

»Lloyd ... Belladonnaaaaa!«

»Es ist vorbei, Eve Profen!«

Kapitel 2

Ein Endkampf wie aus dem Bilder-buch, als würde die verborgene Vergangenheit des Hauptcharakters die Wendung bringen!

Aus einem Loch im Zentrum der Welt strömte magische Kraft. Seit Urzeiten war es von einem Monolithen mit dem Namen »Stein der Idea« verschlossen. So lautet zumindest das Ergebnis der Untersuchungen der uralten Inschriften auf den Steintafeln, die auf der inzwischen verlassenen Insel entdeckt wurden. Sie zeugten von einer Form der Götzenverehrung, die unter isolierten Völkern durchaus weit verbreitet war. Die meisten sahen darin nichts weiter als den Brauch eines Stammes, der nur wenig Kontakt zur Außenwelt pflegte ... Doch immer wieder verschwanden in dieser Gegend Schiffe und Flugzeuge. Nach und nach kursierten Gerüchte über ein neues Dreieck wie das in Bermuda oder dem Teufelsmeer. Vor allem in okkulten Kreisen sorgte dies für ziemlichen Aufruhr – darüber hinaus allerdings nicht. Und so verging die Zeit, ohne dass seriöse Wissenschaftler den Wahrheitsgehalt der Behauptungen bestätigten. Als das Phänomen immer mehr aus den Köpfen der Menschen verschwand, bekam Eves altes Ich, die Wahrsagerin Eva, Wind davon.

»Eine uralte Macht, die jeden Wunsch zu erfüllen vermag.«

Als Okkultismusbegeisterte beschloss Eva, besagte Insel zu erkunden. Dort entdeckte sie irgendwann den Stein: Ihr war nicht entgangen, dass eine geringe Menge Energie von ihm ausging, und um ihn herum gründete sie einen Staat. Es war die größte Blackbox der Welt – eine globale, unberührte Energiequelle, die alles und nichts enthielt.

Zu dieser Zeit begann man, den Stein mit dem Loch als »das Gerät« zu bezeichnen, um die Wahrheit zu verschleiern. Nur eine Handvoll Menschen wusste von seiner Existenz. Hatte er schon immer in eine andere Welt geführt? Oder hatte er sich nur deshalb mit einer anderen Welt verbunden, weil der Glaube daran bestand? Die Wahrheit blieb im Dunkeln, doch den Menschen gelang es zu beweisen, dass diese magische Kraft demselben Prinzip zugrunde lag wie die Seele der Wörter, an die man in Urzeiten geglaubt hatte.

Das Projekt, das man eigens dafür startete, diese Kraft vollständig anwendbar zu machen, trug den Namen »Runen der neuen Welt«. Die Inschriften auf den Tafeln besagten, dass man durch bloßes Öffnen des Steins ans andere Ende der Welt gebracht werden würde. Ihn zu bewegen, setze eine gewaltige Menge magischer Kraft frei ... Die Kehrseite der Medaille war allerdings, dass diverse Dinge, die diese Welt zu bieten hatte, verschwinden würden. Felsen, Gebäude, Menschen ... sogar Ideale und Erinnerungen wären unwiederbringlich verloren. Man konnte das als einen äquivalenten Tausch bezeichnen.

Eines Tages wurde Präsidentin Eva krank. Sie kannte die Risiken, doch in ihrer Ungeduld drängte sie Eug dazu, den Siegelstein etwas zu verschieben ... was in dem Unfall mündete, der das Labor und die Wissenschaftler in die Welt schickte, in der sie sich jetzt befanden. Das Gebiet um den Stein war eine Ausnahmeerscheinung, ein Portal in den Subraum und ein Siegel ... Darum bezeichnete man diesen Ort als den »letzten Dungeon«.

Zum ersten Mal seit Satan seine Erinnerungen als Naruhiko Seta zurückerlangt hatte, bekam er ihn zu Gesicht. Die Atmosphäre war derart unnatürlich, dass ihm lauter Angstschweiß auf die Stirn trat.

»Kaum zu glauben, dass man mich immer hier eingesperrt hat, wenn ich besiegt wurde ... Bei solch einer enormen magischen Kraft wundert es mich nicht, dass sich ein normaler Mensch in eine unsterbliche Kreatur verwandelt«, murmelte er.

»Auch wir sind so etwas wie Runenwesen«, antwortete Eve. »Unsere Persönlichkeiten, geschaffen durch magische Kraft, werden durch ein komplexes Geflecht an Zeichen ausgedrückt. Wie schön wäre es, wenn ich diese wunderbare Kraft ganz für mich alleine hätte?« Allein der Gedanke daran ließ sie vor Freude erzittern. Doch schon bald änderte sich ihre Miene wieder und sie richtete einen scharfen Blick auf ihren ungebetenen Gast: Lloyd.

»Du bist einfach nicht in der Lage, die Stimmung zu lesen! Immer und immer wieder mischst du dich ein! Kannst du mir denn nicht einmal diesen letzten Sieg lassen?«

Lloyd schien unbeeindruckt.

»Ich weiß, dass du nichts Gutes im Schilde führst! Ich weiß nicht genau, was, aber ich weiß, dass ich dich aufhalten muss!«

»Ist das denn nicht total logisch?! Versuch doch zumindest, es zu begreifen, bevor du mir in die Quere kommst! Das macht es ja noch viel schlimmer!«

Ihr Blick fiel auf Satan.

»Seta ... Ähm, Satan! Es ist deine Aufgabe, ihm die Dinge zu erklären! Sei nicht immer so nachlässig!«

Eve war einmal Setas Vorgesetzte gewesen und so sprach sie auch jetzt mit ihm. Satan reagierte wie in alten Zeiten: Er blickte entschuldigend drein und wuschelte sich durch seine Löwenmähne.

»Sei ein bisschen nachsichtig, Eve. Es gibt eben Dinge, für die manche Menschen nicht gemacht sind.« Er wuschelte immer weiter – seine Mähne war nun völlig zerzaust. »Aber wenn es darum geht, jemandem wie dir den Teppich unter den Füßen wegzuziehen, dann ist er der perfekte Kandidat ... Einen größeren Helden der Gerechtigkeit als ihn gibt es nicht. Ich möchte, dass er weiterhin so unschuldig bleibt.«

»Unschuldig? Also, das ...«, reagierte Lloyd verlegen und errötete.

Wenn diese Reaktion mal nicht unschuldig war, was dann?

Eve warf ihm einen unbeeindruckten Blick zu.

»Ich stehe hier am Höhepunkt meines Lebens und ihr benehmt euch wie ein verliebtes Pärchen ... Na schön! Das heilige Schwert steckt bereits drin. Jetzt muss Anzulein es nur noch bewegen ...«

Lächelnd drehte sich Eve um und hieß sie genau das tun.

»Aua ... Hmm? Ich kann mich wieder frei bewegen?«, murmelte Anzu.

»Was?«

Ihr fragt euch sicherlich, was geschehen ist. Nun, als Lloyd durch die Wand gebrochen war, hatte die Wucht des Durchbruchs Anzu den Haarschmuck vom Kopf gefegt, der sie kontrolliert hatte.

»Sie wurde also durch ihre Haarspange kontrolliert? Was für ein Glückspilz du doch bist, Lloyd! Gut gemacht!«

Eve konnte ihren Unglauben über diese unerwartete Wendung nicht verbergen.

»D... Du hattest doch nur ... Glüüück!«

Satan kicherte.

»Vielleicht liegt das an seinem guten Karma. Er ist eben unser Wunderjunge!«

Eve schien das triumphierende Lächeln auf seinem Gesicht überhaupt nicht zu gefallen, denn sie zog eine verärgerte Grimasse.

»Grrr ... Tzz, was soll's!« Sie zwang sich wieder zu einem neutralen Gesichtsausdruck. »Es ist auch nicht übel, wenn ich zum Abschluss noch einen großen Kampf abliefere, in dem ich totales Oberwasser haben werde. Dann soll es so sein«, murmelte sie vor sich hin. Sie war schon immer gut darin gewesen zu improvisieren. Eine tödliche Aura erfüllte die Tiefen des letzten Dungeons. Lloyd, Satan und Anzu bereiteten sich auf den Kampf vor.

»Zuerst ...«, begann Eve und warf Lloyd einen stechenden Blick zu. Der Junge bereitete sich schon auf ihren Angriff vor, da er davon ausging, dass sie es auf ihn abgesehen hatte, doch ... stattdessen stürzte sie sich auf Anzu. »Hah, das war eine Finte!«

»Was ...?«

Eve feuerte aus den Fingerspitzen ihre Runenkanone ab. Anzu war zwar eine erfahrene Kämpferin, doch gegen eine solch Furcht einflößende Feindin vermochte sie nichts auszurichten. In dem Moment, in dem Eve sich abwandte, wurde sie unvorsichtig und fiel auf diese einfache Finte herein.

Pschiu!

Der Schuss durchbohrte ihr Bein, der Geruch von verbrannter Kleidung und Blut lag in der Luft.

»V… Verdammt! Uh …«

»In solchen Momenten sind normale Menschen bloß ein Hindernis, Anzulein. Wo soll ich als Nächstes hinschießen?«

Sie tat so, als würde sie auf Anzus Herz zielen. Auch wenn es offensichtlich eine Falle war, konnte Lloyd nicht länger untätig herumstehen und dabei zusehen.

»Fräulein Anzuuu!«

»Lloyd, das ist eine Falle!«

Satan kannte sowohl Eves Hinterlist als auch Lloyds Güte – er reagiert blitzschnell und trat vor den Jungen, um ihn aufzuhalten.

Pschiu!

»Gaaah …!«

»S… Satan?!«

Mit einer flinken Bewegung hatte er seinen löwenartigen Körper vor Anzu platziert. Der Schuss schlug ein Loch in seine Brust und Blut spritzte daraus hervor. Unter dem Verlust seiner Kräfte verwandelte er sich langsam wieder in seine menschliche Form zurück. Langsam kippte er nach vorn, das Blut floss an seinem Bauch herab.

»Ach Gottchen!«, kreischte Eve. »Ich hätte nicht gedacht, dass gerade du in die Falle tappen würdest.«

Satan hielt sich mit schmerzverzerrter Miene die Wunde. Anzu verbeugte sich vor ihm.

»D… Das ist meine Schuld, Satan! Du hättest mich nicht beschützen dürfen.«

»Mach dir darüber mal keine Sorgen, Anzu«, beruhigte er sie, ehe er einen vernichtenden Blick auf Eve richtete. »Du wirst deinem Ruf wirklich gerecht ... In Sachen Hinterlist und Gerissenheit kann dir niemand das Wasser reichen.«

»Vielen Dank für das Kompliment«, sagte Eve, während sie mit einem teuflischen Grinsen dabei zusah, wie das Blut weiter aus seiner Wunde floss.

»Nun, zumindest scheinst du Spaß zu haben, Eve.«

»Na klar! Ich hab den stärksten Gegner hier bereits in die Knie gezwungen!« Mithilfe von Hannyatou vermochte sie jeden Dorfbewohner Konlons mit Leichtigkeit unschädlich zu machen. Shoma, Alka und sogar Pyrid waren gegen diese übermächtige Waffe machtlos. Aus diesem Grund hatte sie einzig und allein Satan zu einer wirklichen Bedrohung erklärt. Doch jetzt, nachdem er versucht hatte, Anzu zu beschützen, war er schwer verwundet. »Du hast ja noch nicht mal gezögert! Beginnt für Anzulein etwa der Frühling?«

»Selbst wenn, würde sie das in dieser Situation nicht weiterbringen.«

Eve grinste – Satan hatte ihr nicht widersprochen.

»In puncto Kampfkraft bin ich hier wohl am stärksten«, sagte Satan.

»...«

Eve schwieg, während Satan unbeeindruckt fortfuhr.

»Aber dieser Junge hat etwas Unergründliches. Etwas, das es wert ist, im letzten Moment alles auf ihn zu setzen.«

Sein Blick schweifte zu Lloyd. Eve schnaubte und steckte sich den kleinen Finger ins Ohr.

»Das hab ich schon mal gehört! Und zwar von deinem Kumpel Shoma.«

»Das hat Shoma gesagt?«, flüsterte Lloyd.

»Und ich weiß genau, wie gefährlich er ist«, sagte Eve, die Lloyd verächtlich ansah. »Asako hat sich in ihn verliebt und konnte sich damit meiner Kontrolle entziehen ... Selbst wenn es unbeabsichtigt war, für mich war das der kniffligste Moment, seit ich in diese Welt gekommen bin! Trotzdem ...«, ihre Zuversicht blieb ungebrochen, »... wird er keine Gefahr mehr für mich darstellen.«

Sie war im Besitz der Kraft des Hannyatou. Wie schnell wirkte das Sprach(-Spray)? Wie viel effektiver war es, wenn man es aus nächster Nähe jemand ins Gesicht sprühte? All das hatte sie bereits bei Shoma und Alka getestet, weshalb sie jetzt die Gewissheit hatte – sie glaubte, dass alles todsicher zu ihren Gunsten laufen würde. »Ich werde ein wenig davon auftragen, um seine Bewegungen etwas einzuschränken, und dann bekommt er noch mal eine größere Dosis, direkt dorthin, wo es wehtut ... Irgendwie klingt das, als wär's Hämorrhoidencreme. Ich bereue, das gesagt zu haben.« Eve war derart entspannt, dass sie sogar Witze riss. Ihr Blick fiel auf Satan und Anzu. »Nachdem ich Satan aus dem Verkehr gezogen und Anzulein wieder unter meine Kontrolle gebracht habe, ist der Sieg mein ...«

Nun musste sie bloß noch das Spray einsetzen und alles war erledigt. Unergründlich? Wunderjunge? Lloyd war immer noch aus Konlon und damit konnte er Hannyatous Wirkung nicht entkommen. Das hatte sie bereits mit Shoma, Alka und Pyrid bewiesen. Eve war felsenfest überzeugt, dass sie gewonnen hatte. Sie fühlte sich wie jemand, der Schädlinge bekämpfte, der nur ein wenig Insektenspray versprühen musste, um das letzte Ungeziefer loszuwerden.

Während sie vor sich hin grinste, bereitete sich Lloyd auf den letzten Kampf vor. Anzu war niedergestreckt worden und Satan schwer verwundet. Er war als Einziges übrig – nun lag es an ihm. Aufregung, Anspannung, Pflichtgefühl ... all diese Emotionen vermischten sich zu einem einzigen Gefühl: Selbstvertrauen. Ob er hier gewinnen konnte oder nicht, ihm blieb keine andere Wahl. Es spielte keine Rolle, wie stark er war. Er musste handeln und sich ins Gefecht stürzen. Es war an der Zeit, alles einzusetzen, was er bislang in seinem Leben gelernt und erfahren hatte: Seine Anstrengungen würden sich nun auszahlen. Zuversichtlich und entspannt stellte er sich Eve entgegen.

»Oh?« Eve hielt inne und blinzelte ihn überrascht an, beeindruckt von seiner Entschlossenheit. »Du bist wirklich ein ansehnlicher junger Mann! Nun, das warst du zwar schon immer, aber jetzt wirkst du auch noch so entschlossen! Ach herrje ...«

Sie konnte es kaum erwarten, ihn zu demütigen. Ihre sadistische Ader gewann allmählich die Oberhand über sie, doch sie hob die Hände, um sich selbst zu zügeln.

»Danke ... Ich werde dich für das, was du meinem Bruder und den anderen angetan hast, zur Rechenschaft ziehen ... Damit kommst du nicht davon.«

»Und ich werde dir mit einem einzigen Schlag das Licht ausknipsen.«

»Egal wie oft du mich schlägst, du kannst mich niemals aufhalten!« Lloyd atmete tief durch. Im nächsten Augenblick riss er
die Augen auf und stürmte los. »Mach dich bereit, Eve Profen!«

»Dann zeig mal, was du kannst, Lloyd Belladonna!«

Lloyd rannte auf Eve zu, verkürzte die Distanz und holte zu
einem schwungvollen Faustschlag aus. »Uwoooh!« Doch gerade
als er all seine Kraft in den Hieb legen wollte ...

»Hoppla, Hannyatou!« Als würde sie ein Reinigungsmittel
verwenden, sprühte Eve Lloyd einen kleinen Spritzer ins Gesicht.
Trotz ihrer Ankündigung, ihn niederstrecken zu wollen, hatte sie
nie vorgehabt, einen Schlagabtausch mit ihm zu starten. Nachdem ihr Plan so gut aufgegangen war, konnte sie ihr Kichern nicht
unterdrücken. »Ki hi hi hi!«

Satan hatte ihre Haltung endgültig satt.

»Kannst du auch mal irgendwas ernst angehen?«

Während Lloyd sich redlich bemühte, machte sich Eve nur
über ihn lustig.

»Oh, ich meine es vollkommen ernst ... ich genieße es ohne
Witz, euch zum Narren zu halten.« Sie sprach die Wahrheit, kei-
nes ihrer Worte war gelogen und sie versteckte auch nichts. Sie
war der ultimative Genussmensch: Runen, Magie und neue Spiel-
zeuge dienten lediglich dazu, ihr den maximalen Spaß zu bieten,
auch wenn es bedeutete, dass sie dadurch das Leben anderer
Menschen zerstörte. Eve war eine unangenehme Antagonistin,
die es liebte, einem Jungen, der sein Leben riskierte, ein Bein zu
stellen. Für sie hatte sich die Angelegenheit erledigt – sie drehte
Lloyd den Rücken zu und wandte sich an Satan und Anzu. Ein zu-

friedenes Lächeln lag auf ihren Lippen. »Jetzt, wo wir das erledigt haben, wird es Zeit für mich, nach Hause zu gehen!«

»Hiyaaah!«
»Ugoooh!«

In diesem Moment traf Lloyds Faust mit voller Wucht Eves Hinterkopf. Während sie noch immer ein breites Lächeln im Gesicht trug, wurde sie durch den Raum geschleudert und krachte schließlich gegen die Wand.

»Waaas ...?!«

Wie in einem Manga ertönte Eves Stimme aus einem tiefen Loch, das sich in der Wand aufgetan hatte. Sie steckte so tief darin fest, dass ihre Stimme nur gedämpft nach außen drang. Ohne auf Eves verwunderten Ausruf einzugehen, spuckte Lloyd das Hannyatou aus.

»W... Was war das bloß für ein Spray?! Igitt! Es hat bitter geschmeckt und war körnig!«

Das Spray, das jeden Dorfbewohner Konlons hätte schwächen sollen und gegen Shoma und Alka ungeheuer effektiv wirkte, war für Lloyd nichts weiter als eine bittere Flüssigkeit.

Eve verstand die Welt nicht mehr.

»Was ...?«, fragte sie erneut, als sie sich aus dem Loch kämpfte und Lloyd dabei verwirrt anstarrte. »Was ...?«

Etwas anderes fiel ihr nicht mehr ein.

»Spar dir das!«, fauchte Lloyd sie an. »Das ist ein ernster Kampf! Deine Streiche sind hier fehl am Platz!«

Lloyd hatte ihre ultimative Waffe als Streich abgetan. Eve war fassungslos.

»D... Das kann doch nicht sein! Du solltest doch zumindest irgendwelche Symptome zeigen! Versuchen wir es noch mal!«

Sie rannte auf ihn zu und besprühte ihn erneut mit dem Hannyatou. Doch Lloyd verzog nur das Gesicht und gab ein angewidertes »Igitt!« von sich.

Mit seiner Reaktion erinnerte er eher an jemanden, der im Badezimmer von einer Spritzpistole getroffen wurde.

»Ich mein's ernst! Hör jetzt endlich auf damit!!«

Seine Kleidung war nass, die Flüssigkeit tropfte von seinen Haaren ... Er sah fast so aus, als hätte jemand Bier auf ihn gekippt. Eve war mit ihrem Latein am Ende. Wie konnte er so viel davon abbekommen, ohne dass sich eine Wirkung zeigte?

»Soll das ein Witz sein?! Anders kann ich mir das nicht erklären! Was geht hier vor?!«

»D... Das ist unheimlich bitter! Das reicht!«

Lloyd wurde wütend, er begann sich zu wehren. Das Hannyatou hatte seine Stärke ... überhaupt nicht beeinträchtigt und seine Faust krachte auf die Hand, in der Eve das Spray hielt.

Knack!

Ihre Finger bogen sich in alle möglichen Richtungen, gefolgt von ihrem Arm, ehe sie erneut gegen die Wand geschleudert wurde.

»Ugyaaah!« Als sie wiederum in der Wand versenkt wurde, wusste Eve nicht mehr, wie ihr geschah. »M... Meine Finger? Das Hannyatou zeigt überhaupt keine Wirkung?!«

»Was ist das überhaupt?!«, fragte Anzu.

Als würde sie nach Ausreden suchen, begann Eve, die Wirkung des Sprays zu erklären.

»Doktor Eug hat es für mich gemacht! Es ist ein Gift, das nur gegen die Dorfbewohner Konlons wirkt! Es wurde aus einer Mischung von Runen uralter Dokumente und Ruinen, Kräutern und Silberpulver hergestellt!«

»Aber er sagt, dass es einfach nur bitter schmeckt.«

»Das mag für einen normalen Menschen gelten, aber gegen Shoma und Alka war es unglaublich effektiv! Ich habe sie damit sofort außer Gefecht gesetzt!«

»So hast du die beiden also bezwungen. Aber ...«

»Ich weiß! Es sieht danach aus, als würde ich ihn einfach nur ärgern wollen, aber das ist tatsächlich ein hochwirksames Gift! Die perfekte Waffe gegen jeden, der aus Konlon stammt!« Eve machte reinen Tisch. Kaum hatte sie von den Eigenschaften des Giftes erzählt, richtete sie ihre Wut gegen Lloyd. »Du ...! Eigentlich solltest du dich vor Schmerz krümmen und nach Luft schnappen! Du solltest am Boden liegen und dich qualvoll winden!«

Warum hatte es keinen Effekt auf ihn? Lloyd wischte sich mit seinem Taschentuch über das Gesicht.

»Ähm, ich bin ein bisschen durcheinander ...« Fragend neigte er seinen Kopf zur Seite und machte eine überraschende Offenbarung. »Eigentlich komme ich ja gar nicht aus Konlon.«

»Häh ...?!«

Nach einer sehr langen Pause folgte nur ein ungläubiger Ausruf. Satan und Anzu waren gleichermaßen verdutzt.

»Ähm, ich bin quasi ein Findelkind ... aber im Herzen ist Konlon meine Heimat!« Ein Findelkind ... Angesichts dieser unerwarteten Enthüllung waren Eve, Satan und Anzu sprachlos. »Pyrid und die anderen Dorfbewohner stammen offenbar von bemerkenswerten Vorfahren ab, ich allerdings nicht. Ob nun Kanzo und sein Großvater Kanichi, die Dame, die Pflanzen kontrollieren kann, oder Shoma ... alle teilen dieses Blut. Mich haben sie allerdings nur irgendwo gefunden, daher bin ich nicht mit ihnen verwandt.«

Eve erinnerte sich wieder an das, was Shoma gesagt hatte.

»Hör zu, weder Laborchefin Rinko noch Dorfvorsteherin Alka wird sich dir in den Weg stellen, sondern mein geliebter kleiner Bruder Lloyd!«

»Ist es das?! Hat er das damit gemeint?! Er wusste es ... Argh, deshalb ist er so vernarrt in dich!«

Infolge seiner immensen Stärke hatte Shoma das Interesse an allem verloren. Doch der Anblick des schwachen kleinen Lloyd, der sein Bestes gab, half ihm dabei, seine Leidenschaft wiederzuentdecken. Lloyds jüngstes Geständnis erklärte nun auch den Grund dafür: Er war ein normaler Junge, der in Konlon aufgenommen worden war. Zu sehen, wie ein normaler Junge versuchte, mit den Konlonern mitzuhalten, löste bei Shoma den Drang aus, Lloyd anzuspornen.

»Verstehe, darum ist er also der Schwächste im Dorf.«

»Aber er hatte dennoch das Zeug dazu, mit den anderen mitzuhalten ... Er besitzt die Kraft, niemals aufzugeben!«

Satan und Anzu nickten zustimmend, nur Eve konnte die Wahrheit nicht akzeptieren.

»D... Das ist lächerlich! Ausgerechnet du? Gerade bei dir funktioniert also mein Spray nicht? Was ist das denn für eine Wendung?!«

»Oh, es zeigt schon seine Wirkung! Es brennt ganz schön in den Augen!«

»Das ist kein Pfefferspray!«

All ihre harte Arbeit schien im letzten Moment vergeblich gewesen zu sein ... Eve ärgerte sich maßlos. Doch nur weil ihre Waffe nicht wirkte, verlor sie noch lange nicht den Mut. Es war, als wollte sie sich kurz vor dem Wochenende noch einmal richtig ins Zeug legen.

»So nahe ... Ich bin so nahe dran ... Ich werd mich hier nicht unterkriegen lassen!« Sie hatte einen mächtigen Gegner nach dem anderen bezwungen und nicht vor, sich von einem Jungen besiegen zu lassen, der noch nicht mal begriff, was sie plante. Sie bog ihre Finger wieder zurecht, ballte eine Faust und begab sich in Kampfposition. »Ich habe noch immer die Kräfte der Dämonenkönige! Ich bin stark genug, einen falschen Dorfbewohner Konlons wie dich zu besiegen! Wenn ich hier falle, dann wird all meine harte Arbeit ... dann werden die über hundert Jahre, die ich hier verbracht habe, seit ich wiedergeboren wurde, umsonst gewesen sein!« Eve wollte sich selbst Mut machen. Tief im Inneren wusste sie, dass Lloyd sie schon einmal besiegt hatte, und das nagte an ihr. Um dieses Trauma zu überwinden, musste sie ihm hier und jetzt endgültig den Garaus machen. »Ich will nicht immer wieder zurückblicken! Ich will einfach nur die Zeit mit meinen neuen Spielzeugen genießen!« Nichts war schlimmer, als in der Nacht wach zu liegen und immer wieder an eine Niederlage zu denken.

Es gibt Menschen, die nicht mal den Anblick eines Staubkörnchens ertragen können. Andere versuchen, ihre seltene Sammlung zu vervollständigen. Es gibt auch Gamer, die jedes Spiel bis zum bitteren Ende durchspielen wollen. Jeder hat etwas, worauf er fixiert ist, und Eve trieb es auf die Spitze.

»Wenn ich auch nur einen Kompromiss eingehe, bin ich erledigt ... Damit würde ich mein bisheriges Leben vollständig ablehnen!« Mit ihrem Gesichtsausdruck erinnerte sie an eine Bestie, doch Lloyd ließ sich kein bisschen davon einschüchtern.

»Ich verstehe grad irgendwie bloß Bahnhof ...«

»Dann streng dich gefälligst an!«

Lloyd schüttelte den Kopf.

»Das will ich nicht. Ich möchte nicht verstehen, wie eine Schurkin denkt! Du verschließt nur deinen Blick vor allem und redest dir ein, dass es in Ordnung wäre!«

»Du hast nicht mal ein Zehntel der Zeit gelebt, die ich lebe! Also spar dir dein neunmalkluges Gelaber!«

Mit jedem Satz, den Eve sprach, trat sie einen Schritt näher. Dann stürzte sie sich plötzlich auf den Jungen. Sie verstärkte ihre Arme mit der Kraft des Golems, ließ Trent-Wurzeln aus ihrem Körper wachsen, breitete Abaddons Flügel auf ihrem Rücken aus und spie Surts Flammen aus ihrem Mund – sie verwendete alle ihre Kräfte gleichzeitig. Eve war wie entfesselt.

Doch Lloyd parierte ihre Angriffe in aller Seelenruhe.

Durch all die Kämpfe hatten Eves Kräfte nachgelassen, doch das allein vermochte nicht zu erklären, was sich in diesem Moment abspielte. Auch wenn ihre Angriffe ein wenig schwächer waren, lag es vor allem an Lloyds Gelassenheit, dass er sie so effizient abwehrte. Schwang der Golem-Arm auf ihn zu, schlug er ihn mit der Rückhand zur Seite. Versuchten ihn die Trent-Wurzeln zu packen, wich er ihnen haarscharf aus.

»Verdammt noch mal!«, rief Eve wütend. Sie versuchte sich an einem Überraschungsangriff, indem sie wie ein Insekt durch die Luft flatterte und Flammen spie. Doch auch damit hatte Lloyd kein Problem: Er wich der Attacke aus, als hätte er sie vorhergesehen, und landete nebenbei immer wieder einen kräftigen Tritt.

»Hab ich dich!«

»Ugyah!« Eves albern anmutender Aufschrei wurde von einem unangenehmen Knackgeräusch begleitet – einer ihrer Knochen war gebrochen. Sie war ebenso verwirrt wie verärgert. Da sie den ultimativen Körper besaß, heilte ein Bruch bei ihr genauso schnell wie bei einem Konloner. Für sie war er gleichbedeutend mit einem harmlosen Kratzer. Indessen bewirkten ihre Angriffe rein gar nichts. Zwar hatte dieser Treffer nur einen Knochenbruch zur Folge, doch sie befürchtete, dass der nächste Tritt sie ernsthaft verletzten könnte. Die Frustration überkam sie fast so stark wie jemanden, der immer wieder denselben Fehler beging.

»Tss!«

Eve versteckte sich in ihrem Schatten ... eine Technik, die auch als Schattenwanderung bekannt war und die Satan oft anwandte.

»Was?! Meine Technik?!«, rief dieser fassungslos.

Lloyd hingegen blieb ruhig und wartete, dass Eve wieder aus dem Schatten auftauchte.

Schwupp!

Plötzlich tauchten ihre Fingerspitzen über seinem Kopf auf ... gefolgt von einem Schuss aus ihrer Runenkanone.

»Da bist du ja!«

Mühelos wich er dem Angriff aus, griff nach Eves Fingern und zog sie daran aus ihrem Schatten heraus.

»Hiiiek!« Ein Geräusch, als würden Muskelstränge reißen, ertönte aus ihrem Inneren und sie schrie leise auf. »Du kleiner Mistkerl!« Eve wehrte sich wie ein Nagetier, das versucht, in seinem Bau zu bleiben, und spie Lloyd den alkoholhaltigen Atem des Dionysos ins Gesicht, der Halluzinationen hervorrufen sollte. Lloyd hatte allerdings schon damit gerechnet und blies ihren Atem mit einem kleinen Aero beiseite.

Eve war fassungslos ... und diese Gelegenheit ließ sich Lloyd nicht entgehen: Ein zweiter, weit mächtigerer Spruch folgte.

»Nimm das! Aero!«

»Gaaah ...?!«

Von seinem Zauber getroffen, wurde Eve an die Wand geschleudert. Zwar stand sie noch auf den Beinen, doch sie wirkte benommen und taumelte.

»Was soll das ...? Was geschieht hier ...?«, murmelte sie hörbar vor sich hin, nicht länger fähig, ihre Verwirrung und Frustration zu verbergen. Er kannte auf jeden ihrer Angriffe die richtige Antwort. Was auch immer ihm die Oberhand in diesem Kampf verschaffte, es war nicht nur seine reine Stärke. Eve verlor wegen einer anderen, mysteriösen Kraft, die sowohl Shoma als auch Alka fehlte.

»Wie kannst du den Kräften der Dämonenkönige so einfach ausweichen?!«, schrie sie vollkommen erschöpft und frustriert. Lloyd blieb höflich und antwortete ihr.

»Du möchtest wissen, warum ich dir ausweichen kann?«

»Genau! Bestimmt liegt's an irgendeinem Trick! Spuck's aus!«

»Es ist eigentlich nichts Besonderes. Ich habe nur gegen Leute gekämpft, die beinahe alle deine Fähigkeiten beherrscht haben. Ich kann deine Bewegungen vorhersehen und deine Angriffe parieren ... Es liegt wohl einfach an meiner Erfahrung!«

»Was?!«

Ganz genau ... Lloyd hatte bisher gegen nahezu jeden Dämonenkönig gekämpft. Eves größte Stärke war ihre vereinte Kraft. Umgekehrt hieß das auch, dass Lloyd diese Angriffe alle schon einmal geschlagen oder zumindest dabei zugesehen hatte, wie seine Gefährten sie durchführten. Hinzu kam, dass Eve selbst nicht wirklich viel Kampferfahrung mitbrachte. Wie überlegen ihre physischen Fähigkeiten auch waren oder wie sehr sie versuchte, sich unberechenbar zu verhalten ... sie war eine Anfängerin. Sie hatte dem Kampf oder dem Erlernen von Techniken nie Zeit gewidmet. Lloyd punktete somit in Sachen Kampferfahrung. Tatsächlich hatte sie ihre vorherigen Siege einer Mischung aus Überraschungsangriffen und Redekunst zu verdanken. Ihre Worte hatten jedoch keinen Einfluss auf Lloyd und ihre Techniken hatte er bereits alle erfolgreich abgewehrt ...

Es war daher unvermeidlich, dass ihr Gegner in diesem Kampf triumphierte. Nicht zuletzt hatte Lloyd es bislang jederzeit mit überlegenen Gegnern zu tun gehabt und sich durch die Siege in diesen nahezu aussichtslosen Kämpfen eine gehörige Portion Selbstvertrauen angeeignet. Mit unerschütterlicher Entschlossenheit stellte er sich seinen Kontrahenten und dachte keine Sekunde daran, aufzugeben. Eve war bereits seit über einem Jahrhundert am Leben, ihre Kräfte hatte sie jedoch erst vor Kurzem erlangt. Egal wie mächtig sie war, die Kluft zwischen einem Neuling, der gerade erst seine Kräfte entdeckt, und jemandem, der sein ganzes Leben gegen seine Schwächen angekämpft hat, um immer mächtiger zu werden, war einfach riesig.

In dieser Situation zeigte sich Eves Zerbrechlichkeit: Tief drinnen war sie eine Betrügerin. Ihre größte Stärke lag darin, andere Menschen zu täuschen, und genau das wirkte nicht gegen Lloyd. Ihr blieb lediglich ihr nun verblasster Stolz. Zum ersten Mal in ihrem Leben fühlte sich Eve hilflos. Sie befürchtete, dass sie diesen Kampf nicht gewinnen konnte, und dieser Gedanke versetzte sie in Panik.

»Grr ... Hng ...«

Ihr gelang kein weiterer Angriff mehr auf Lloyd.

»Ich weiß, wie sich das anfühlt«, sagte der Junge und nickte ihr verständnisvoll zu. »Wenn es nichts mehr gibt, was man tun kann, wird man so nervös, dass man sich nicht mehr rühren kann. Früher ging es mir auch oft so.«

Eve versuchte, ihre innere Unsicherheit zu verbergen, indem sie sich gelassen gab.

»A... Ach ja? Du hast das also überwunden? Verrätst du mir auch wie?«

Doch Lloyds Antwort versetzte ihr einen harten Schlag.

»In solchen Augenblicken denke ich einfach an alle meine Freunde!«

»Was?«

»Ich bin nicht allein. Meine Freunde stärken mir den Rücken und ich möchte auch für sie da sein ... Dieses Gefühl gibt mir die Kraft weiterzumachen!«

Ein sanftes Lächeln trat in Lloyds Gesicht.

»Leute zu haben, die man beschützt, macht einen stärker ...!«

Unwillkürlich dachte Eve an Rinko, die trotz ihrer schweren Verletzungen nicht aufgegeben hatte.

Fump!

Diese Erinnerung versetzte Eve derart in Rage, dass sie sich selbst wütend auf die Schläfe schlug, als wollte sie sie mit Gewalt aus ihrem Kopf verbannen.

»Verdammt noch mal ...«

Sie ließ ihren Nacken knacken und warf einen finsteren Blick auf Lloyd.

»Ich will nicht, dass du diese Welt ins Chaos stürzt«, sagte er. »Ich möchte meine Freunde beschützen und die Welt, in der wir leben. Das ist der Grund, warum ich kämpfe ... Bestimmt ist dein Grund nur oberflächlicher Natur. Sag es mir, warum kämpfst du?«

»Ich will einfach bloß Spaß haben!«

Ernst blickte Lloyd Eve geradewegs in die Augen und bohrte weiter nach.

»Wirklich? Es sieht aber nicht danach aus.«

Wie ein Psychologe, der eine tief sitzende Wahrheit anspricht, trafen seine Worte Eve direkt ins Mark. Psychospielchen waren eigentlich ihre Stärke, doch nun schien es, als würde Lloyd ihre Spezialität gegen sie verwenden – sie gab sich trotzig.

»Jedes Sportteam, das sich auf ein großes Spiel vorbereitet, durchläuft ein höllisches Training! Das ist schon alles«, antwortete sie.

»Wenn du so sehr von dir überzeugt bist – wieso greifst du mich dann nicht an? Immerhin steh ich hier auf dem Präsentierteller.«

Eve bebte nun förmlich vor Wut.

»Halt die Klappe!«, brüllte sie. »Du verstehst ja überhaupt nichts von den Qualen eines Menschen, der alles hat und alles tun kann!«

Sie ging nicht wirklich auf seine Frage ein, doch Lloyd blieb weiterhin gelassen und zuckte nicht mit der Wimper.

»Du warst immer irgendwie einsam, oder?«

»War ich nicht! Du verdammter Rotzlöffel!«

»Ich versteh das! Es macht keinen großen Unterschied, ob man etwas kann oder nicht! Wenn du zu gut in allem bist und niemand dir gewachsen ist, dann werde ich versuchen, mich deinem Niveau anzupassen! Damit kann ich dein Leid beenden!«

»Du bist kein Gegner für mich! Wenn überhaupt, dann bewundere ich deine Entschlossenheit, du Dorfschwächling!«

Eves zorniges Gebrüll hallte durch die Tiefen des letzten Dungeons. Sie war fuchsteufelswild und setzte alle ihr zur Verfügung stehenden Kräfte ein, um Lloyd zu vernichten.

Der Junge hob sein Taschentuch, das er noch immer in der Hand hielt.

»Los geht's!«

Ihre Blicke trafen sich, die Funken sprühten und dann ...

Wumm! Krawumm!

Die beiden stürmten aufeinander zu und schlugen los.

»Gah!«

Lloyd stieß einen Schmerzensschrei aus. Eve hatte ihm ihre Faust in die Rippen gerammt.

»Lloyd!«, rief Satan.

»Lloyd?!«, erschrak sich Anzu.

Er ging auf die Knie. Nachdem sie endlich einen Treffer gelandet hatte, blickte Eve triumphierend auf ihn herab.

»Na, wie gefällt dir das? Und das ganz ohne Tricks! Ein ganz normaler Schlag, in den ich all meine Kraft gelegt habe! Ich war zwar bislang etwas unvorsichtig, aber wenn ich alle meine Fähigkeiten richtig einsetze, dann ... Oh?«

Eve hatte etwas bemerkt, alle Farbe wich aus ihrem Gesicht.

Klonk!

Die Steinfragmente des Golem-Arms fielen mit einem dumpfen Geräusch zu Boden.

Fump!

Ihre Trent-Wurzeln begannen zu verwelken.

Swusch!

Abaddons Flügel fielen von ihrem Rücken.

»?«

Eve wusste nicht, wie ihr geschah. Sie starrte nur stumm auf ihre Handflächen, die plötzlich trocken und faltig wurden. Sie erkannte augenblicklich, was mit ihr los war, denn sie sah es nicht zum ersten Mal. Sie alterte. Ihre Handflächen waren im Nullkommanichts wieder so verschrumpelt, wie sie es immer verabscheut hatte – sie konnte es nicht ertragen.

»Was? Warum?!«, jammerte sie mit zitternder Stimme. »Er hat mich doch nur gestreift! Warum funktioniert meine Regenerationsfähigkeit nicht? Das Taschentuch hat mich doch kaum berührt! Oh … War es das Taschentuch?« Plötzlich erinnerte sie sich wieder daran, wie Lloyd mit ernster Miene etwas auf sein Taschentuch geschrieben hatte. »War das … eine Rune?!« Inmitten ihrer Wut war sie so abgelenkt gewesen, dass sie nicht mehr daran gedacht hatte. Entsetzt blickte sie zu Lloyd. »W… Was hast du getan?! Was war das für eine Rune?!« Lloyd stand auf, hielt sich die Rippen und zeigte ihr die Rune auf dem Taschentuch. »Das ist doch nicht etwa …?«

»Die hat Rinko mir eben erst beigebracht! Es ist die Rune, die Unsterblichkeit aufheben kann!«

Eve taumelte zurück.

»N… Nein! Das ist unmöglich!« Ihre Reaktion war nur allzu verständlich. Rinko hatte nicht den Anschein erweckt, als hätte sie noch jemand anderem von dieser Rune erzählt. »Du hast sie gerade erst gelernt?!« Eve traute ihren Ohren nicht. »Das ist viel zu wenig Zeit! Niemand kann innerhalb einer Stunde diese Rune meistern! Das muss eine Lüge sein! Das ist nur eine Illusion!« Sie wollte es nicht wahrhaben, doch ihre Haut alterte rasant. »Das ist ein Trick! Alles nur Schall und Rauch! Eine neue Rune zu lernen, ist nicht so einfach!«

»Nein, es ist es die Wahrheit. Rinko hat sie mir gerade eben erst beigebracht.«

»Was?! Willst du damit etwa behaupten, dass du ein Runenmeister oder so was bist? Ich bitte dich, auf so einen Quark falle ich nicht herein!«

Lloyd schüttelte gelassen den Kopf.

»Ich bin kein Meister. Es gibt nur eine ziemlich ähnliche Rune, die ich sehr oft verwende. Nur so konnte ich sie in so kurzer Zeit erlernen.«

»Die du ... sehr oft verwendest?«, fragte Satan und betrachtete die Rune genauer. »Oh! Jetzt sehe ich es. Als Basis dieser Rune dient die Entzauberungsrune!«

»Ernsthaft?«, fragte Anzu. »Die, die er verwendet hat, um den König aus Abaddons Besitz zu befreien und den Fluch von Dionysos aufzuheben? Die, die er ständig dazu benutzt, das Haus zu putzen? Das ergibt Sinn!« Anzu nickte.

»Wo ergibt das bitte Sinn, Anzulein?«, kreischte Eve noch eine Oktave höher.

»Sie hebt Flüche und Zaubersprüche auf. Und für Rinko war die Unsterblichkeit ... ein Fluch.«

Rinko hatte diese Rune erschaffen, um sich selbst von dem Schicksal zu befreien, dass ihre Liebsten ohne sie altern und vor ihr sterben würden. Wenn das kein Fluch war, was dann? Es war nicht weiter verwunderlich, dass sich die beiden Runen derart ähnelten, denn immerhin hatten sie durchaus ähnliche Funktionen.

»Frei sein vom Fluch der Unsterblichkeit ... Der Wunsch von Laborchefin Rinko wurde durch die Entzauberungsrune verwirklicht, die Alka vor nicht allzu langer Zeit entwickelt hat.«

»Und Lloyd hat diese Rune auch noch gelernt, um beim Saubermachen zu helfen ... Deshalb ist er unser Wunderjunge!«

Eve war inzwischen vollkommen außer sich vor Wut und Verzweiflung.

»Für mich ist es kein Fluch! Nein, nein! Das ist kein Fluch, sondern ...«

Eve konnte alles tun und alles haben, was sie wollte. Sie hatte Macht und Einfluss, aber nie jemanden gehabt, der ihr nahestand.

»?!«

In ihrem Kopf tauchten Bilder aus der Vergangenheit auf. Die rapide Alterung ihres Körpers machte ihrem Geist zu schaffen – es war, als würde sich ihr Leben noch einmal vor ihren Augen abspielen. Sie dachte zurück an die Zeit, als sie sich in Asakos Körper befunden hatte ... Das Mädchen, das in ihr schlummerte, war neidisch gewesen, als sie die Mädchen aus Azami bei ihrer Pyjamaparty beobachtete. Eve hatte dieses Gefühl beiseitegeschoben, doch hatte sie es in Wirklichkeit sogar mit ihr geteilt? Möglicherweise verdrängte sie diese Gefühle damals nur deshalb so vehement, weil sie denselben Traum wie dieses Mädchen hatte. Sie sah ihr altes Ich in sich und ...

»Ah, jetzt verstehe ich … Das war der Grund, warum ich Besitz von ihrem Körper ergreifen konnte.«

Nun war ihr alles klar. Nur weil die beiden denselben Traum geteilt hatten, waren ihre Geister fähig, die Gesetze der Natur zu brechen und sich einen Körper zu teilen. Um ihren unerfüllten Traum zu rechtfertigen, hatte Eve sich immer eingeredet, dass er sich etwas Größerem unterzuordnen hatte. Sie hatte ihre Augen einfach von ihrem Schmerz abgewandt und durch die Unsterblichkeit war dieser Zustand zur Normalität geworden. Ihren Traum zu verdrängen, half ihr weiterzuleben, doch dabei verdarb sie charakterlich … Wenn das kein Fluch war, was dann? Irgendwo tief in ihrem Inneren wusste sie seit jeher, dass es einer war. Und das Altern ihres Körpers war der Beweis dafür. Endlich konnte sie es sich eingestehen. Während ihre Hände zusehends faltiger wurden, spürte sie eine seltsame Erleichterung.

»…« Die Anti-Unsterblichkeitsrune leuchtete hell. Lloyd ließ Eve keine Sekunde aus den Augen – das Licht, das sich in ihnen widerspiegelte, erinnerte an die ersten Strahlen am Morgen nach einer langen, dunklen Nacht. Sein Blick war so warm wie die Sonne selbst. Eve lächelte und ließ sich mit überkreuzten Beinen nieder, wie eine Fußballerin, die nach dem Schlusspfiff zu Boden sinkt. Doch nicht weil sie gewonnen oder verloren hat, sondern wegen des Gefühls, alles gegeben zu haben. »Gut, das war's«, sagte Eve und wedelte mit der Hand, das Zeichen ihrer Niederlage.

Lloyd blieb vorsichtig und angespannt. Er wusste, dass sie eine Lügnerin war, und war sich nicht sicher, ob sie ihn vielleicht nochmals zu täuschen versuchte.

Eve streckte ihre zitternde Hand zu ihm aus. »Schau her!«, sagte sie. »Schau dir an, wie stark diese Rune ist. Sie hat den Fluch aufgehoben.« Mit einem schwachen, selbstironischen Lächeln fuhr sie fort. »Die ganze Zeit über habe ich in einem Körper gelebt, der mir nicht gehört hat. Ich war nichts weiter als ein Geist, aber ich habe mich dennoch an diese Welt geklammert. Ich spüre, wie die Kraft aus mir entweicht wie die Luft aus einem Luftballon. Es ist wirklich ein ... unbeschreibliches Gefühl.«

»...«

Lloyd schwieg, denn er wusste nicht, was er darauf erwidern sollte.

»Normalerweise würde man durch das Aufheben der Unsterblichkeit nicht so schnell altern, aber vielleicht liegt es daran, dass dieser Körper nicht meiner ist? Möglicherweise passt er sich nun meinem wahren Alter an. Kämpfen ist definitiv keine Option mehr für mich.«

Lloyd spürte, dass Eves Worte aufrichtig gemeint waren. Er entspannte sich und gab seine Kampfhaltung auf.

»Okay«, antwortete er kurz. Es war schwierig für ihn, die passenden Worte an jemanden zu richten, der seinem Bruder derart übel mitgespielt hatte – doch nun war es vorbei. Schweigend sah er zu, wie Eve weiter alterte.

»Ja ...«, sagte sie mit einem schwachen Lächeln auf den Lippen. »Du hattest nie einen Groll auf mich. Du wusstest auch nicht so richtig, wer ich bin.« Ein Hauch von Häme lag in ihren Worten. »Deshalb habe ich meine Niederlage akzeptiert. Obwohl unabsichtlich, schaffst du es, etwas in den Herzen der Menschen

©Nao Watanuki

zu bewegen. Das ist eine bemerkenswerte Fähigkeit.« Ihr Blick wanderte zu Satan und Anzu. »Würdet ihr ihm bitte alles erklären? Er muss wissen, was er Großartiges geleistet hat. Vorher kann ich nicht zur Ruhe kommen.«

»Das machen wir«, sagte Satan.

Auf Eves vertrockneten Lippen formte sich ein Lächeln.

»Kann ich wirklich einem Kerl vertrauen, der sich die Nächte in Nachtklubs um die Ohren haut und, ohne eine Sekunde geschlafen zu haben, auf der Arbeit auftaucht?«

»Argh ...«

Satan verstummte. Seine frühere Vorgesetzte wusste von seinen Eskapaden und das Wissen darum auch sehr geschickt einzusetzen.

Eve blickte zu Boden, ihre Worte richteten sich an niemand Spezielles.

»Und passt auf euch auf. Denkt daran, dass ein Leben voller Verlockungen Gift für einen sein kann. Wenn man sich zu sehr dem Genuss hingibt, lässt man sich leicht verleiten und verschwendet seine Zeit mit bedeutungslosen Dingen. Im Laufe der Zeit wird man zu einem selbstgerechten Monster, das weder Freunde noch irgendwelche echten Ziele hat. Man sucht nur noch nach Rechtfertigungen für sein Handeln. Aber ...« Nach diesem Eingeständnis ihrer Lektion wandte sich Eve Anzu zu. »... sei dennoch nett zu ihnen, Anzulein. Ich bin zu weit gegangen, für mich ist es schon zu spät. Ich wünschte, ich hätte eher jemanden wie dich getroffen ... Das ist das Einzige, was ich bereue.«

»Okay.«

»Du bist einfach gestrickt, nicht die Klügste und irgendwie auch seltsam schüchtern, doch du hast nie was aus Berechnung getan. Mit dir war es wirklich nie langweilig.«

»Hey, du redest schlecht über mich, während du im Sterben liegst?!«

Anzu hatte versucht, sich zurückzuhalten, doch Eve stachelte sie unablässig an, sodass sie sich schließlich wehren musste.

»Siehst du? Total liebenswert!«, sagte Eve und kicherte schwach. »Hätten wir uns doch nur schon früher kennengelernt, ein Jahrhundert eher ... Lass uns wieder mal die heißen Quellen besuchen. Dieses Mal werde ich ohne Kostüm hingehen.«

Es war, als würden einzelne Erinnerungen vor Eves Augen vorbeiziehen, die ihr Geist sie noch einmal durchleben ließ. Und dann ...

»...«

... schlief sie friedlich ein – wobei sie so ruhig und gelassen wirkte wie eine alte Frau, die auf ihrer Veranda in der Sonne sitzt.

Anzu trat zu ihr und sprach in sanftem Ton: »Wahrscheinlich hat sie ihr ganzes Leben über nur eine Maske getragen. Sie hatte nie jemanden, der ihr nahestand, und suchte stets nach Rechtfertigungen, um weiterzugehen. Selbst als sie unsterblich wurde, hat sie an dieser Denkweise festgehalten ...«

»Die Unsterblichkeit hat ihr ohnehin schon gebrochenes Herz noch weiter in Mitleidenschaft gezogen.«

»Erst als sie sich darüber im Klaren war, dass ihr Ende naht, konnte sie es sich eingestehen. Hätte sie das doch nur schon früher getan ...«

»Ein ewiges Leben voller Rechtfertigungen für ihre Einsamkeit ... Sie muss wirklich erschöpft gewesen sein ...« Satan legte die Handflächen aneinander. »Ruhe in Frieden ... Lloyd, kannst du das heilige Schwert herausziehen?«

»Oh, klar!«

Als Lloyd den Griff des heiligen Schwertes packte und daran zog ... kehrte die verflüssigte Klinge wieder in ihre ursprüngliche Form zurück und glitt mühelos aus dem Stein.

»Gut gemacht. Okay, damit ist unsere Arbeit hier getan, aber es gibt noch einiges für uns zu tun.«

Anzu war selbst eine Herrscherin und mit ihren Gedanken bereits bei der Politik. Jetzt mussten sie sich um das Königreich Profen kümmern und das Chaos beseitigen, das Eve überall angerichtet hatte.

»Das wird schon werden«, sagte Satan zuversichtlich und bot der verletzten Anzu seine Schulter als Stütze an. »Immerhin kann dieser Junge jedes schlechte Ende in ein glückliches verwandeln.«

»Das ist wahr. Er hat sogar Eve einen Moment des Friedens geschenkt«, antwortete Anzu und schenkte der alten Frau, die friedlich auf dem Boden schlummerte, ein Lächeln – es war unschuldig und voller Zuneigung wie das Lächeln, das man einer alten Freundin schenkt.

Im Dorf Konlon. Das Feuer des Krieges loderte noch immer, die Narben der Schlacht zeichneten die Umgebung. Die malerische Landschaft war nun zu einem Kriegsgebiet geworden. Sou und

die Streitkräfte von Azami versuchten, die watschelnden Hasenkostüme aufzuhalten, die alles zerstörten.

»Hmm ...«, brummte Sou. »Wir werden allmählich in die
Enge getrieben ... Oh?«

Kaum hatte er seinen Satz zu Ende gesprochen, begannen die
Kostüme, sich zu winden ... und lösten sich Sekunden später in
Luft auf. Eve hatte sie aus Runen erschaffen und das ließ nur ei-
nen logischen Schluss zu.

»Lloyd hat es geschafft!«

»Es gibt auch keine Anzeichen dafür, dass irgendwelche Dämonenkönige entkommen konnten. Es ist vorbei!«, sagte Riho
und stieß einen Seufzer der Erleichterung aus.

»Das war zu erwarten!«, verkündete Selen. »Immerhin hat
sich mein zukünftiger Ehemann darum gekümmert!«

»Niemals ... So eine Zukunft wird es niemals geben ... Du solltest dich korrigieren ...«, forderte Phyllo sie auf.

»Wie bitte?! Die Wege für Lloyd und mich sind unbegrenzt!
Bis in alle Ewigkeit! Durch den Kreislauf der Wiedergeburt ...«

Selen reagierte aufgebrachter denn je – obwohl sie sich eben
noch auf dem Schlachtfeld befunden hatte.

»Nicht doch ... Lassen wir die Sache mit dem zukünftigen Ehemann erst mal auf sich beruhen«, beruhigte sie Marie.

»Wie meinst du das, Marie?«

»Lloyd ist jetzt ein Held. Man wird bis in alle Ewigkeit von
ihm sprechen.«

Sie wirkte dabei ein wenig traurig, beinahe so, als wäre er dadurch zu einer fernen, unerreichbaren Gestalt geworden.

»Mach dich nicht lächerlich!«, widersprach Selen ihr energisch. »Lloyd hat all das hier erreicht, ohne es selbst überhaupt zu bemerken! Ein Held zu sein, wird ihn wohl kaum sehr verändern«, verkündete Selen so überzeugend, dass sowohl Phyllo als auch Riho zusammenzuckten.

»Ich beneide sie ...«

»Ja, ich ziehe meinen Hut vor ihrem Selbstbewusstsein.«

In gewisser Weise wirkte Selen, als käme sie von einem anderen Planeten.

Unterdessen klopfte Sou den Staub von seiner Kleidung, bereitete seine Kamera vor, um Lloyds triumphale Rückkehr festzuhalten, und klinkte sich in das Gespräch ein.

»Egal was er erreichen wird, sein Wesen wird sich niemals ändern. Lloyd ist jemand, der für seine Freunde und andere Menschen alles tun würde ... im Gegensatz zu mir, denn ihn wird die Rolle des Helden niemals gefangen halten ... Was bin ich froh, dass die Linse nicht beschädigt ist!«

»Ganz genau!«, meinte Merthophan und rückte seinen Lendenschurz zurecht. »Damals war er noch ein wenig verunsichert, aber seit unserer ersten Begegnung ... hat er sich niemals aufhalten lassen. Genau wie ich, seit ich mich der traditionellen Landwirtschaft verschrieben habe!«

Das war ein ziemlich unpassender Vergleich. Die Mädchen fanden, dass sich Merthophan viel zu sehr verändert hatte, doch sie beschlossen, ihre Gedanken für sich zu behalten.

»Mu ha ha! Aber Lloyd ist wirklich viel stärker geworden! Seine Oberschenkelmuskeln sind viel voluminöser als bei unserer ersten Begegnung!«, merkte Nexam an. Dabei ging er haargenau auf jene Aspekte ein, die ihn auch sonst ununterbrochen beschäftigten.

»Deinem Beispiel mangelt es an Eleganz, Nexam«, ermahnte ihn Renge. »Aber es stimmt, dass er sich sehr verändert hat.«

»Dank Lloyd habe ich mich auch verändert«, murmelte Allan, der neben ihr stand. »Sich selbst zu belügen und jemand zu sein, der man gar nicht ist, bedeutet nicht, mutig zu sein. Wahrer Mut heißt, seine Schwächen zu akzeptieren und danach zu streben, derjenige zu sein, der man auch wirklich sein möchte.«

»Allan ...«

»Und deshalb, Renge ... Ich bin leider nicht gut im Umgang mit Frauen und die Sache mit der Ehe macht mir immer noch Angst ... Aber ich werde all meinen Mut aufbringen und Schritt für Schritt dazulernen, um ein guter Ehemann zu sein.«

»A... Allan!«

Die beiden wirkten bereits wie ein gut eingespieltes Ehepaar, was Mena nicht unkommentiert ließ.

»Wie leidenschaftlich! Ganz anders als damals, als du dich als Drachentöter völlig überfordert gefühlt hast. Ich hatte mich schon darauf vorbereitet, meine Erzählerstimme auszupacken und zu sagen, dass euer Glück nur von kurzer Dauer war. Aber ich schätze, das kann ich mir nun wohl schenken!«

»M... Mena ...!«

»Das ist jetzt nicht mehr wichtig. Meine Niederlage gegen Lloyd ist zu einer meiner schönsten Erinnerungen geworden. Es hat sich nicht übel angefühlt, fair und ehrlich gegen ihn zu verlieren. Außerdem hat er mir später sehr viel geholfen und ... Na ja, ich bin ihm wirklich dankbar.« Lloyd hatte sie gemeinsam mit Phyllo und ihren Eltern unterstützt. »Auch mir hat er geholfen, meine Zweifel zu überwinden ... Selbst wenn er schwach gewesen wäre, hätte ich ihn respektiert ...«

»Mu ha ha! Das war, als deine Handklingen mich entblößt haben, oder?«

»Deine Wortwahl ...«

Der Frieden war wiederhergestellt.

Und besagter Held kam mit einem fröhlichen Lächeln auf dem Gesicht zurück. Dabei wirkte Lloyd, als wäre er gerade von einem Einkaufsbummel zurück. Nichts an ihm ließ darauf schließen, was er soeben erreicht hatte.

»Danke, dass ihr auf mich gewartet habt! Ich habe Eve aufgehalten!«

Er war so bescheiden wie eh und je, dabei hatte er gerade die Welt gerettet. Und doch stand er vor ihnen und winkte ihnen wie immer freundlich zu – damit zauberte er allen ein Lächeln ins Gesicht.

Kapitel 3

**Ein Happy End, das todsicher
eins ist**

Seit jenem schicksalhaften Tag waren zwei Jahre vergangen.

Ich, Asako Ishikura, lebte nun mit meinem Vater, Jin Ishikura alias Vritra, in Azami. Ich erwachte aus meinem Schlaf, nachdem alles vorbei war, woraufhin mein Vater mich über die Geschehnisse informierte. Es fiel mir schwer, all das zu glauben ... und doch überraschte es mich irgendwie nicht.

Obwohl durch die Augen von Präsidentin Eva beziehungsweise Eve Profen, in deren Besitz sich mein Körper befand, hatte ich alles mit angesehen. Mein Bewusstsein hatte die ganze Zeit über geschlafen, daher war es eher so ... als würde sich mein Körper wieder an alles erinnern? Es war ein Gefühl, das jenem ähnelt, wenn man sich nicht an seine Kindheit erinnert, aber jemand sagt: »Das war damals so«, und man daraufhin denkt: »Ach ja, stimmt, so war es.« Jedenfalls fand ich mich sehr schnell mit dieser Fantasieweltgeschichte ab und nahm einen Job im Schloss von Azami an, um die Normalität schnellstmöglich wieder in meinen Alltag einziehen zu lassen – frei nach dem Motto: »Wer nicht arbeitet, der soll auch nicht essen.« ...

Aber das war ehrlich gesagt nur meine Ausrede. Es war zwar ein Geheimnis, doch eigentlich wollte ich nur in der Nähe dieses Jungen sein. Jedoch nicht allzu nahe, denn sonst würde Azamis Furcht einflößendste Stalkerin wie aus dem Nichts erscheinen und mir das Leben zur Hölle machen. Etwas Zurückhaltung war also durchaus angebracht, um Ärger zu vermeiden. Sorgen machte ich mir allerdings keine. Entweder ich würde zuerst lernen, meine Dämonenkönigkräfte zu kontrollieren, oder sie würde verhaftet und direkt nach Jigrock verfrachtet werden.

»Wirklich kaum zu glauben, dass sie der Armee von Azami angehört ... Ist das so etwas wie in meiner alten Welt, wenn man potenziell gefährliche Individuen in die Reihen der Geheimagenten aufnimmt?«, murrte ich vor mich hin, doch ich scheute auch nicht davor zurück, mein Glück herauszufordern.

Plötzlich ...

»Bist du wach, Asako?«

... ließ mich eine tiefe Stimme zusammenzucken.

»Papa! Ich hab gesagt, du sollst anklopfen!«, keifte ich ihn an, ohne meine Verärgerung zu verbergen. Der Trick war, leicht meine Stirn zu runzeln, denn das brachte ihn total aus der Fassung.

»Ähm, tut mir leid! Ich werde dir eine schriftliche Entschuldigung nachreichen!«

Früher Wissenschaftler, war mein Vater jetzt Vritra, der Schlangendämonenkönig. Er arbeitete als Assistent von Rinko, der Königin von Azami. Sowohl bei den Friedensverhandlungen des vom Bürgerkrieg geplagten Jio-Imperiums, mittlerweile Königreich, als auch bei den Unruhen in Profen hatte er unermüdlichen Einsatz gezeigt. Nun forschte er an der Anwendung von Runen, um das Leben der Menschen zu verbessern. Damals, in unserer alten Welt, war er ein totaler Workaholic gewesen, was unsere Beziehung schwer in Mitleidenschaft gezogen hatte, doch inzwischen waren wir ein eingespieltes Vater-Tochter-Duo. Meine Mutter im Himmel würde sicherlich den Kopf schütteln, wenn sie wüsste, dass wir dafür über ein Jahrhundert gebraucht hatten.

»Hast du heute was vor?«, fragte mein Vater beim Frühstück.

»Du hast dich so zurechtgemacht ...«

Mit einem großen, reichlich mit Tomatendip bestrichenen Bissen Toast im Mund antwortete ich ihm: »Nafforfungn!«

»Hey, mit vollem Mund spricht man nicht!«

»Gluck, gluck! Ich hab es dir doch schon gesagt! Ich betreibe Nachforschungen!« Ich spülte den restlichen Toast mit einem großen Schluck Kaffee hinunter.

»Du hast es noch immer nicht aufgegeben?«, fragte er und kratzte sich an der Wange. Sein Tonfall gab mir zu verstehen, dass er das wohl erwartet hatte.

»Aufgeben?«, sagte ich empört. »Ich fang doch gerade erst an!«

»Na, das sagst du jetzt schon seit einem Jahr ... Solltest du denn nicht mal langsam was vorweisen können?«

»Ich bin unsterblich, da ist ein Jahr doch ein Witz ...«

»Zu viel Zeit zu haben, kann uns unseres Sinns für Dringlichkeit berauben«, belehrte mich mein Vater. Dieses Thema schien ihm wirklich wichtig zu sein. »Ein Kerl namens Seta hat Aufgaben, die er innerhalb eines Tages erledigen musste, immer perfekt erledigt, doch sobald er mal eine Woche Zeit hatte, ließ er es total schleifen ...«

»Jaja, ich weiß! Ich geh dann mal!«

»H... Hey! Vergiss nicht, dass wir heute Nachmittag noch was vorhaben!«

»Natürlich nicht! Bis später!«

Noch beim Hinausgehen hörte ich ihn etwas vor sich hin murmeln.

»Eine Novel schreiben ... Dafür solltest du doch zumindest mal ein Manuskript anfertigen ...«

Seine Stimme war dabei so leise, dass ich mir nicht sicher war, ob er überhaupt wollte, dass ich ihn hörte … Dennoch traf er damit einen Nerv! Ich drehte mich um und streckte meinen Kopf in den Flur.

»Ich weiß, dass es länger dauert, wenn man die Dinge zu perfektionistisch angeht, aber der Aufwand wird sich auszahlen!«

»Recherchierst du aber nicht ein bisschen zu oft? Du verlierst noch dein wahres Ziel aus den Augen.«

»Recherche ist wichtig!«

Es war entscheidend, die Dinge aus erster Hand zu erfahren. Warum? Weil es nichts Wertvolleres gab, als die Dinge live zu erleben. Natürlich konnte man sich im Internet Videos dazu ansehen, doch diese Aufnahmen spiegelten immer auch die Perspektive des Filmenden wider. Ein Mausklick bietet niemals dasselbe Erlebnis, wie wenn man selbst an den Ort des Geschehens reist, die Luft dort einatmet, die Atmosphäre und die Geräusche selbst wahrnimmt, die realistischer klingen als jedes Surround-System 5.1. Auch auf eigene Kosten zu reisen, trägt zu diesen Erfahrungen bei. Man geht viel achtsamer mit Geld um, da man es nicht verschwenden will …

Oder ging das nur mir so? Mein Vater schien meine kreativen Mühen nicht zu verstehen und äußerte weitere Kritik.

»Du hast noch nicht mal ein Manuskript fertig, hast aber schon einen Titel? Der ist noch dazu unnötig lang und vollgepackt mit Gaming-Jargon. Wer soll denn das verstehen? Du solltest ihn kürzen!«

»Ich werde die Novel in unserer alten Welt veröffentlichen, also passt das schon. Lange Titel liegen dort voll im Trend!«

©Nao Watanuki

»Trotzdem ist er total verworren! Zudem sind dort Jahrhunderte vergangen und es gibt bestimmt ganz andere Trends ...«

»Ach, das reicht jetzt! Ich gehe!«

Mit einem leichten Schmollmund zog ich einen Kristall aus meiner Tasche und benutzte die Teleportationsrune, die Fräulein Akizuki ... ich meine Alka, mir beigebracht hatte, um das Königreich Azami zu verlassen.

Pschiu!

Im Bruchteil einer Sekunde fand ich mich vor der imposanten Fassade und dem prächtigen Eingang des Hotels Reiyokaku wieder. Das Gebäude hatte eine so vornehme Ausstrahlung, dass ein Mädchen wie ich sich kaum hineintraute. Wegen seiner prunkvollen Innenausstattung wusste man auf den ersten Blick, dass dieses Gebäude für lokale Adlige, wohlhabende Kaufleute und Mitglieder der Königsfamilie vorgesehen war, die sich hier für Geschäfte und Zusammenkünfte aller Art versammelten. Sicher kostete eine einzige Tasse Kaffee hier so viel wie zwei oder drei Schüsseln voll Rindfleisch mit Reis. Mit meinem Notizbuch in der Hand stürmte ich durch das schicke Foyer. Klar hatte ich zuvor einen Termin vereinbart. Da es bereits mein zweiter Besuch hier war, verlief meine Anmeldung reibungslos. Ein Page kam rasch herbeigeeilt und führte mich von der Lobby in die Lounge.

»Ich hätte wirklich gerne gesehen, wie er hier gearbeitet hat«, murmelte ich.

»Hey, Asako!«, rief eine kräftige Stimme nach mir.

Es war ein Mann mit Glatze, der Coba hieß und ein ehemaliges Mitglied der königlichen Leibgarde war.

»Lange nicht gesehen«, sagte das Oberhaupt der lokalen Adelsfamilien und Allans Vater, Threonin.

Und dann war da noch ...

»Freut mich, dass es dir gut geht!«

... ein weiterer lokaler Adliger: Selens Vater, Robin. Ein gewisser Vorfall hatte die drei Männer zusammengeführt und seither trafen sie sich einmal im Monat. Sie sprachen dabei über ihre Kinder, aktuelle Ereignisse und die neuesten Geschäfte, die sie abgeschlossen hatten – sie tauschten sozusagen untereinander Informationen aus.

Was ich hier verloren hatte? Ich war hier, um sie wegen des besagten Vorfalls zu befragen.

»Danke, dass ich hier sein darf! Und es ist wirklich in Ordnung, wenn ich weitere Fragen dazu stelle?«

»Aber klar doch! Ich teile gerne Lloyds Heldentaten mit anderen. Wo haben wir denn beim letzten Mal aufgehört?«

»An der Stelle, wo mein dämlicher Sohn in der Sauna zusammengebrochen ist.«

»Ah ja, ich erinnere mich. Ich glaube ja, dass ihm nur die Hitze zu Kopf gestiegen war, aber du meintest, ein Trent war schuld ...?«

Bereitwillig begannen die drei Herren, ihre Geschichten zu erzählen.

»Damals ist Threonins Sekretär total durchgedreht und es herrschte das reinste Chaos.«

Eifrig schrieb ich alles in mein Notizbuch. Nach einer Weile warf jedoch Threonin einen kurzen Blick auf seine Uhr.

»Hmm, es müsste bald so weit sein.«

»Oh? Musst du noch irgendwo hin?«, fragte Robin.

»Nein, das nicht«, kicherte Threonin. »Aber besagter Sekretär wird sich in Kürze zu uns gesellen ... Ah!«

»Wenn man vom Teufel spricht!«

Gerade als sich Threonin über den Schnauzer strich, betrat ein alter Mann die Lounge.

»Oh, Entschuldigung, ich habe Euch warten lassen, Meister Threonin. Coba, Robin ... Oh, du musst Asako sein, oder?«

Unter wiederholten Verbeugungen näherte sich uns Threonins ehemaliger Sekretär.

Warum »ehemaliger Sekretär«? Nun, der Dämonenkönig der Trents hatte von Minoki Besitz ergriffen, woraufhin der ein wenig durchgedreht war und das halbe Hotel zerstört hatte, bis Lloyd ihn bezwang. Im Anschluss hatte er seinen Posten als Sekretär aufgegeben und seine Strafe im Jigrock-Gefängnis verbüßt.

Ich verbeugte mich vor ihm – es war wahrlich eine Überraschung, ihn hier anzutreffen.

»Es ist mir eine Freude, Sie kennenzulernen, mein Name ist Asako Ishikura.«

»Oh, ich hab schon viel von dir gehört. Mein Name ist Minoki, ich bin der ehemalige Sekretär von Meister Threonin. Aber mittlerweile ...«

Er reichte mir seine Visitenkarte: *Stellvertretender Gefängnisdirektor des Jigrock-Gefängnisses.*

»Sie sind stellvertretender Direktor?«

»Ja, nach dem Vorfall hier wurde ich dort inhaftiert, aber ... ein Ereignis jagte das nächste und nun arbeite ich dort.«

Anscheinend hatte er zusammen mit Lloyd und den anderen Gefangenen den damaligen Gefängnisdirektor Urgud, der Experimente an Menschen durchgeführt hatte, zur Strecke gebracht. Wegen dieses Erfolges und seiner Persönlichkeit hatte ihm der heutige Gefängnisdirektor den Posten seines Stellvertreters angeboten. Nun nutzte er seine eigenen Erfahrungen, um die Gefangenen in Jigrock zu rehabilitieren.

»Ich hätte dich jederzeit wieder als meinen Sekretär akzeptiert. Mein Angebot steht noch immer!«

»Ihr seid zu gütig, Meister! Ta ha ha!«

Minoki, den die gütigen Worte von Threonin ganz verlegen machten, verneigte sich demütig. Robin richtete seine Brille und überschüttete ihn ebenfalls mit Lob.

»Ich habe gehört, dass du Kriminellen bei der Wiedereingliederung in die Gesellschaft hilfst ... Das ist wirklich beeindruckende Arbeit! Es ist sicher nicht einfach, mit einigen der gefährlichsten Verbrecher zu arbeiten, oder?«

»Ach, das ist gar nicht mal so schlimm. Egal wie widerspenstig ein Gefangener ist, wenn ich ihnen ein bisschen von Lloyds Heldentaten erzähle, werden sie meistens gefügig.«

Er lächelte fröhlich. Er war längst nicht so verbittert, wie die Geschichte über ihn alle Welt glauben machte – im Gegenteil, er wirkte sogar sehr nett. Vielleicht hatte ihm seine neue Arbeit auch selbst ein wenig geholfen.

»Robin«, sagte Coba neugierig. »Du scheinst erstaunlich viel über dieses Gefängnis zu wissen.«

Robin schwieg eine Weile, ehe er darauf einging.

»Ähm, nun ja, meine Tochter ... wird eventuell selbst einmal in so einer Einrichtung landen und deshalb ... dachte ich, es wäre ganz schlau, sich vorab darüber zu erkundigen. Das ist eine dieser Sorgen, die einen in einer ruhigen Stunde packt ...«

»»»Ohhh ...«««

Selen gehörte zwar dem Sicherheitsdienst an, doch als die Furcht einflößendste Stalkerin der Stadt stand sie auch auf der schwarzen Liste. Vermutlich hatte man ihr den Posten nur verschafft, damit man sie im Auge behalten konnte. Zwar ließ Robin es so klingen, als könnte es im Zweifelsfall dazu kommen, doch sein Ton verdeutlichte, dass er fest damit rechnete, seine Tochter in Minokis Hände zu übergeben.

»Minoki«, sagte er und verbeugte sich. »Nein, stellvertretender Gefängnisdirektor! Sollte meine Tochter wirklich bei dir inhaftiert werden, so bitte ich dich, ihr zumindest eine Zelle mit etwas Sonnenlicht zuzuteilen ...«

»Oh, tut mir leid, aber ich fürchte, mit Frauengefängnissen kenne ich mich nicht so gut aus.«

Es gab wahrlich nicht viele Menschen, die versuchten, eine Gefängniszelle zu reservieren ... doch keiner der Anwesenden traute sich, auch nur ein einziges Wort dazu zu sagen.

»Liegst du gut in der Zeit, Asako?«, fragte Threonin.

»Oh, gut dass Ihr mich daran erinnert«, antwortete ich und stand auf.

»Noch mehr Interviews?«, fragte Coba. »Du bist ja wirklich ein fleißiges Bienchen!«

Ich legte mein Notizbuch beiseite und nickte ihm zu.

»Ja, als Nächstes reise ich nach Ascorbin.«

Threonin lächelte und strich sich über den Schnauzer.

»Ah, dort leben auch Allan und Renge. Bestelle ihnen Grüße!«

»Das mache ich. Sie haben ein Kind bekommen, nicht wahr?«

»Ja. Sag ihnen, dass Fotos nicht ausreichen und wir das Kind möglichst bald selbst sehen wollen. Meine Frau spricht von nichts anderem mehr.«

Sie wären eindeutig fürsorgliche Großeltern.

»Verstanden, das werde ich ausrichten. Na dann ...«

»Also, wäre denn noch so eine Einzelzelle frei? Wie viel müsste ich dafür spenden?«

»Ich finde, wir sollten verhindern, dass es überhaupt erst zu einem Verbrechen kommt ...«

Minoki war genauso besorgt wie Robin verzweifelt. Ich zögerte, da ich mir nicht sicher war, ob ich die beiden unterbrechen sollte, doch Coba gab mir ein Zeichen.

»Geh ruhig«, sagte er. »Das wird wohl noch eine ganze Weile dauern ...«

Ich verbeugte mich schweigend und teleportierte mich davon.

Pschiu!

Ich befand mich nun im autonomen Gebiet Ascorbin. Bambuswälder und nebelverhangene Berge ... Die Landschaft war so malerisch wie auf einem Tuschegemälde.

Egal, wie oft ich hierherkam, der Anblick verschlug mir immer wieder den Atem. Es war das Trainings-Mekka, wo tagtäglich verschiedene Stämme ihre Scharmützel austrugen, sowie ein beliebtes Touristenziel.

Ich war auf dem Weg zum Anwesen der Anführerin des Schwert-kämpfer-Clans und Fürstin von Ascorbin. Eine Frau in einem Trainingsanzug geleitete mich ins Innere. Sie öffnete die Schiebetüren zu einer Art Empfangsraum – es duftete nach Pflaumenblüten und Tatami-Matten. Am hinteren Ende des Raumes saß die Fürstin namens Anzu im Schneidersitz.

»Lange nicht gesehen, Asako!«, sagte sie mit ihrer üblichen herzlichen, offenen Art und winkte mich freundlich zu sich heran. »Mach es dir ruhig gemütlich«, bat sie mich, als ich mich hinkniete.

»Danke!«, antwortete ich und setzte mich bequemer hin.

»Wie geht es dir?«

»Schon viel besser! Es ist wirklich harte Arbeit, diese Kräfte zu kontrollieren.«

»Beständiges Training ist der Schlüssel zum Erfolg!« Anzu grinste. »Behalte die Bedürfnisse deines Körpers im Auge und arbeite fleißig weiter daran!«

Das war genau die Art von Ratschlag, die man an diesem Ort erwarten würde. Nicht umsonst war sie die Fürstin der autonomen Region.

»Ja, ich werde mein Bestes geben ... Oh, was ist das?«

Mein Blick fiel auf einen Futon, den man durch einen Spalt in der Schiebetür hinter Anzu erkennen konnte.

»Schläft sie hier?«

»Ja, die Pflaumenbäume stehen gerade in voller Blüte. Obwohl sie die Augen geschlossen hat, hoffe ich, dass sie den Duft wahrnimmt.«

Auf dem Futon lag eine alte Frau und schlief – Präsidentin Eva beziehungsweise Eve Profen. Seit jenem Tag, an dem sie rapide gealtert war, lag sie in tiefem Schlaf. Anzu hatte sie aus Mitleid bei sich aufgenommen.

»Da sie mir zum Schluss noch gesagt hat, dass ich jedem gegenüber nett sein soll, konnte ich sie einfach nicht zurücklassen.«

Ihre letzten Worte ... Sie hatte Anzu darum gebeten, nett zu anderen Leuten zu sein, die sich ähnlich wie sie verhielten. Diese Worte hatte sie sich zu Herzen genommen.

»Warum lachst du?«

»Ach, nur so ...«

Während sie im Besitz meines Körpers gewesen war, hatte Eve viel Zeit mit Anzu verbracht. Ich konnte mich zwar nicht mehr daran erinnern, doch ich wusste genau, welche freundliche Persönlichkeit sie besaß. Dies verleitete mich unwillkürlich dazu zu lächeln. Außerdem wusste ich, dass Eve ihr von Herzen dankbar war. Anzu kratzte sich am Kopf.

»Ich bespreche mich mit Rinko und Dorfvorsteherin Alka, was langfristig mit ihr geschehen soll. Solange wir nicht zu einer Entscheidung gekommen sind, lasse ich sie hier ruhen ... Aber das ist nicht der Grund, warum du hier bist, oder?«

»Nein, ich bin noch immer auf den Spuren der Wunder, die Lloyd vollbracht hat.«

Ich zückte mein Notizbuch, um das Interview zu beginnen.

»Anzu!«, rief plötzlich jemand. »Mich kannst du nicht täuschen! Ich weiß, dass du da bist!«

»Schrei nicht so!«, rief Anzu sichtlich genervt.

Ich drehte mich um und sah Renge mit Allan zusammen in den Empfangsraum treten.

»Huhu, Anzu! Oh? Wenn das mal nicht Asako ist! Wie geht es dir?«

»Lange nicht gesehen, Renge!«

»Oh, Asako! Du bist ja auch hier!«

»Auch dir ein herzliches Hallo, Allan. Und ...«

Ich stand auf und warf einen Blick auf das Baby, das Renge in ihren Armen hielt.

»Guu ...?«

Ein niedliches Baby mit weichen, runden Wangen blickte mich neugierig an. Es war natürlich das Kind von Allan und Renge – es hieß Leila.

»Wie süß! Wie alt ist sie denn jetzt?«

»Drei Monate«, antwortete mir Anzu anstelle der beiden.

»Oh?« Renge hob fragend eine Augenbraue. »Du scheinst ja wirklich viel über unsere Leila zu wissen.«

»Na ja, immerhin kommt ihr ja fast jeden Tag mit ihr zu mir.«

Allan senkte entschuldigend den Kopf.

»Tut mir leid! Aber unsere Tochter liebt dich, Anzu.«

»Guu ...«

»Und deshalb kann ich auch nicht Nein sagen ... Na, wen haben wir denn da?!«

Anzu zog Grimassen, um Leila zu bespaßen. Renge schien ebenso glücklich darüber zu sein, dass ihre Tochter Anzu mochte. Genau deshalb kam sie nahezu täglich zu ihr ... Dadurch fühlte sich Anzu bereits wie eine richtige Tante.

»Asako, bist du wegen eines Interviews hier?«

»Ja, ich bin hier, um über Lloyds Taten in der autonomen Region zu sprechen. Oh, und Threonin meinte, dass er es kaum erwarten kann, sein Enkelkind zu sehen. Fotos reichen ihm nicht!«

»Typisch Opa!«, sagte Anzu und schüttelte den Kopf.

»Ha ha ha, sag ihm, dass wir bald mal vorbeikommen werden.« Surt streckte seinen Schildkrötenkopf über Allans Gesicht.

»Hoppla, bin wohl eingenickt ... Hey, Asako! Lang ist's her!«

»Toni ... Ähm, Surt, oder? Ich bin froh, dass es dir gut geht!«

»Dasselbe gilt auch für mich. Wenn ich nur daran denke, wie schwach du damals warst, kommen mir fast die Tränen.«

Doch bei »fast« blieb es nicht – die Tränen standen ihm schon in den Augen. In diesem Körper zu weinen, ließ ihn allerdings aussehen wie eine Meeresschildkröte, die Eier legt. Toni war einst ebenfalls Forscher gewesen und nun der Dämonenkönig des Feuers, Surt. Er war Allans treuer Begleiter und arbeitete gemeinsam mit ihm bei der Armee von Azami.

»Guck dir das mal an, Asako! Allan hat tatsächlich eine Tochter! Und ihre Augen sehen genauso aus wie seine!«

»Ah ha ha ... Du klingst wie ein stolzer Onkel, Surt.«

»Ha ha ha! Ich habe nichts dagegen, sie als meine Nichte zu bezeichnen.«

Renge warf dem schildkrötenartigen Dämonenkönig einen strengen Blick zu.

»Surt, ich hoffe, du desinfizierst auch immer schön deine Pfoten, bevor du unser Kind anfasst!«

»Oh, stimmt ...«

»Schildkrötenpanzer sind voller Bakterien! Kleine Kinder bekommen so schnell Fieber. Also vergiss bitte nicht, deinen Panzer zu desinfizieren, und auch nicht das Sonnenbaden!«

»Natürlich ...«

Gegen Mütter hatten Dämonenkönige schlechte Karten. Nachdem sie diese Sache geklärt hatte, nahm Renge einen Schluck von ihrem Tee ... Es war allerdings nicht wie üblich Schwarztee, sondern ein koffeinfreier gerösteter Grüntee namens Houjicha. Renge fühlte sich in Anzus Anwesen ganz wie zu Hause, machte es sich bequem und lehnte sich zurück. Sie schlürfte ihren hausgemachten Tee und lächelte mir zu.

»Bist du nicht wegen des Interviews hier, Asako?«

»Doch, ja.«

»Anzu wird dir nicht allzu viel sagen können. Ich werde dir also auch das Ohr abkauen! Ich könnte dir nächtelang Geschichten erzählen: darüber, wie ich meinen Mann kennengelernt habe, und auch darüber, was Anzu damals noch für ein Häufchen Elend war.«

»Ich war kein Häufchen Elend, ich habe nur meine Aufgaben als Fürstin erfüllt!« Anzu zog eine Schnute, die Leila zum Kichern brachte. »Dabei wollte ich doch gar keine Grimasse ziehen ...«

Nachdem es sich alle gemütlich gemacht hatten, stellte ich Renge eine einfache, aber direkte Frage.

»Ähm, du hast schon die ganze Zeit in deinem Dialekt gesprochen. Wie kommt das? Normalerweise zeigt er sich doch nur, wenn du aufgebracht bist, weil er deiner Meinung nach nicht elegant genug klingt.«

»Ja, seit die Kleine auf der Welt ist, habe ich aufgehört, mir etwas vorzumachen. Es wäre lächerlich, sich vor dem eigenen Kind zu verstellen, oder? Was sagst du, Schatz?«

Allan nickte.

»Von Lloyd habe ich gelernt, dass Äußerlichkeiten niemals so wichtig sind wie das Innere eines Menschen. Und genau darin möchte ich auch meinem Kind und meinen zukünftigen Schülern ein Vorbild sein.«

Nach diesen Worten stahl sich ein verlegenes Lächeln auf Allans Lippen.

»Also, Asako ... Erzähl ruhig allen davon, was für ein Versager ich war.«

»Verstanden! Ich werde alles detailliert niederschreiben!«

»Ähm ...«, ruderte Allan leicht zurück. »Ein paar Dinge könntest du aber vielleicht beschönigen ...«

»Mach jetzt aber bloß keinen Rückzieher, du Blödmann! Asako, schreib ruhig alles über die Dummheiten meines Ehemannes auf!«

Während Renge, Anzu und Surt fröhlich lachten und Leila gluckste, standen Allan die Tränen in den Augen.

»Leila lacht wirklich schon oft, oder?«, merkte Surt an. »Es stimmt also wirklich, dass sich die Mühen der ersten drei Monate Kindererziehung auszahlen.«

Er warf dem glücklichen Pärchen einen neidischen Blick zu.

»Wenn ich doch auch jemanden finden könnte ...«

»Wenn ich einer netten Schildkrötendame über den Weg laufe, lege ich ein gutes Wort für dich ein«, sagte ich.

»Schildkröten ...« Surt lächelte gequält. »Ich plane, eines Tages wieder meinen menschlichen Körper zurückzubekommen. Auch wenn sich diese ganze Haustiergeschichte momentan wirklich sehr für mich lohnt ... So viele hübsche Frauen, die mir über den Kopf streicheln ...«

Solange Surt nur die kurzzeitigen Vorteile ins Auge fasste, würde er für immer eine Schildkröte bleiben. Diesmal warf ihm Anzu einen strengen Blick zu.

»Tu bloß nicht das, was Eve getan hat, und lass dir einen perfekten Körper bauen, nur um gut anzukommen.«

»Keine Sorge, Liebesgeschichten müssen fair verlaufen. Aber ich war doch so pummelig ... Argh!«

Während wir so miteinander plauderten, verging die Zeit wie im Flug. Nach einer Weile stand ich auf und verbeugte mich.

»Tut mir leid, aber ich muss mich jetzt auf den Weg machen.«

»Jetzt schon? Okay, Süße, wink der netten Dame noch zum Abschied zu!«

»Agu Guu!«

Ich schenkte Leila ein Lächeln.

»Wo führt dich dein Weg als Nächstes hin, Asako?«, fragte Anzu.

»Nach Rokujo! Dort wird heute Nachmittag eine Veranstaltung stattfinden und ich möchte früh dort sein!«

»Ah, davon habe ich gehört. Richte den anderen Grüße von mir aus! Das nächste Mal bin ich auch mit dabei«, sagte Allan.

»Ähm, tut mir leid, Asako«, sagte Anzu. »Aber, ähm ...«

»Ja?«

»Ähm ... könntest du Satan speziell von mir liebe Grüße bestellen? Ich konnte ihm immer noch nicht richtig für letztes Mal danken, deshalb würde ich ihn gerne zum Abendessen einladen.«

Es war klar, worauf das Ganze hinauslief: Ich schenkte Anzu ein breites Lächeln und nickte ihr zu. Daraufhin grinste auch Renge, die ebenfalls bemerkt zu haben schien, was hinter Anzus Bitte steckte.

»Anzuuu, ist es etwa endlich so weit? Ist dein persönlicher Frühling angebrochen? Los, raus mit der Sprache!«

»H... Halt die Klappe! Asako! Bis bald!«

Anzu winkte mir zu und suchte schnell das Weite. Ich selbst teleportierte mich nach Rokujo.

Pschiu!

Von einer Sekunde auf die andere war ich dort. Das Königreich der Magie war berühmt für seine Magiesteinminen und seine florierende Film- und Unterhaltungsindustrie. Wirtschaftlich gesehen belegte es gleich hinter Azami den zweiten Platz. Die Bürger dieses Königreichs lebten nach dem Motto: »Wenn es Profit bringt, sind wir dabei!«, weshalb in vier oder fünf Jahren vermutlich bereits etwas ganz anderes im Trend liegen würde. Ich konnte mir gut vorstellen, dass es beispielsweise so etwas wie Bubble Tea wäre. Dank der Bemühungen des derzeitigen Königs Sardin hatte sich die zuvor leicht stagnierende Magieindustrie wieder erholt.

»Wir bringen die Magie sowohl auf die Leinwände als auch woanders hin! Ha ha ha!«, sagte er immer mit seiner üblichen energischen Präsenz. Doch genau die machte ihn auch so liebenswert und er genoss das vollste Vertrauen seiner Bürger. Neben seinen Pflichten als König war es ihm auch gelungen, mehrere Filme zu produzieren, in denen er selbst die Hauptrolle spielte. Hut ab, wie viel dieser Mann arbeitete. Und was verlieh ihm diesen Antrieb? Seine Familie. Für seine Frau und seine Töchter war er jederzeit bereit, alles zu geben. Genau so konnte man ihn in Kurzfassung beschreiben.

»Hm? Willkommen, Asako! Hier bin ich, der strahlende Sardin!«

Er grinste. Der König höchstpersönlich war bis zum Burgtor gekommen, um mich zu begrüßen.

Muss er sich denn nicht um irre viel anderes Zeug kümmern? Selbst die Wachen schütteln nur den Kopf …

»Lange nicht gesehen, König Sardin.«

»Ersparen wir uns die Formalitäten, Asako. Wir sind doch unter uns! Oder blendet dich mein Lächeln so sehr? Lass uns reingehen.«

Das war alles nur Teil seiner Show. Tief im Inneren war er ein sehr ernsthafter Mensch und es fiel mir noch immer schwer, mit diesem Kontrast klarzukommen.

Der König führte mich in den Empfangsraum. Dort wartete auch schon seine Frau und Leibwächterin Ubi auf uns.

»Hey, wie geht's dir so?«, fragte sie mich.

»Ha ha ha! Mir geht es immer gut, Liebling!«

»Das war nicht an dich gerichtet!«, fauchte ihn Ubi an.

Ich ignorierte Sardins Versuch einer humorvollen Einlage und verbeugte mich vor seiner Frau.

»Lang, lang ist's her, Ubi. Mir geht's prima! Du siehst ja keinen Tag älter aus.«

»Das tut sie!«, mischte sich König Sardin erneut ein. »Ach, wie ich sie liebe! Erst neulich hat sie ziemlich viel Wein getrunk...«

Knack!

»Das behältst du für dich!«

»Uff!«

Sardins Hals befand sich nun in einem schiefen Winkel – nicht einmal Eulen konnten ihren Kopf so verdrehen!

»Welch gewalttätige Art, deine Verlegenheit zu überspielen«, sagte ich.

»Ha ha ha! Sie hat eine Art Kunst daraus gemacht!«

Als hätte er sich schon längst daran gewöhnt, richtete König Sardin seinen Kopf wieder gerade und geleitete mich zur Couch.

Derart entspannt mit einer Nackenverrenkung umzugehen, ist aber auch eine Kunst für sich ...

»Du bist heute wegen des Interviews hier, nicht wahr? Läuft alles so, wie du es dir wünschst?«, fragte Ubi.

»Ja.« Ich nickte. »Ich möchte alles haargenau so festhalten, wie es sich ereignet hat, und dafür reise ich durch die verschiedensten Länder.«

»Wunderbar«, sagte König Sardin und strahlte. »Ich hab schon davon gehört! Wir haben uns sogar überlegt, ob wir dein Buch vielleicht verfilmen sollten. Denk darüber nach, wenn es so weit ist! Das Königreich Rokujo wird dir seine volle Unterstützung zukommen lassen!«

»Danke, ich werde meinem Produzenten davon erzählen.«

In diesem Augenblick betrat ein wunderschönes Mädchen den Raum.

»Hey, Asako!«

Menas niedliche mandelförmige Augen waren auf mich gerichtet. Statt ihrer üblichen legeren Kleidung oder der Uniform der Armee von Azami trug sie heute ein prächtiges Kleid – ihr Anblick raubte mir den Atem.

»W... Wow, Mena.«

Mena Quinon. Eine ehemalige Söldnerin und die Tochter von König Sardin und Ubi – damit die Thronfolgerin von Rokujo. Nachdem die Gefahr von Azami abgewendet worden war, hatte sie die königliche Leibgarde des Königreichs verlassen und ihr Leben dem Prinzessinnendasein verschrieben. Seither verbuddelte sie sich in Haufen von Lehrbüchern.

»Du bist eine wahre Augenweide, Mena. Du machst dich hervorragend als Prinzessin.«

Schwerfällig ließ sie sich auf ein Sofa fallen und seufzte.

»Zumindest kann ich es gut vorgaukeln, aber das war's auch schon.«

»Du bist ja auch eine berühmte Schauspielerin! Du kannst jede Rolle perfekt spielen.«

»Ständig sind meine Schultern verspannt! Ich vermisse die alten Zeiten, da ich noch mit Phyllo und Choline herumhängen konnte.« Sie beugte sich zu mir und hob neugierig die Augenbrauen. »Du schreibst also einen Roman ... Wirst du auch meine Schauspielkarriere erwähnen?«

»Natürlich! Wie kann ich so eine wunderbare Geschichte denn bitte schön auslassen? Dich selbst als Schauspielerin zu tarnen, um deine vermisste Mutter wiederzufinden, ohne dass dein Vater

davon weiß! Und dann wird auch noch Lloyd darein verwickelt ...
Das muss einfach rein!«

Je entschlossener ich sprach, desto mehr schreckte sie zurück.

»Ich wollte niemals bekannt werden! Dass die Öffentlichkeit
davon erfahren soll, ist mir total peinlich.«

König Sardin strahlte indessen stolz.

»Was redest du denn da, mein Töchterlein? Das ist deine
Chance, dass dich alle lieben werden! Ich arbeite derzeit sogar an
einem Skript für einen Film, in dem du ganz allein die Hauptrolle
spielen wirst!«

»Was? Im Ernst?!«

»Na voll! Immerhin befinden wir uns hier im Land der Filme
und der Magie! Ich schreibe das Drehbuch und werde Regie führen! Um die Beleuchtung wird sich dann vermutlich Allan kümmern!«

König Sardin ging ausgesprochen ins Detail und sogar Ubi
schien begeistert zu sein.

»Toll. Wir könnten doch auch Lloyd mit ins Boot holen und
eine Liebesgeschichte daraus stricken, oder?«

»Mama! Nicht du auch noch!«

Die Unterhaltung schien etwas aus dem Ruder zu laufen, weshalb ich mich einmischte.

»Mal abgesehen davon: Ich habe Neuigkeiten!«

Die drei wandten sich mir zu. König Sardin schüttelte den
Kopf und blickte enttäuscht zu Boden.

»Ha ha ha! Willst du mir etwa deine Liebe gestehen? Leider
bin ich schon glücklich verhei...«

Bevor Ubi erneut seinen Nacken in einen ungünstigen Winkel verdrehen konnte, schritt ich ein.

»Es geht um Amidin ...«

»Ach, der ...«

Amidin Oxo. Er war einst ein erfolgreicher Filmstar gewesen und hatte durch seine Verbindungen zur Unterwelt Rokujo im Geheimen kontrolliert. Er war außerdem der Boss eines Syndikats, des Aufsteigenden Blauen Drachen, und König Sardins Freund gewesen. Ich unterrichtete alle Anwesenden darüber, wie er Lloyd geholfen hatte, dem bösen Gefängnisdirektor von Jigrock das Handwerk zu legen.

»Das hat mir Minoki erzählt. Er und Zalko, ein Dieb, der in Azami sein Unwesen getrieben hat, sitzen anscheinend immer noch ihre Zeit dort ab.«

»Oh.«

»Aber er strebt nicht mehr nach Macht. Die beiden arbeiten im Rahmen einer Arbeitsbeschaffungsmaßnahme hart an der Instandhaltung von Straßen ... Anscheinend bedauert er sogar, was er in Rokujo angerichtet hat.«

König Sardin seufzte.

»Ich habe gehört, dass er seine Strafe anständig verbüßt. Seit dem Vorfall mit dem Gefängnisdirektor hat er aufgehört, um ein Gnadengesuch zu bitten, denn er findet wohl Gefallen an der ehrlichen Arbeit. Er bedauert es, nicht unter besseren Umständen geboren worden zu sein.« Sardin hielt inne und blickte mich an. »Sag ihm, dass er sich persönlich bei mir entschuldigen soll. Dann werde ich darüber nachdenken, ihm einen Besuch abzustatten.«

»Oh?«, sagte Ubi.

»Wenn ich damit seinem Gewissen etwas Erleichterung verschaffen kann ...«

Sardin zuckte mit den Schultern. Wie großmütig von ihm.

»Okay, ich werd's ihm ausrichten.«

»Also ...«, sagte Mena, die bemerkte, dass dieses Thema alle ein wenig runterzog. Sie sprach ungewöhnlich hoch. »Wie läuft es mit deinem Roman, Asako? Erzähl doch mal!«

Sie klang wie eine neugierige Mitschülerin, die am Ende eines Schuljahrs ihr Zeugnis mit dem der anderen vergleichen will, um die angespannte Atmosphäre zu lockern.

»Ich arbeite noch immer die Handlung aus ... beziehungsweise den Plot. Es ist einfach so viel passiert und es gibt unheimlich viele Informationen zu verarbeiten.«

Völlig untypisch für Ubi legte sich ein Lächeln auf ihre Lippen.

»Dann haben wir ja noch ein bisschen Zeit, die Romanze zwischen Nacchan und Lloyd auszuarbeiten! Das wäre sicher total romantisch!«

»Eine großartige Idee! Er wäre ein hervorragender zukünftiger König für Rokujo!«, äußerte der derzeitige Amtsinhaber seinen Wunsch begeistert.

Ich war allerdings entschieden dagegen.

»Ich fürchte, das muss ich ablehnen! Mein Werk soll ausschließlich historische Fakten aufgreifen.«

»Ah, schade.«

Ich hatte zwar etwas übertrieben, doch Ubi bemerkte meine Entschlossenheit und zuckte nur mit den Schultern.

»Es soll also nur die Wahrheit widerspiegeln, wie ...? Wir haben hier in Rokujo jemanden, der sich auf solche Bücher spezialisiert hat. Vielleicht könnte er dir helfen, das Ganze etwas zu beschleunigen.«

Auf König Sardins Vorschlag hin verzog Mena das Gesicht.

»Hmm, ich lege ein Veto ein! Das Buch würde zu mindestens sechzig Prozent aus seiner eigenen Lebensgeschichte bestehen. Es wäre vielmehr eine Autobiografie als die Darstellung historischer Fakten.«

»Das ist wahr.«

Mena und ich uns schenkten uns ein Lächeln, dann packte ich meine Sachen und stand auf.

»Du gehst schon?«

»Ja, ich will noch Profen und Jio besuchen, bevor ich heute Nachmittag wieder nach Azami zurückmuss.«

»Heute Nachmittag ...? Ah, es ist also schon wieder so weit. Ich hätte sehr gerne mal Choline gesehen ... Schade, dass ich mich nicht so teleportieren kann wie du, Asako.«

»Ich kann dir beibringen, wie das geht. Es ist eigentlich ziemlich einfach.«

»Ah ha ha. Das klingt auf jeden Fall spaßiger, als die Prinzessin von Rokujo zu sein.«

Ich verbeugte mich und verließ Rokujo.

Pschiu!

Ich erreichte Profen. Seit Eves Sturz waren zwei Jahre vergangen und meine Erinnerungen an diesen Ort waren nicht eben die schönsten. Zwar hatte sie damals meinen Körper besessen, doch

194

ich hatte hier viele Jahre damit verbracht, das Land in einem Hasenkostüm zu regieren und meine Bürger in kriminelle Machenschaften zu verwickeln, nur um sie am Ende zu verraten ... Zwar waren es nicht meine eigenen Taten, dennoch blieben Schuldgefühle in mir zurück.

Eve ... Möglicherweise hatte sie doch irgendwo in ihrem Herzen eine gewisse Zuneigung zu dem Land verspürt, das sie selbst gegründet hatte.

Die Einreisebestimmungen waren hier sehr streng. Da ich mich jedoch direkt ins Landesinnere teleportierte, konnte ich mich schnurstracks zum Palast begeben. Mein Körper erinnerte sich noch genau an den Weg und somit gelangte ich, ohne mich zu verlaufen, direkt zum Konferenzraum. Der Palast war durch den Ausbruch meines Vaters zur Hälfte zerstört, doch inzwischen vollständig wiederaufgebaut worden. Der neue König hatte vermutlich hart gearbeitet, aber er war nicht allein gewesen.

Der Konferenzraum sah viel schöner aus als je zuvor. Ich nahm Platz und wartete. Kurze Zeit später ...

»Oh, was für ein Zufall, dich hier zu treffen!«

Überraschenderweise betrat Micona den Raum. Sie hatte ihren Traum, Diplomatin zu werden, verwirklicht und reiste nun oft zwischen Azami, Profen und Jio hin und her, um die Freundschaft zwischen diesen Königreichen zu fördern.

»Bist du beruflich hier, Micona?«

»Ja, ich bin auf diplomatischer Mission. Als Nächstes reise ich nach Jio. Ich werde also eine ganze Weile nicht mehr in Azami sein.«

»Klingt anstrengend. Für mich ist es dank der Teleportation ziemlich einfach.«

Micona lachte und schüttelte den Kopf.

»Nein, so schlimm ist es nicht. Dank meiner Dämonenkönigkraft kann ich fliegen ... auch wenn ich darauf achten muss, nicht gesehen zu werden.« Sie setzte ihre Kräfte wirklich geschickt ein. »Aufgaben, die nur ich erledigen kann, sind für mich äußerst wertvoll.« Sie grinste mich schelmisch an. »Schließlich muss ich mich in der Hierarchie nach oben kämpfen und mir einen Namen machen.«

»Musst du das?«

Sie kicherte.

»Der König von Azami hat erneut geheiratet ... und zwar Maries Mutter, Rinko. Das bedeutet, dass Marie Prinzessin ist! Um ihr näherzukommen, muss ich also einen hohen Rang erlangen.«

»Ah! Ha ha ha ...«

Mein Lachen klang nicht nur ziemlich gekünstelt, sondern war es auch. Micona und Lloyd waren die einzigen Menschen, die nicht wussten, dass Marie schon immer die echte Prinzessin gewesen war. Das war eins der wenigen Dinge, die beide gemeinsam hatten. Ich fand das ziemlich lustig.

Ein weiterer Gast betrat den Raum.

»Micona, Asako!«

»Hm? Alka!«, rief Micona.

Alka trug wie üblich ihre weiße Kutte und ihre schwarzen Haare zu Zöpfen gebunden. Micona lief freudig zu ihr und begrüßte sie mit einem herzlichen High Five. Die beiden verstanden sich prima und verbrachten viel Zeit miteinander. Riho hatte einmal scherzhaft gemeint, die beiden seien so etwas wie Gleichgesinnte.

Miconas Bekanntenkreis war ganz schön breit gefächert: von merkwürdigen Vögeln ... ähm, großen Persönlichkeiten wie Dorfvorsteherin Alka und Selen bis hin zu Renge, Mena und Rol. Es war kein Zufall, dass sie Diplomatin geworden war. Solange es nicht um Lloyd ging, war sie unglaublich talentiert.

»Ich wusste nicht, dass ihr euch so nahesteht«, sagte ich. Als ich die beiden zuletzt gesehen hatte, war es tatsächlich noch ein wenig anders gewesen.

»Oh, du hast eine gute Beobachtungsgabe!«, lobte mich Alka und wirkte beeindruckt. »Aber die hattest du schon immer, Asako!«

»Lobhudelei wird dir bei mir nichts nutzen ... Jetzt sagt schon, wie kam's dazu?«, bohrte ich erneut nach.

»Das erzähl ich dir gerne!«, sagte Micona. Sie schien sich irgendwie darüber zu freuen, dass ich danach fragte. Hatte sie etwa sogar darauf gehofft? »Schreib diese Geschichte bitte auch in deinen Roman, ja?«

»Ja, das solltest du wirklich! Es ist nämlich so, dass wir ...«

»Wir beide wurden nämlich ...«

Ihre Stimmen überschnitten sich und sie blickten einander an. Wie aus einem Mund sagten Micona und Alka dann: »Wir beiden wurden bei der letzten großen Schlacht einfach übergangen!«

»...«

Als ihre Stimmen so durch den Raum hallten, klangen sie unheimlich betrübt. Ohne meinem schockierten Blick auch nur einen Hauch von Beachtung zu schenken, begannen die beiden, ihren Unmut darüber zu äußern, dass sie ausgeschlossen worden waren.

»Ich habe so hart gekämpft, um etwas Zeit gegen Eve herauszuschlagen!«

»Ich stand eigentlich im Zentrum des Geschehens! Doch am Ende konnte ich nicht mal beim großen Finale dabei sein! Das war wirklich traurig!«

»Richtig, wir konnten die letzte Schlacht nicht miterleben! Dadurch konnten wir auch nicht sehen, was mit dem Endboss geschehen ist! Was ist mit unserer Genugtuung?«

Sie erinnerten mich an Leute, die im Organisationskomitee der Schulabschlussfeier alles gegeben haben, am Ende aber nicht teilnehmen können. Mir fiel bloß ein »Hä?« ein. Nur wollten die beiden unbedingt meine Zustimmung.

»Du verstehst das doch, Asako, oder? Schließlich bist du auch erst aufgewacht, nachdem alles vorbei war!«

»Ja, aber ich fühlte mich eher befreit als ausgeschlossen ...«

Ich wollte nicht an ihrer kleinen Mitleidsparty teilnehmen ...

Zieht mich da gefälligst nicht mit rein!

Ich beschloss jedoch, so zu tun, als könnte ich ihre Gefühle nachvollziehen. So was taten Erwachsene nun mal ...

»Aber ich versteh euch schon. Es gibt einem so ein Gefühl der Unvollkommenheit, nicht wahr?«

»Ganz genau, Asako!«

»Wow! Willkommen im Klub der Ausgeschlossenen!«

So hatten sie mich in ihren Kreis des Selbstmitleids aufgenommen ... Ich wollte unter keinen Umständen, dass Lloyd in diesem

Moment mein Gesicht zu sehen bekam. Die beiden schienen meinen Widerwillen indessen nicht bemerkt zu haben.

»Als alles vorbei war, hat Eve anscheinend noch eine Moral aufgetischt, was sie aus all dem gelernt hat! Ich bin offen gestanden beeindruckt, dass all das ohne mein Zutun passiert ist!«

»Ich hätte auch dabei sein sollen! Lloyd Belladonna und ich sind schließlich Rivalen der Liebe! Seine Rivalin ist keine Geringere als Micona Zol! Wie konnte all das passieren, ohne dass ich dabei war?«

»Ein Showdown ohne die Meisterin und die Rivalin? Das ist wirklich unverzeihlich!«

»Genau! Wäre ich dabei gewesen, hätte ich im letzten Moment sagen können, dass ich ihn nun als Rivalen anerkenne, was die ganze Sache abgerundet und dem Showdown die richtige Würze verliehen hätte!«

Es klang fast so, als wären Miconas Worte eine Art Pfefferstreuer … Während die beiden in ihrem unproduktiven Gejammer versanken, öffnete sich schwungvoll die Tür zum Konferenzraum.

»…«

Herein trat eine mysteriöse Gestalt in einem Hasenkostüm. Wer auch immer sich darin befand, watschelte auf uns zu, ließ sich in einen Stuhl fallen und senkte den Kopf.

»Bin ich vielleicht fertig …«

Die gedämpfte Stimme, die aus dem Kostüm nach außen drang, klang in der Tat hundemüde.

Alka reagierte mit harschen Worten.

»Wie jetzt? Du gibst schon auf? Dabei solltest du dich doch mittlerweile daran gewöhnt haben!«

Der Hase nahm seinen Kopf ab und schleuderte ihn zu Boden.

»Daran soll ich mich gewöhnen?«

Er hüpfte ein paarmal über den Boden. Im Inneren des Kostüms ... befand sich Eug. Ihr Gesicht war schweißgebadet und das Haar klebte ihr an der Stirn. Dadrin musste es wirklich heiß gewesen sein! Ihr Gesicht war knallrot, doch ob wegen der Hitze oder ihrer Wut, war nicht ganz klar.

»Ausgezeichnete Arbeit, Doktor Eug«, lobte Micona sie. »Oder sollte ich besser sagen: Königin von Profen? Es freut mich zu sehen, dass es dir gut geht!«

Ihre Worte hatten einen leichten Unterton, der von ihrem hämischen Grinsen noch verstärkt wurde. Offensichtlich war sie immer noch sauer, dass man ihr gegen ihren Willen die Kräfte eines Dämonenkönigs aufgezwungen hatte.

»Stellvertretende Königin von Profen!«, korrigierte Eug. »Stellvertretend! Ich gebe nur vor, Eve zu sein, bis die Dinge sich beruhigt haben.«

Eve hatte ihr Königreich eigenständig regiert. Nun, da sie in einer Art Koma lag, befürchtete man, das Land könnte zusammenbrechen, weshalb Eug sich entschlossen hatte, die Rolle von Eve Profen zu spielen – auch, um für deren Missetaten Buße zu tun. Nur wenige kannten die Wahrheit. Doch um die Königin zu imitieren, musste sie das Hasenkostüm tragen und sich dabei möglichst albern verhalten. Das machte ihr sichtlich zu schaffen.

»Argh ...« Eug ließ erneut den Kopf hängen und fing an, vor sich hin zu murmeln. Offensichtlich belastete sie diese Aufgabe mehr als gedacht. »Ich weiß, dass es meine Schuld ist, dass wir in diese

Welt gebracht wurden. Ich habe mich von Eve manipulieren lassen und geglaubt, das hier sei unsere ursprüngliche Welt ... Dann habe ich sogar noch mehr Chaos angerichtet, indem ich versucht habe, meine Scharte auszuwetzen. Deshalb wollte ich diese Strafe auch auf mich nehmen, weil ich das verdiene ... Aber dieses Hasenkostüm ist die reinste Folter!«

Eug klang, als hätte sie Letzteres ganz und gar nicht verdient. Der Stress machte ihr wirklich zu schaffen. Sogar Alka schien Mitleid mit ihr zu haben.

»Nun, die Dinge normal zu handhaben, würdest du vermutlich hinbekommen, aber auf Eves Art ist das echt hart. Es ist so, als würdest du durch die Kongresssäle tanzen.«

»Aber würdest du dich plötzlich normal verhalten, würde man vermuten, dass jemand anderes in diesem Kostüm steckt! Azami wird sich um einen Nachfolger bemühen, aber bis dahin musst du die Ohren steifhalten!«

Micona betonte diplomatisch die Notwendigkeit einer stabilen Regierung in Profen und wollte Eug daher keinesfalls vom Haken lassen.

Eug war am Boden zerstört.

»Ich tue, was ich kann! Aber sollte etwas schiefgehen, baue ich auf eure Unterstützung!«

»Super!«, sagte Alka und grinste. »Deine Unfähigkeit, andere um Hilfe zu bitten, hat dich immer gebremst. Wenn du diese Schwäche überwinden kannst, gebe ich dir gerne was von meinem Intellekt ab. All das hier wurde nur verursacht, weil du immer versucht hast, alles alleine hinzukriegen!«

Alkas Worte klangen eher vorwurfsvoll als unterstützend. Eug starrte sie wütend an.

»Zunächst hat sich's ja ganz nett angehört, was du gesagt hast, aber deine Arroganz hat's gleich wieder ruiniert, Alka! Wart's nur ab! Ich werde Profen so groß machen, dass wir Konlon annektieren können!«

»Ähm, bitte vermeide es, solche Aussagen vor einer Diplomatin Azamis zu treffen ...«, meldete sich Micona zu Wort, ehe Eug sich weiter in Rage redete.

Doch Eug wusste, dass Micona darauf anspringen würde. Sie unterbreitete ihr ein teuflisches Angebot.

»Mal angenommen, du hilfst Profen dabei, den Kontinent zu vereinen, könnte ich dir eine politische Hochzeit mit Prinzessin Marie vermitteln. Was sagst du? Rein hypothetisch betrachtet natürlich.«

»Rein hypothetisch wäre ich dabei!«

Direkt vor meinen Augen plante man eine Verschwörung. Um zu verhindern, dass das Gespräch an Fahrt gewann, erinnerte ich Eug daran, was mich zu ihr geführt hatte.

»Ich störe nur äußerst ungern dein Vergnügen, Eug, aber würdest du mir bitte die Dokumente geben? Meine Produzenten möchten die Geschehnisse von Profen genauestens unter die Lupe nehmen.«

Unter ihrem Kostüm zog Eug ein Bündel Papiere hervor.

»Klar, hier sind sie. Nennen sie sich wirklich Produzenten?«

»Um wen geht es denn, Asako?«, hakte Micona nach.

Alka verzog das Gesicht und antwortete an meiner statt.

»Die üblichen Verdächtigen. Sie fühlen sich wohl an den seltsamsten Stellen berufen.«

Als Micona das hörte, wusste sie sogleich, um wen es ging. Sie nickte verständnisvoll.

»Ah, ich verstehe … Das sind wirklich Freigeister. Kürzlich haben sie sogar einen meiner früheren Klassenkameraden in ihre Pläne verwickelt.«

»Na ja, beobachten wir sie einfach mit wohlwollenden Augen. Es ist nicht schlecht, wenn Personen mit einst leeren Herzen ein Ziel gefunden haben, auf das sie hinarbeiten möchten.«

»Stimmt, ich habe es auch nur durch Marie geschafft. Da sie mein ultimatives Ziel ist, hat sie mich angetrieben.«

»Du wirst dich echt niemals verändern, oder?«, murmelte Eug. Ich stimmte ihr zu. Man fragte sich wirklich, welche Zukunft Micona wohl erwartete … Vermutlich war es besser, es nicht zu wissen. Da die Zeit knapp war, schnappte ich mir die Dokumente und erhob mich von meinem Platz.

»Ich muss noch nach Jio und Konlon und dann ist heute Nachmittag auch noch dieses Event.«

»Ah, diese Veranstaltung … Ich bin auch dabei! Es ist schließlich die Pflicht von uns Älteren, den Grünschnäbeln ihre Schwächen aufzuzeigen!«

»Diese Pflicht kannst du ruhig vernachlässigen, Micona!«

Sie verhielten sich allesamt keinen Deut besser als meine Produzenten.

Eug ließ den Kopf hängen und setzte eine schuldbewusste Miene auf.

»Du gehst also nach Jio, ja? Sag den Leuten dort bitte, dass es mir leidtut ... Ich habe ein ganz schönes Chaos angerichtet!«

»Ist gut«, sagte ich und nickte ihr zu. »Ich habe gehört, dass es langsam besser wird. Aber nicht so, wie du vielleicht erwarten würdest. Man könnte sagen, dass sich das Chaos in eine andere Richtung verlagert.«

»Kein Grund zur Besorgnis«, beruhigte Micona Eug und brachte all ihr diplomatisches Geschick ein. »Das Land ist wohlhabender denn je! In gewisser Weise ...«

»Oh, wenn diese beiden am Werk sind, dann ...«, sagte Alka mit genervter Miene. »Nun, richte den beiden von mir aus, dass sie keinen Unsinn anstellen sollen, ja? Ich weiß zwar, dass sie es ernst meinen, aber ...«

Ein Lächeln huschte über meine Lippen.

»Ich tue, was ich kann!«

Mit diesen Worten verließ ich schließlich Profen.

Pschiu!

Mein nächster Halt war das ehemalige Kaiserreich Jio ...

Es hatte die Fessel des Imperialismus abgelegt und war zu einer Demokratie geworden. Auch wenn es jetzt das »Königreich Jio« genannt wurde, war dies bloß ein Name. Einst hatte der finstere Sou den Herrscher von Jio abgesetzt und ein böses Regime eingerichtet, um Lloyd in ein gutes Licht zu rücken. Die arme Bevölkerung war damit beinahe zum Futter für das Heldentum geworden. Zwar waren Jios Herrscher schon von Anfang an korrupt gewesen, doch Sou, Shoma und Eug hatten das Fass zum Überlaufen gebracht, was möglicherweise der Weckruf war, den das Land benötigt hatte. Jahrelang hatten seine Herrscher sich die eigenen Taschen gefüllt, während der Rest der Bevölkerung hungerte. Doch jetzt ...

»Ein Agriculture ☆ Taifun fegt über die Welt! Willkommen im Paradies der Landwirtschaft: Jio!«

»...«

Noch nie in meinem Leben hatte ich einen übleren Werbeslogan gehört. Würden Besucher damit begrüßt werden, würden sie auf der Stelle wieder umkehren und das Land verlassen. Dies war nun also das neue Jio. Politische Reformen standen an zweiter Stelle, denn oberste Priorität galt der landwirtschaftlichen Umwälzung ... Nach Entmachtung der Zentralregierung, die den größten Teil der Staatskasse für militärische Zwecke aufgewendet hatte, sollte ein Entsandter von Azami das Land wieder auf den richtigen Pfad führen. Doch diese Person hatte das Land völlig auf den Kopf gestellt.

»Den Imperialismus abzuschaffen und eine Demokratie einzuführen, ist erst der Anfang! Um Chaos zu vermeiden, benötigen wir eine stabile Nahrungsmittelversorgung! Mit anderen Worten: die Landwirtschaft!«

Sicher könnt ihr euch schon denken, wer dieser Entsandte war. Während ich durch ein Meer aus Weizen ging, gestand ich mir ein, dass Merthophans tiefe Liebe zur Landwirtschaft durchaus Früchte trug. Schon bald bot sich mir allerdings ein seltsamer Anblick.

»Hau ruck! Hau ruck! Hau ruck! Hau ruck! Danket dem Weizen und der Erde! Los geht's ...«

»»»Agriculture! Taifun!«««

»Ja, genau so! Entfacht den landwirtschaftlichen Wirbelsturm!«

»Ich wünschte, ich hätte das nicht gesehen ...«

Man sollte immer die Augen nach vorn richten. Den Blick zurück bereute ich jedenfalls prompt.

Mit ein paar jungen Leuten aus Jio war Merthophan gerade fleißig mit der Ernte beschäftigt. Sein gebräunter Teint und sein mittlerweile zum Standard erkorener Lendenschurz stachen keineswegs heraus, da auch alle anderen mit Lendenschurzen bekleidet waren.

»Hau ruck! Hau ... Nanu?«

Nachdem er sich mit einem Handtuch den Schweiß von der Stirn getupft hatte, bemerkte mich Merthophan. Mit einem strahlenden Lächeln kam er auf mich zu.

»Ah, Asako, du bist das! Lange nicht gesehen!«

Sein hübsches Gesicht strahlte eine Mischung aus Frische und Entschlossenheit aus. Würde er doch nur richtige Sachen tragen! Dann würden sich die Frauen sicher um ihn prügeln.

»Lange nicht gesehen, Ex-Oberst Merthophan.«

Er wedelte mit seinem Finger und schüttelte den Kopf.

»Tut mir leid, Asako ... Diese Anrede ist zwar nicht falsch, aber hier werde ich anders genannt.«

»Ach ja?«

Hatte er etwa eine neue Position? War sein Titel aus Azami-Zeiten ihm in Jio möglicherweise eher hinderlich? So lautete zunächst meine Vermutung.

»Ja, seit einiger Zeit nennt man mich ...« Wie aus dem Nichts zog er unter einer dramatischen Geste eine Hacke und eine Sense hervor und nahm eine markante Pose ein. »... den Meister der Landwirtschaft ☆ Merthophan Dextro!«

Er sollte sich für diesen Titel eine Abkürzung überlegen. Ich entschied, lieber nicht nachzufragen, wie er genau zu diesem Namen gekommen war.

»Das ist echt lang. Ist es okay, wenn ich dich einfach Merthophan nenne?«

»Hmm, also ohne Titel? Ja, das ist auch okay.«

Ich wollte nicht respektlos wirken, denn er genoss in vielerlei Hinsicht meinen Respekt, aber ... Ich wechselte flugs das Thema.

»Ah ha ha ... Ist es nicht etwas zu zeitig für die Ernte?«

Es war Frühling und zu dieser Jahreszeit zu ernten, war ungewöhnlich. Ich war mir nicht sicher, warum diese jungen Männer hier draußen mit dem Getreide kämpften. Merthophan beantwortete meine Frage mit einem strahlenden Lächeln.

»Tatsächlich nicht! Dank einiger spezieller Samen, die uns Konlon geliefert hat, und meiner eigenen Forschung an Landbestellungstechniken können wir nun auch außerhalb des letzten Dungeons alle drei Monate zur Ernte schreiten! Unser Ziel ist es, eines Tages ebenso wie Konlon monatlich ernten zu können!«

»Drei Monate sind allerdings auch schon eine ziemliche Nummer ...«

Ja, obwohl der kalte Krieg zwischen Azami und Jio noch nicht allzu lange zurücklag, hieß man den Ex-Oberst hier mit offenen Armen willkommen. Wegen der Weizenernte alle drei Monate wurde sogar der Boden vergöttert, auf dem er wandelte. Ein Mann, der den Menschen hier half, die Felder zu bestellen und den Hunger zu lindern ... Verglichen mit der früheren Regierung, die Unmengen von Staatsmitteln für das Militär verschwendet hatte, war es kein Wunder, dass man ihm Bewunderung zollte, Feind hin oder her.

Mit einem fröhlichen Lächeln im Gesicht strich Merthophan mit den Fingern über das frisch geerntete Getreide ... Ich fragte mich, ob ihn das denn nicht pikste?

»Wieder ein Beweis für die Kraft der Landwirtschaft! Azami, mich eingeschlossen, war lange Zeit nicht gut auf Jio zu sprechen, doch das ist nun vorbei.«

»Aha ...«

Als ich seinen verliebten Blick bemerkte, verkniff ich mir jeglichen Kommentar.

»Jio wird allmählich oder sogar ziemlich rasant zu einer landwirtschaftlichen Großmacht ... Wie könnte mich so was nicht beeindrucken? Ich hätte niemals gedacht, dass ich das Land meiner ehemaligen Feinde eines Tages so lieben würde ... Weizen heilt eben alle Übel ... Lang lebe die Landwirtschaft ...!«

Die letzten Worte kamen ihm nur schwer über die Lippen. Den jungen Männern in Lendenschurzen rings um ihn standen Tränen in den Augen.

»Ich bin auch zutiefst bewegt, Meister Merthophan!«

Nun kullerten ihnen die Tränen die Wangen hinab ... Die Lebensmittelknappheit in diesem Land musste für die einfache Bevölkerung wirklich schlimm gewesen sein. Essen, Kleidung, Unterkunft waren existenziell. Nachdem man sich erfolgreich des ersten Problems angenommen hatte, blieb nur zu hoffen, dass man sich bald auch um das zweite kümmern würde.

»Wir sind eben Kameraden im Geiste! Los geht's ...!«

»»»Agricultural Taifun!«««

»Ja, der landwirtschaftliche Wirbelsturm!«

»...«

Die zutiefst gerührten Männer in ihren Lendenschurzen lagen einander nun in den Armen. Sie nannten Merthophan zwar Meister, doch ehrlich gesagt fühlte es sich eher nach einer Sekte an. Der Lendenschurzkult. Selbst wenn er keine Beitrittsgebühr verlangte, würde ich ihm um keinen Preis beitreten wollen. Doch das männliche Gruppenkuscheln beziehungsweise der Körperkontakt der schweißgebadeten Männer verstörte mich hier längst nicht am meisten.

»Mu ha ha! Füllt eure Körper mit diesem Soja ☆ Protein!«

»Auweia ...«

Ich konnte meine Abneigung nicht verbergen. Ich sollte echt mehr daran arbeiten, meinen Gesichtsausdruck besser im Griff zu haben. Aber was soll's ... Tiger Nexam, der ehemalige Anführer von Ascorbins Faustkämpfer-Clan, war erschienen – unter jedem Arm einen mit den Früchten der Ernte gefüllten Korb. Er trug eine enge Unterhose, die er bis zum Anschlag hinaufgezogen hatte ...

Gab es hier etwa ein Gesetz, nach dem sich alle Männer so kleiden mussten? Als der Mann in seinem selbst gemachten Tanga mich erblickte, schenkte er mir ein breites, muskulöses Lächeln.

»Mu ha ha! Asako! Bist du etwa gekommen, weil du dich nach meinen Oberschenkelmuskeln gesehnt hast?«

Nexam zögerte nicht, mit seinen Pomuskeln vor mir zu prahlen. So geübt, wie er darin war, tat er das wohl öfter. Nachdem er mir zur Genüge seinen Hintern gezeigt und jedes meiner Worte ignoriert hatte, lenkte er meine Aufmerksamkeit auf den Inhalt seiner Körbe.

»Mu ha ha! Schau her, Asako!«

»Sojabohnen?«

»Ganz genau, und schon beim ersten Versuch ins Schwarze getroffen! Dafür darfst du meine Oberschenkelmuskeln bestaunen! Sojabohnen helfen dabei, einen geschmeidigen Körper zu bekommen!«

Er wirkte echt zufrieden mit seiner Arbeit. Ich wusste nicht, wie ich darauf eingehen sollte, doch Merthophan nahm mir diese Aufgabe ab.

»Was für eine Ernte und dann auch noch in solchen Mengen! Weizen, Soja, Tomaten, Blattgemüse ... Wenn wir den Anbau stabilisieren können, wird dieses Land in Zukunft viel autarker sein!«

»Mu ha ha ha! Im Nullkommanichts werden wir auch den nötigen Weizen und den Mais gewinnen, um das Vieh zu füttern! Dann folgt die Milch, und daraus wird schließlich Whey-Protein hergestellt. Ich seh schon, wie meine Oberschenkelmuskeln immer weiter wachsen!«

So seltsam ihre Aussagen auch sein mochten, ich musste mir eingestehen, dass die beiden ihren Plan wirklich gut durchdacht hatten – ich war schwer beeindruckt. Wie in Profen bestand ihre Aufgabe auch hier darin, für Stabilität zu sorgen. Zudem sollten sie die Lebensmittelversorgung sicherstellen und die Stellung halten, bis ein neuer Herrscher die Geschicke des Landes lenkte.

Doch ...

»Agriculture!«

»»»Taifun!«««, riefen seine Helfer.

... es fühlte sich irgendwie so an, als wäre Merthophan bereits Jios neuer König. Offensichtlich stand für die hungernde Bevölkerung Nahrung an oberster Stelle.

Während ich darüber nachdachte, trafen endlich die Personen ein, derentwegen ich eigentlich hierhergereist war.

»Merthophan, Nexam! Es wird Zeit, dass ihr ins Schloss zurückkehrt ... Oh, Asako.«

»Ach herrje! Das ist ja eine Ewigkeit her!«

Choline und Rol, ebenfalls von Azami nach Jio entsandt, waren eingetroffen. Ich war erleichtert, endlich auf vernünftige Menschen zu treffen, und verbeugte mich freudig vor ihnen.

»Schön, euch beide wiederzusehen, Choline, Rol«, sagte ich.

Die Situation, in der ich mich befand, war den beiden natürlich nicht entgangen, sodass sie mir ein mitleidiges Lächeln schenkten.

»Kaum angekommen und schon wirst du von den beiden belästigt ... Sie könnten sich ja zumindest mal was anziehen ...«, schimpfte Choline.

»Da hast du recht ...« Rol grinste. »Ich weiß echt nicht, was man an solchen Männern finden kann.«

»Halt die Klappe!«

Choline freute sich einerseits über Merthophans Erfolg, andererseits ermüdete es sie, dass der Lendenschurzkult so offenherzig angenommen wurde.

»Ich würde meine Beziehung zu ihm nur allzu gerne vertiefen, aber erst, wenn er sich mal eine anständige Hose überzieht.«

»Das wäre, als würdest du ihn bitten, seine Flügel auszubreiten und davonzufliegen.«

Mit anzusehen, wie wenig Hoffnung Choline nur noch hatte, war wirklich traurig. Doch bevor sie sich weiter davon herunterziehen ließ, kam ich schnell zur Sache.

»Habt ihr die Dokumente, um die ich euch gebeten hatte?«

»Aber klar doch! Du bist echt fleißig, Asako.«

Choline überreichte mir bereitwillig ein kleines Heftchen, das die Ereignisse von Jio zusammenfasste.

Rol stimmte ihr nickend zu.

»Das ist die richtige Einstellung, Asako. Vorstellungskraft allein reicht nicht. Man muss die harten Fakten kennen und dann entscheiden, welche Teile man ausschmücken will und welche nicht. Genau so entstehen gute Texte.«

Zwar störte mich ihr leicht herablassender Tonfall, doch ich lächelte höflich und pflichtete ihr bei: »Ja, da hast du recht.«

»Warum hältst du so große Stücke auf dich?«, fragte Choline sie daraufhin.

»Ist dein Gehirn geschrumpft, Choline? Hast du etwa vergessen, wie viel Geld ich mit meinen Büchern verdient habe?«

»Ach ja, diese sogenannten Bücher ...«

Choline zog eine Grimasse.

»Ich schreibe Bestseller!«

Rol hatte eine autobiografische Schilderung der korrupten Zustände in Rokujo verfasst, insbesondere über jene, die an der Magieakademie und im Magieministerium herrschten. Das Buch war ein voller Erfolg. Der reißende Absatz ihres Enthüllungsbuchs hatte die Verlagsbranche dazu bewogen, mehr Bücher dieser Art zu veröffentlichen, was schließlich in purem Chaos mündete.

Während Rol sich aufplusterte, nannte sie Choline leise »One-Hit-Wonder«, was bei ihr einen empfindlichen Nerv traf. Augenblicklich trat ein dämonischer Ausdruck in Rols Gesicht und eine Ader an ihrer Stirn begann zu pulsieren.

»Gar nicht! Mein zweites Buch hatte bloß ein paar Anlaufschwierigkeiten! Ich habe noch zwei ... nein, drei weitere in Vorbereitung!«

Doch Choline klang felsenfest.

»Das erste Buch beruhte auf Tatsachen. Dein Antrieb war, dich für die korrupten Zustände in Rokujo zu rächen! Jetzt, da du dein Ziel erreicht hast und deine Geldbörse prall gefüllt ist, bist du weich geworden.«

»Argh ...«

»Deine scharfen Worte haben die Leser erreicht, doch die sind jetzt weg. Dein zweites Buch war weder gemein noch nett. Und genau deshalb hat es niemanden interessiert.«

Sie traf wirklich den Nagel auf den Kopf.

Rol taumelte und versuchte, dagegen zu argumentieren, doch Choline hatte einen wahren Volltreffer gelandet.

»Ja, deshalb werde ich für mein nächstes Werk auch wieder zu meinen Wurzeln zurückkehren!«

»Ich weiß bereits Bescheid, Rol, du schreibst eine Romanze. Wessen Wurzeln sollen das bitte sein?«

»Arrrgh!«

Obwohl Rol durch ihren Erfolg finanziell abgesichert sein sollte, zeigte sie erstaunlich wenig Gelassenheit. Mertophan und Nexam beobachteten die beiden bei ihrem verbalen Schlagabtausch und gesellten sich zu uns. Choline und Rol ließen sich durch die Anwesenheit der beiden halb nackten Männer indessen nicht stören. Sie waren mittlerweile schon ziemlich abgehärtet.

»Mu ha ha! Am meisten streben Menschen nach Geld ... doch Einfluss und Macht folgen dicht dahinter.«

Nexam traf mit seinen Worten direkt ins Schwarze ...

Wenn jemand wie er, der normalerweise jegliche Ernsthaftigkeit vermissen ließ, solche Worte von sich gab, tat es ganz besonders weh.

»Was?!«, reagierte Rol postwendend und zeigte mit dem Finger auf ihn. »Wie kannst du es wagen, du Muskelprotz?«

»Hm? Was soll denn plötzlich das Kompliment?«

»Das war kein Kompliment, ich wollte ...! Ja, mit dem Geld für mein erstes Buch habe ich mir meinen lang gehegten Traum erfüllt, das Waisenhaus umzugestalten. Aber glaubt ihr wirklich,

ich habe es auf Macht abgesehen?! Oder Einfluss?! Diese Dinge kommen von ganz alleine zu mir!«

Obwohl Rol so zuversichtlich klang, sah sie aus irgendeinem Grund sehr traurig aus. Woran lag das wohl? Nein, eine Erklärung ist wohl unnötig.

»Oh, stimmt ja!« Ich beschloss, noch etwas Salz in die Wunde zu streuen. »Anzu hat mich gebeten, Satan eine Nachricht zu übermitteln.«

»Hng?!«

Das war genau die Reaktion, die ich mir erhofft hatte.

»Soll ich ihm auch etwas von dir ausrichten, Rol?«

Mit einem hinterhältigen Grinsen schloss Choline sich mir an.

»Ja, das wäre deine Chance, einen bleibenden Eindruck bei ihm zu hinterlassen.«

»W...W... Was redest du denn da, Choline?« Rol geriet für einen Moment ins Straucheln und wandte sich wieder mir zu. »B... Bestell ihm Grüße von mir!«

»Das ist alles?«

»Mu ha ha! Genau wie beim täglichen Training kommt es auch bei Beziehungen auf die Details an!«

»Haltet ihr zwei euch gefälligst raus!«, fauchte Choline.

Ich war mir allerdings sicher, dass ihre Worte keinerlei Wirkung auf die beiden hatten. Unterdessen fügte Rol noch ein paar Worte hinzu.

»U... Und beim nächsten Mal ...«

»Ja, was ist denn da?«

»Können wir vielleicht ... zusammen zu Abend essen?«

Ich ließ sie ausreden und blickte dann zu Choline.

»Was denkst du, Choline?«

»Ich würde sagen, das waren 65 Punkte. Beziehen wir aber noch Rols komplizierten Charakter mit ein, sind es wohl 85 Punkte.«

»Mu ha ha! Hättest du noch einen Grund für das Essen angegeben, würdest du an der Neunzig-Punkte-Marke kratzen!«, kommentierte Nexam.

»Wenn du dann auch noch ein Restaurant mit leckeren Gemüsegerichten aussuchst, kriegst du die volle Punktzahl!«, fügte Merthophan hinzu.

Da keiner die beiden um ihre Meinung gebeten hatte, ignorierten wir sie einfach. Ich wedelte mit den Dokumenten in meiner Hand und verbeugte mich vor den beiden Damen.

»Danke für die Unterlagen, Choline! Rol, ich werde es Satan auf jeden Fall ausrichten!«

»Sag mir, wenn du noch irgendwas brauchst! Ich werde bald wieder in Azami sein, dann können wir eine Tasse Tee miteinander trinken«, sagte Choline.

»Vergiss bitte, was ich gesagt habe, Asako ...«

Dafür ist es schon zu spät, liebe Rol.

Das gab ich ihr auch mit meinem Blick zu verstehen. Meine Botschaft erreichte sie, nur konnte ich ihren Gesichtsausdruck daraufhin nur schwer deuten. Choline meinte zu einem späteren Zeitpunkt zu mir, dass sie sich tagelang an ihrer Reaktion hatte laben können. Ich bereitete mich auf meine Abreise vor.

»Hä hä ...«

»Mu ha ha!«

Merthophan und Nexam wirkten verdächtig aufgeregt. Das verhieß nichts Gutes, sodass ich mich schnell von allen verabschieden wollte.

»Ich mach mich dann langsam mal ...«

Doch noch ehe ich meinen Satz beenden konnte, unterbrach mich Nexam.

»Wait ☆ a ☆ minute! Uuund ☆ Oberschenkelmuskeln! Was soll das denn werden, Asako?«

»Sobald du in Konlon warst, willst du doch zurück nach Azami, oder?«, fügte Merthophan hinzu. »Ich möchte den edlen Anblick von Lloyd mit meinen eigenen Augen und Lendenschurz sehen. Bitte nimm uns mit!«

So was hatte ich schon geahnt ...

»Ähm, muss ich wirklich?«

Aber zieht euch vorher bitte was an ...

»Na los, Asako!«

»Mu ha ha! Aber sei ☆ bitte vorsichtig!«

Sie schienen allerdings überhaupt nicht daran zu denken.

Pschiu!

»...«

Konlon, das Dorf am Ende der Welt, bot den Blick auf eine weite, malerische Landschaft. Ich holte tief Luft – sie fühlte sich hier so unglaublich rein an.

»Mu ha ha! Wir sind in Konlon ☆ angekommen!«

»Landwirtschaaaaft! Konlon! Ich bin zurückgekehrt!«

Ohne die beiden hätte ich meinen Atemzug wirklich genießen können. Doch mit zwei Kerlen mit freiem Oberkörper in

Lendenschurzen war das schlichtweg unmöglich. Die beiden im Schlepptau, machte ich mich auf den Weg ins Dorf Konlon. Schon bald entdeckten uns die Bewohner.

»Oh, Asako! Wie geht es dir?«

Es war Opa Pyrid, der Mann, der Lloyd großgezogen hatte.

»Lange nicht gesehen, Pyrid! Mir geht's prima. Ich bin froh, dass du auch gesund und munter zu sein scheinst!«

»Gah ha ha! Gesund und munter ist mein zweiter Vorname! Hm? Wie ich sehe, hast du zwei bekannte Gesichter mitgebracht.«

»Ich bin zurückgekehrt, Meister Pyrid.«

»Mu ha ha! Du veränderst dich wirklich niemals, Meister Pyrid!«

Pyrid schien von ihrer halb nackten Erscheinung überhaupt nicht überrascht zu sein ... Vielmehr schien das gesamte Dorf an Merthophans und Nexams ungewöhnlichen »Kleidungsstil« gewöhnt zu sein, was ich wirklich erschreckend fand. Wie konnte man sich nur an all die entblößte Haut gewöhnen?

»Wolltest du gerade irgendwohin, Pyrid?«, fragte ich beiläufig und ließ die beiden Nackedeis links liegen.

»Oh, ich wollte eben angeln gehen. Wir haben heute Gäste, die ich an Alkas Stelle bewirten muss«, erklärte Pyrid bereitwillig. Er wirkte unheimlich zufrieden.

»Gäste? In diesem abgelegenen Dorf?«, fragte Merthophan.

»Ja, sie sind in letzter Zeit sogar ziemlich oft hier. Das Haus der Dorfvorsteherin ist so was wie ein Treffpunkt für Kinder geworden ... Aber was will man machen?«

Es schien ihn nicht wirklich zu stören. Ich konnte mir schon denken, von wem die Rede war.

»Ah, er also?«

Pyrid nickte.

»Offenbar hat er endlich gefunden, wofür es sich zu leben lohnt.«

»Mu ha? Jemand, den du schon länger kennst?«

»Ich kann mich nicht erinnern ... Aber egal, was auch immer früher war, jetzt scheint er Spaß zu haben und ist nicht alleine. Was kann man sich mehr wünschen? Gah ha ha!«

»Mu ha ha! Egal wie mager man startet, Muskeln kann man sich immer erarbeiten! Muskelgedächtnis!«

Pyrid ignorierte Nexam und wandte sich wieder mir zu.

»Also gut, es wäre schön, wenn du dich eine Weile zu ihnen gesellen würdest, Asako. Ich schätze mal, die da sind mit dir hergekommen?«

»Gerne, sie sind immerhin gute Freunde von mir! Und ja, um die da werd ich mich kümmern. Die werden sich nicht wieder danebenbenehmen.«

»Vielen Dank!«

Sobald sich Pyrid verabschiedet hatte, machte er sich auf den Weg zum Fluss und wir begaben uns zum Haus der Dorfvorsteherin. Wo wir auf ...

»Hm? Oh, was für eine Überraschung!«

»Oh! Ein paar leidenschaftliche Gäste sind eingetroffen!«

... Shoma, Sou und ...

»Welch ein Zufall!«

... ein Mädchen trafen, das seine Brille zurechtrückte.

»Oh, hey!«

Es war Miconas frühere Klassenkameradin und die jetzige Pressesprecherin der Armee von Azami: Pamela.

Merthophan und Nexam schienen wirklich überrascht zu sein, sie hier zu sehen. Ich hingegen wusste ganz genau, was sie hergeführt hatte.

»Sie gehört zu uns«, sagte ich.

»Was meinst du mit ›uns‹ ...?«

»Mu ha ha, welche Muskelgruppen wollt ihr zusammen stärken? Erzählt es mir, Muskeln!«

Ich ignorierte Nexams irrelevante Frage und ging auf Merthophan ein.

»Wir arbeiten gemeinsam daran, Lloyds Heldengeschichte zu verfilmen.«

»Mu ha?!«

Nexam nahm eine muskulöse Pose ein und warf mir einen fragenden Blick zu. Sofort stand Shoma auf und begann, mit überschäumender Begeisterung zu erklären.

»Genau! Wir haben uns zusammengetan, um die Großartigkeit von Lloyds Wundern in der Welt zu verbreiten!«

»Durch einen Film?«

»Ja, Merthophan!«, rief Shoma begeistert und stellte die Crew vor. »Ich bin der Regisseur und Sou der Produzent und Kameramann. Pamela ist für die Kostüme und Requisiten zuständig. Autorin des Originalromans und auch fürs Drehbuch zuständig ...«

»... bin ich«, übernahm ich. Wobei es mir ein wenig unangenehm war, als Autorin des Originalromans bezeichnet zu werden, da ich noch nicht mal ansatzweise damit fertig war.

Mit unserem Projekt wollten wir der Welt von Lloyds Großartigkeit erzählen ... Shoma war in letzter Zeit häufiger für Alka eingesprungen und daher trafen wir uns einmal im Monat, um die anderen über unsere Fortschritte zu informieren. Wenngleich einmal im Monat nicht wirklich häufig war, zeigte sich Sou dermaßen begeistert darüber, einen neuen Lebensinhalt gefunden zu haben, dass er öfter vorbeikam, um mit Shoma abzuhängen. Ich hatte das Gefühl, als wäre Alkas Haus für ihn inzwischen so was wie ein Klubraum.

»Du warst in der Nähe, Pamela?«

Die Angesprochene rückte wie immer ihre Brille zurecht und nickte.

»Genau. Ich wollte mich mit jemandem über die Kostüme und Requisiten beraten und bin zufällig auf unseren Produzenten Sou getroffen. Daraufhin habe ich ihn gebeten, mich hierher mitzunehmen.«

»Gerade als ich mich von Azami nach Konlon teleportieren wollte, konnte ich ihre Aura spüren. Aber mach dir nichts draus, Pamela, sieh es einfach als Mitfahrgelegenheit!«

»Verstehe, vielen lieben Dank für deine Großzügigkeit, Herr Produzent.«

Pamela rückte wieder ihre Brille zurecht. Sie schien mit der Mitfahrgelegenheit hervorragend klargekommen zu sein ... Ihre mentale Stärke war bewundernswert.

»Mu ha ha! Du hast also das Mit-Teleportieren gemeistert? Wirklich ungewöhnlich!«

So was sollte ein halb nackter Mann besser nicht sagen.

»Die Geheimnisse der uralten Magie sind schon eine praktische Sache, oder?«, sagte der Mann im Lendenschurz, der uralte Artefakte als Landwirtschaftswerkzeuge verwendete.

Da es ziemlich ermüdend war, das Gespräch immer und immer wieder auf das eigentliche Thema zu lenken, stoppte ich ihn, bevor er noch weiter ausholen konnte.

»Ich wusste ja, dass Sou öfter mal hier vorbeikommt, aber es überrascht mich wirklich, dich hier anzutreffen, Pamela.«

Dass wir alle hier versammelt waren, traf sich gut.

Pamela nickte und rückte wiederum ihre Brille zurecht.

»Ich hätte niemals geglaubt, dass ich regelmäßig in dieses entrückte Dorf kommen würde.«

»So extrem ist es nun auch wieder nicht. Den Dorfbewohnern mangelt es vielleicht an Allgemeinbildung, aber ansonsten sind sie relativ normal. Anders als in der Stadt gibt es hier allerdings kaum Unterhaltungsmöglichkeiten. Reizüberflutung gab es in diesem Dorf nur in Form gewalttätiger Monster.«

»Vielleicht hat das Schicksal mich in dieses legendäre Dorf geführt … Es juckt mich unter den Nägeln, hier eine Filiale unserer Familienmodekette zu eröffnen«, sagte Pamela und rückte ihre Brille zurecht.

»Ih hi hi …«

Das war ein ziemlich wilder Gedanke, weshalb ich nicht so recht wusste, wie ich darauf reagieren sollte. Wir waren eine wahrlich illustre Runde: Shoma, ein Dorfbewohner Konlons, Sou, ein Runenmann, ich, ein Dämonenkönig ...

»Das wär ja was!«

... und Pamela, die als Normalsterbliche die Ausnahme unter uns bildete ... Damit spielte sie in derselben Liga wie Lloyd und Selen. Wenn doch nur die Nudisten nicht hier gewesen wären und diesen schönen Moment zerstört hätten.

»Ich habe das Gefühl, irgendjemand hat die Landwirtschaft beleidigt!«

»Mu ha ha! Wer auch immer das war: Derjenige ist sicher bloß neidisch darauf, was für prächtige Körper sie uns geschenkt hat!«

Verdammt noch mal ...

Während ich in mich hineinfluchte, tauschten Shoma, Sou und Pamela begeistert Ideen aus.

»Leidenschaft! Mode in Konlon? Vielleicht können wir einen neuen Trend setzen?«

»Das wird das Dorf beleben! Wenn wir dann noch den Namen des Dorfes an den neuen Modestandard setzen, werden wir eine Welle lostreten! Natürlich wird Lloyd das Model sein!«

»Mit der Produktion von Erdspinnenseide könnten wir ein stabiles Einkommen sicherstellen! Die Welt wird dann nicht nur Lloyd, sondern auch das ganze Dorf Konlon akzeptieren ... Ich werde die Modeindustrie leiten und kann dadurch mein Hobby, das Cosplayen, auf der ganzen Welt standardmäßig etablieren!«

Pamela schob wieder ihre Brille hoch. Sie wollte ihr Steckenpferd auf der ganzen Welt verbreiten und schien ziemlich entschlossen zu sein ... Dabei war es in unserer alten Welt schon ziemlich beliebt gewesen. Erleichtert, dass die Weltherrschaft offenbar nicht zu ihren Interessen zählte, begab ich mich zum Regal und nahm etwas heraus.

»Kann ich mir das ausleihen?«, fragte ich, während ich eine Schwarz-Weiß-Kamera mit großer Linse in der Hand hielt.

»Warum denn die?«, fragte Shoma und neigte den Kopf zur Seite. »Zum Filmen könntest du doch einen Aufnahmekristall nehmen. Warum denn schwarz-weiß?«

Sou legte die Hand ans Kinn.

»Ah, du willst nicht filmen ... sondern ein Foto machen.«

»Heute ist Lloyds großer Tag. Ein Foto wäre effektiver ... Das könnte ich auch direkt an die Zeitungsverlage weitergeben.«

Pamela rückte ihre Brille erneut zurecht. Sie schien sich an etwas zu erinnern.

»Ja, die Presseabteilung war total in Aufruhr ... Schließlich wird Lloyd ab diesem Jahr im Rampenlicht stehen!«

»Ähm, aber arbeitest du denn nicht für sie, Pamela? Kannst du es dir dann überhaupt erlauben, hier zu sein?«, fragte ich.

»Ich mache heute eine etwas längere Mittagspause«, antwortete sie und rückte ihre Brille zurecht.

»Das klingt für mich eher nach Faulenzen ...«

»Die Großartigkeit Lloyds in die Welt hinauszutragen, ist auch Teil meiner Pressearbeit, meine Liebe.«

Sie rückte schon wieder ihre Brille zurecht. Ihre Ausrede klang geradezu poetisch, doch jeder, der seine Arbeit liegen ließ, um im Dorf vor dem letzten Dungeon abzuhängen, war vermutlich genauso verschroben wie Lloyd, Selen und Eve ...

Shoma und Sou standen gleichzeitig auf.

»Lasst uns gleichzeitig Fotos und Videos aufnehmen. Das ist wahre Leidenschaft!«

»Das ist wahr! Videos sind großartig, aber Fotos haben ihren eigenen Reiz!«

Sou hatte bereits seine Kamera hervorgeholt und auch Shoma schien begeistert.

»Ja, ganz genau so ist es! Asako, deine Leidenschaft inspiriert mich!«

»Heißt das, dass ihr beiden auch zuschauen werdet?«

»Na klar! Zuerst wollte ich dir das alleine überlassen, aber nach diesem Gespräch kann ich die Füße nicht mehr stillhalten!«

»Wenn wir ihm zu nahe kommen, wird Lloyd uns wieder ausschimpfen ... Aber was soll's! Das ist eben Leidenschaft!«

Er hatte ihnen also schon die Leviten gelesen ... Ich schüttelte bloß den Kopf.

Shoma, du benimmst dich langsam immer mehr wie Alka ...

Auch Pamela schien sich bereit zu machen, indem sie ihre Brille zurechtrückte.

»Falls er Einwände erhebt, könnt ihr ihm sagen, dass die Presseabteilung euch darum gebeten hat. Unser Abteilungsleiter ist äußerst geschickt darin, Skandale unter den Teppich zu kehren, ohne dass jemand davon Wind bekommt.«

Das ist ja wirklich sehr beruhigend, Pamela ...

Merthophan wappnete sich ebenfalls, indem er seinen Lendenschurz zurechtrückte.

»Das weckt Erinnerungen. Es ist ein wichtiger Tag für die Zukunft der Armee von Azami ... Und wenn Lloyd involviert ist, dann ...«

Nexam hatte offenbar überhaupt keine Ahnung, wovon wir redeten ... Er überwand seine Scham und ... Nein, eigentlich nicht, denn er hatte nie auch nur einen Funken Schamgefühl besessen ...

»Mu ha ha, steht heute denn irgendwas Besonderes an? Vielleicht ein Bodybuilding-Wettbewerb?«

»Der wäre wohl nicht wirklich ausschlaggebend für die Zukunft der Armee von Azami ...«

»Mu ha ha! Schöne Körper gehören vor die Kamera! Außerdem wolltest du Fotos machen ... Wovon, wenn nicht von stahlharten Muskeln?!«

Trotz seiner Unwissenheit blieb der Enthusiasmus dieses Mannes ungebremst.

»Heute findet die Aufnahmeprüfung für die Militärakademie statt.«

»Oh?«

Mit anderen Worten ...

»Heute ist Lloyds erster Tag als Ausbilder.«

Auf dem großen Platz vor dem Palast von Azami stand eine etwas übertrieben wirkende Statue des Königs.

Damals, als er von Abaddon besessen gewesen war, hatte man sie als Symbol der Verschwendung kritisiert. Doch seither hatte er abgenommen und sich dem Wohl des Volkes verschrieben. Daher waren solche Kommentare inzwischen verstummt. Jeder wusste, wie hart er für die Menschen arbeitete und dass er ein guter König war.

Auf dem Platz herrschte ein solches Gedränge, dass man vermuten konnte, ein Festival sei im Gange. Doch die angespannte Atmosphäre ließ einen solchen Eindruck schnell verblassen. Sämtliche der hier anwesenden Mädchen und Jungen strotzten nur so vor Selbstvertrauen in die eigene Stärke. Heute war der Tag der Aufnahmeprüfung an der Militärakademie von Azami. Und diese jungen Menschen waren die zukünftigen Kadetten.

»Das sind ja noch mehr als im letzten Jahr«, sagte ich perplex.

Es war bereits im Jahr zuvor schwierig gewesen, sich zu bewegen, doch dieses Jahr gab es keine freien Plätze mehr.

»Natürlich«, sagte Pamela und schob dramatisch ihre Brille hoch. »Die Teilnehmeranzahl war schon immer enorm, doch unsere Presseabteilung hat bestimmt auch einen großen Beitrag dazu geleistet. Den größten Ausschlag hat aber gegeben, dass Lloyd dieses Jahr Ausbilder sein wird. Nur um von ihm unterrichtet zu werden, kommen Bewerber aus Rokujo, Jio und Ascorbin.«

»Mu ha ha! Tatsächlich befinden sich einige bekannte Gesichter aus meiner Heimat darunter!«

»Beeindruckend, Lloyd! Die Zukunft der Landwirtschaft ruht auf deinen Schultern.«

Ex-Oberst Merthophan schien nicht länger fähig zu sein, die Armee von der Landwirtschaft zu unterscheiden.

Um sich auch wirklich keinen Augenblick entgehen zu lassen, beobachtete unser talentierter Regisseur Shoma das Geschehen bereits durch die Linse seiner Kamera.

»Leidenschaft! Sind das etwa alles Fans von Lloyd?!«

»Oh, wo ist denn unser Produzent?«, fragte ich. »Sou?«

Der betagte Runenmann war verschwunden. Ich blickte mich um, konnte ihn aber nirgendwo entdecken. Mit einem Auge an der Kamera lieferte mir Shoma eine Antwort auf meine Frage.

»Sou musste sich noch um eine Kleinigkeit kümmern und hat sich wegteleportiert. Er wird aber bald wieder da sein.«

»Eine Kleinigkeit? Der Mann ist echt ein Buch mit sieben Siegeln ...«

Sou war wirklich schwer zu durchschauen. Da er allerdings immer sein Bestes für Lloyd gab, musste es etwas Unterhaltsames sein.

»Ich werd mich dann auch mal verabschieden ...«, sagte Pamela.

»Hast du etwa auch noch was zu erledigen?«

»Nein, ich hab nur etwas zu lange blaugem... Mittagspause in Konlon gemacht. Jetzt heißt es wieder ab an die Arbeit«, antwortete sie und schob ihre Brille hinauf.

»Ah, stimmt ja.«

»Bei dem Ansturm hier mache ich mir Sorgen, dass mein Boss noch auf dumme Ideen kommt ... Bis bald!«

»Ah ha ha ...«Pamelas Boss war reichlich selbstgefällig und ließ sich oft von seinem Enthusiasmus verleiten. Sie verbeugte sich und ging davon.

»Mu ha ha! Wenn ich all diese Menschen hier so sehe, würde ich am liebsten meinen Körper präsentieren!«

»Das wäre eine großartige Gelegenheit, die Freuden der Landwirtschaft anzupreisen ... Aber heute ist eine Prüfung, wir sollten
uns besser zurückhalten.«

Die beiden, die sonst kein Halten kannten, wollten offenbar
keinen Zentimeter von meiner Seite weichen.

Im Leben verläuft eben nicht immer alles nach Plan.

»Das Leben verläuft niemals so, wie man es erwartet. Aber genau deshalb ist Leidenschaft auch so wichtig, Asako!«

»Hör bitte auf, meine Gedanken zu lesen, Shoma ... Oh?«

Nachdem Pamela gegangen war, traten einige weitere bekannte Gesichter an uns heran.

»Hey, Asako!«

»Hi ...«

»Riho, Phyllo.«

Die beiden hatten die Militärakademie abgeschlossen und waren nun waschechte Soldatinnen. Riho hatte sich der Informationsabteilung angeschlossen, wo Rol sie schwer schuften ließ ... In
so mancher Mittagspause, die wir gemeinsam verbrachten, hatte
ich mir ihre Beschwerden angehört. Ihr Job schien zwar erfüllend zu sein, doch sie war immer auf der Suche nach einer guten
Nebenbeschäftigung. Phyllo war Anwärterin bei der königlichen
Leibgarde. Da Mena ihren Posten verlassen hatte, hatte sie diesen
eingenommen. Infolge ihrer königlichen Abstammung konnte sie
sich eine hervorragende Position sichern. Anscheinend wurde sie
wirklich gut bezahlt, was bei Riho für noch mehr Unmut sorgte.
Vetternwirtschaft gab es eben in jeder Welt.

»Riho Flavin! Phyllo Quinon!«, rief der Lendenschurzmann.

»Mu ha ha! Haben meine Oberschenkelmuskeln euch etwa hierhergelockt?«, fügte der Macho in der Unterhose hinzu.

»Leidenschaft! Weiter so, famos!«, rief der junge Mann mit der Kamera, der an einen Schmuggler erinnerte.

Schon jetzt hatte Riho es satt.

»Bitte setzt die Kandidaten nicht noch unnötig unter Druck ... Es wäre schade, wenn sie wegen euch durchfallen würden.«

»Zieht euch gefälligst etwas an ...«, grummelte Phyllo.

Nexam protestierte umgehend.

»Das ist unmöglich, Phyllo Quinon! Ich bin doch immer halb nackt ... Würde ich plötzlich Kleidung tragen, würde ich Verdacht erwecken!«

Was für eine verdrehte Logik ... Wenn das mal keine blöde Ausrede war ...

Riho kratzte sich mit ihrem Mithril-Arm am Kopf.

»Ich will hier niemandem was vorschreiben, aber dieser Tage ist es wirklich etwas Besonderes, an der Militärakademie Azamis als Kadett aufgenommen zu werden. Die Informationsabteilung hat alle Hände voll zu tun, um sicherzustellen, dass sich keine seltsamen Typen einschleichen ... Also bitte, macht uns nicht noch mehr Arbeit!«

Riho nahm also schon an, dass gewisse Personen für Ärger sorgen könnten.

»Halte durch ...«, ermutigte Phyllo sie.

»Mann, und dann werde ich auch noch schlechter bezahlt als du ... Asako, weißt du vielleicht von 'nem guten Nebenjob?«

Noch bevor ich ihr antworten konnte, trat Merthophan hervor.

»Wie wäre es mit Landwirtschaft?«

»Alles außer Landwirtschaft, Merthophan.«

Riho kannte ihn lange genug und wusste genau, wie sie ihm den Wind aus den Segeln nehmen konnte. Shoma hörte auf zu filmen. Er lächelte und machte einen Vorschlag.

»Schreib doch Romane, so wie deine Schwester. Vielleicht landest du einen leidenschaftlichen Bestseller!«

Riho zog eine Grimasse.

»Dafür bin ich wohl nicht leidenschaftlich genug, Shoma. Ich weiß genau, was passiert, wenn ich es versuchen sollte ... Rol würde mir die ganze Zeit von oben herab Ratschläge geben ... Allein der Gedanke daran verursacht mir eine Gänsehaut.«

»Ich würde in Sachen Schreiben nicht auf Rols Ratschläge hören ... Nicht mal, wenn sie mir Geld dafür bezahlen würde ...«

Für die eine war sie eine Art Schwester, für die andere die ehemalige Vorgesetzte. Keine von beiden zeigte jedoch Gnade mit ihr, was Rol sich vermutlich selbst zuzuschreiben hatte. Der Gedanke an Rols strenge Kritik, wenn sie ihren Roman lesen würde, ließ Rihos Gesicht noch erschöpfter wirken. Aus diesem Grund versuchte Phyllo, das Thema zu wechseln. War diese subtile Rücksichtnahme etwa das Ergebnis ihrer Bemühungen in der königlichen Leibgarde?

»Übrigens, Asako, wie geht es denn meiner Schwester ...?«

»Mena? Ihr geht es klasse. Sie meint nur, dass sie manchmal die sorglosen Zeiten als Söldnerin und ihre Faulenzerei mit Choline vermisst.«

Phyllo fasste sich an die Stirn.

»Selbst Anwärterinnen bei der königlichen Leibgarde müssen schon hart arbeiten ... Das nennt sie sorglos und Faulenzerei ...?«

Es war, als hätte Phyllo die Anstrengungen ihrer Schwester erst jetzt richtig schätzen gelernt, wie ein Sohn, der erst nach seinem Auszug die Arbeit seiner Mutter zu würdigen weiß.

Während Phyllo von ihrer neu gewonnenen Ehrfurcht überwältigt war, tuschelten Riho und Merthophan miteinander.

»Ähm, wir sollten ihr besser nicht sagen, wie oft Mena bei der Arbeit einfach gefehlt hat, oder?«

»Ja, manche Dinge sollten besser im Dunkeln bleiben.«

Sie verhielten sich wie zwei Erwachsene, die ein Kind davor bewahren wollen, seinen Glauben an den Weihnachtsmann zu verlieren. Mit einem breiten Grinsen im Gesicht bannte Shoma das Geschehen auf Kamera.

»So will ich das sehen! Eure Gesichtsausdrücke sind prima! Ich kann die Leidenschaft darin erkennen! Ihr seid viel ausdrucksstärker als bei unserem ersten Treffen!«

»Na ja, es ist ja auch viel passiert ...«

»Diese Leidenschaft hat euch gestählt! Wollt ihr vielleicht in Konlon arbeiten? Ihr könnt meinen Posten als Stellvertreter der Dorfvorsteherin übernehmen!«

»Nein danke ...«

Shoma versuchte, seine Arbeit an andere zu delegieren. War sein Job etwa so anspruchsvoll?

»Hast du vielleicht Interesse, Riho?«, fragte er.

»Ich nehme nur Nebenjobs an, bei denen ich mir sicher bin, dass ich sie stemmen kann.« Riho nahm keine Jobs an, denen sie nicht gewachsen war. Ich glaube, sie wusste genau, dass Shoma nicht aufhören würde, etwas auf sie abzuwälzen. Deshalb wechselte sie schnell das Thema. »Du bist also Mena und diesen beiden Clowns hier begegnet? Dann warst du heute sicher viel unterwegs, oder? Bei wem warst du denn noch so?«

»Ich habe in Profen vorbeigeschaut, wo ich eine völlig verzweifelte Eug angetroffen habe. Außerdem war ich im Hotel Reiyokaku, wo ich Robin begegnet bin ... Er schien ziemlich besorgt um seine Tochter zu sein.«

»Na ja, immerhin sprechen wir hier von Selen ...«

Phyllos Worte waren so scharf wie eine Rasierklinge. Riho verschränkte die Arme im Nacken und kicherte.

»Das kannst du laut sagen. Wie hat sie es geschafft, eine Stelle beim Sicherheitsdienst zu ergattern, obwohl sie auf der schwarzen Liste steht ...? Jemand, der sich eigentlich im Gefängnis befinden müsste, steckt andere Leute rein? Das ist doch echt absurd!«

»Ich finde das eigentlich ganz gut«, meinte Shoma optimistisch. »Sie weiß genau, wie Kriminelle ticken und wie sie vorgehen! Jemanden wie sie auf seiner Seite zu haben ... das nenn ich mal Leidenschaft! Sie kann in ihnen lesen wie in einem offenen Buch!«

Hat er sie eben indirekt als Kriminelle bezeichnet?

Zwar war sie noch nie verhaftet worden, doch würde sie ihn wegen Verleumdung verklagen, würde sie den Prozess todsicher verlieren.

»Ganz wie ein Gemüsebauer, der die köstlichsten Gemüsegerichte zubereitet!«

»Mu ha ha! Und wie ich, der die Gefühle von Muskeln bestens versteht, weil er täglich mit ihnen redet!«

Diese beiden hätte man wegen öffentlicher Zurschaustellung von Obszönitäten verhaften sollen, also ignorierte ich sie.

»Oh ...?«

Wenn man vom Teufel sprach ... Da war sie, die berüchtigte Stalkerin Azamis: Selen Hermion. Und sie war bereits auf Hochtouren.

»Nanu, ihr seid ja alle zusammen! Schließt mich nicht aus! Wenn ihr irgendetwas Böses im Schilde führt, werde ich meine Befugnisse als Mitglied des Sicherheitsdienstes nutzen und euch hinter Schloss und Riegel bringen!« Ihr Gürtel begann, sich bedrohlich zu winden, jederzeit bereit, uns zu fesseln. Jahrelang hatte sie in Einsamkeit verbracht, da sie von einem Gürtel verflucht worden war. Dadurch hatte sie eine Art Trauma erlitten und reagierte extrem empfindlich, sobald man sie ausschloss. »Also, was habt ihr hier besprochen? Hat Riho vielleicht eine illegale Nebentätigkeit aufgenommen? Erspart mir die Tragödie, eine Freundin verhaften zu müssen!«

Mit anderen Worten: Sie war eine unheimlich anstrengende Person. Selen war mittlerweile ein Mitglied des Sicherheitsdienstes, in etwa das, was einer Polizistin am nächsten kam. Man hätte meinen können, sie nutze ihre Autorität aus und schlage über die Stränge ... Überraschenderweise nahm sie ihren Job jedoch sehr ernst. Sie kannte sich bestens mit der Psychologie von Verbrechern aus und nutzte geschickt ihren Gürtel, um Kriminelle dingfest zu machen, wodurch sie eine hohe Aufklärungsrate erzielte.

Da ihr Vater zudem ein lokaler Adliger war, konnte sie dessen Verbindungen nutzen. Sie hatte jedoch auch selbst einen guten Draht zur Abenteurergilde und zum Schwarzmarkt aufgebaut. Sie hatte wahrlich das Zeug zu einer fähigen Ermittlerin.

»Hä hä hä, vor mir, der Superermittlerin Selen, gibt es kein Entkommen!«

Offensichtlich war ihr der Job zu Kopf gestiegen, weshalb sich alle einig waren, dass es nur noch eine Frage der Zeit war, bis auch sie hinter Gittern landete. Über das Glück heißt es nicht umsonst: Wie gewonnen, so zerronnen. Selen hatte wohl bemerkt, dass ich ihr etwas feindselig begegnete, denn sie wandte sich langsam um und näherte sich mir.

»Hallo, Asako!«

»Du bist ja heute mal wieder voller Elan, Selen.«

Zwischen uns stoben Funken, doch das schien sie nicht zu stören – sie kam mir weiter immer näher.

»Hör zu, es ist wirklich so offensichtlich, dass ich es bislang nicht angesprochen habe, bloß werde ich es nun trotzdem tun.«

»Was meinst du?«

»Du nennst es zwar Recherche, aber du dringst ein wenig zu sehr in Lloyds Privatleben ein.«

Du bist echt die allerletzte Person, die mir so was vorwerfen sollte!

Entschlossen stellte ich mich der verabscheuenswürdigen Stalkerin entgegen.

»Ich habe keine Hintergedanken dabei. Es ist nur zu Recherchezwecken. Ich möchte einfach nur, dass Lloyds Wunder in der ganzen Welt bekannt werden ... Sollten wir uns dabei ein wenig näherkommen, ist das unsere Angelegenheit und geht niemanden etwas an.«

»Versuchst du etwa, dich zwischen uns zu drängen? Und das, obwohl du ihn nicht mal ansatzweise so lange kennst wie ich?«

»Du weißt gar nicht mehr, wie lange genau. Das ist doch Beweis genug, dass du bereits verloren hast.«

Es dauerte nicht lange, bis ein hitziger Wortwechsel zwischen uns entbrannte.

Shoma konnte nicht mehr zusehen und schritt ein.

»Ich kenne Lloyd länger als ihr beide zusammen!«

Doch er tat das nicht, um zwischen uns zu vermitteln, sondern um anzugeben.

»Bei solchen Dingen spielt die Dauer keine Rolle!«

»Mhm ...«

Riho und Phyllo reagierten ebenfalls. Auch Merthophan und Nexam wollten offenbar verhindern, dass vor der Prüfung Blut vergossen wurde, und griffen hastig ein. Anscheinend waren wir derart Furcht einflößend, dass selbst die beiden Perversen Vernunft annahmen.

»Hey, heute ist ein freudiger Tag!«

»Mu ha ... An einem solchen Tag sollte niemand sterben!«

Doch sie spürten wohl nicht als Einzige, dass Gefahr in der Luft lag.

»Was ist denn hier los? Ich schätze, ein einfacher Bericht wird hier nicht ausreichen!«, sagte Vritra beziehungsweise mein Vater Jin Ishikura.

»W... Was ist denn los, Asako? Selen? Gebt euch zumindest an solch einem Tag Mühe, euch zu vertragen«, versuchte Satan beziehungsweise Seta uns zu beruhigen.

Unter dem strengen Blick meines Vaters richtete ich mich auf – die Schlangenaugen des ehemals so gefürchteten Direktors funktionierten noch immer tadellos. Selen dachte jedoch nicht daran, ihre Haltung zu ändern. Sie trat meinem Vater herausfordernd gegenüber.

»Ohhh? Du drohst mir also mit Papierkram, Vritra? Und das, obwohl du noch nicht mal deine eigene Tochter richtig erzogen hast? Darüber solltest du mal einen Bericht schreiben!«

Das konnte ich selbstverständlich nicht so stehen lassen.

»Du bist hier als Einzige unerzogen!«

Hin- und hergerissen zwischen seiner Tochter und dem Mädchen, dem er jahrelang gehört hatte, als er in einem Artefakt steckte, wand sich mein Vater.

»Ähm, also ... ich war stets um ihre Erziehung bemüht, nur ...«

Ich stellte mich der Stalkerin Selen direkt gegenüber und verteidigte meinen Vater mit Nachdruck.

»Zugegeben, er war oft in seine Forschung vertieft und das Paradebeispiel für einen Vater, der nie für sein Kind da ist ... Aber so schlecht er als Vater auch war, er hat immer an mein Wohlergehen gedacht!«

»Uhh!«

Meine Worte trafen ihn offenbar schwer, denn er fasste sich an die Brust wie von einem Scharfschützen getroffen. Satan fing ihn auf, bevor er zu Boden ging.

»Ich glaube, das reicht jetzt ...«, sagte er schlichtend. »Berichte zu schreiben, ist wirklich mühsam, deshalb sollte tunlichst vermieden werden, dass überhaupt welche nötig werden! Es ist wirklich nicht einfach, sich ständig neue Wege dafür auszudenken, sein Bedauern auszudrücken!«

Als jemand, der ständig nach durchzechten Nächten zu spät zur Arbeit gekommen war oder währenddessen ein Nickerchen hielt, hatte er Briefe mit Entschuldigungen geschrieben, die eine ganze Light Novel füllen könnten. Plötzlich fiel mir wieder ein, dass ich ihm eine Nachricht überbringen sollte.

»Ach ja, Satan! Ich soll dir Grüße von Anzu bestellen!«

»Hmm? Oh richtig, sie hatte mich mal zum Tee nach Ascorbin eingeladen ... Außerdem meinte sie, ich solle ihr mal beim Training helfen.«

Anscheinend hatte Anzu, überraschenderweise, schon einmal versucht, ihn zu sich zu locken. Alle außer Satan grinsten wissend und nur er schien die Situation nicht zu begreifen. Er war wirklich so ahnungslos wie der Protagonist eines typischen Romance-Manga. Ich beschloss, noch einen draufzusetzen.

»In Jio bin ich auch Rol begegnet. Sie meinte, sie würde auch gerne mal mit dir zu Abend essen.«

Die Umstehenden grinsten noch breiter, doch Seta selbst war einfach nur verdutzt.

»Abendessen?«, fragte er. »Nun ja, an sich spricht da nichts dagegen, aber ... ich weiß echt nicht, was eine Bestsellerautorin wie sie mögen könnte.«

»Oh Mann ...«, murmelte Phyllo fassungslos.

Heiteres Gelächter schwappte durch die Runde.

»Ah ha ha! Wisst ihr, wie soll denn jemand, der immer unbeliebt war, plötzlich bemerken, dass er an Popularität gewonnen hat?«, warf Rinko ein.

Neben ihr befand sich der König, hinter dem Paar standen Katsu Kondo von der Abenteurergilde und der niederrangige Abenteurer Gaston.

»Ho ho ho, Satan ... Du musst es nur versuchen, dann wirst du vielleicht so wie ich in der Lage sein, die große Liebe zu finden!«

»Ähm, okay ...«

Der König zögerte nicht, mit seiner Ehefrau zu prahlen, doch Satan verstand nur Bahnhof. Er fuhr sich mit der Hand durch sein zerzaustes Haar und kratzte sich am Kopf.

Beim Anblick des Königs begannen die Anwärter auf einen Platz in der Akademie, aufgeregt miteinander zu tuscheln. Rinko beobachtete das Geschehen mit einem Lächeln.

»Hm? Die Ankunft einer wunderschönen Hexe wie mir lässt wohl keinen ungerührt, wie? Oder, Kacchin?«

»Die Wahrscheinlichkeit dafür ist jedenfalls sehr hoch.«

Katsu war so etwas wie ihr Jasager. Seit Rinko sich wieder der Königsfamilie angeschlossen hatte, hatte Katsu offiziell das Kommando über die Gilde übernommen. Tagtäglich hatte er nun mit Problemen in und rund um Azami zu tun.

Der Schildträger Gaston ... war noch immer ein niederer Handlanger. Laut Katsu lag das daran, dass er in acht von zehn Fällen Mist baute, wenn man ihm nur etwas Verantwortung übertrug ... Gaston selbst wirkte indessen recht zufrieden mit seiner jetzigen Situation und genoss es augenscheinlich, seine Talente dort einzusetzen, wo sie gebraucht wurden. Auch Lloyd wusste seine Bereitschaft, schmutzige Arbeit zu erledigen, sehr zu schätzen. Gaston lächelte und ließ die Schilde, seine Markenzeichen, gegeneinander klirren.

»Rinko badet täglich regelrecht in Beautyprodukten! Sie schickt mich immer los, um neue zu kaufen, also kann ich das bestät... Auu!«

Unter einem lauten Knacken traf Rinkos Faust seinen Kiefer.

»Schönheit resultiert aus Anstrengungen, die man im Verborgenen unternimmt, Gaston!«

»Es gehört sich keineswegs, solche Dinge auszuplaudern, du Idiot ...«, fuhr ihn Katsu scharf an.

Genau das war einer der Gründe, warum Gaston niemals eine Beförderung erhielt. Nach dem Ende des Krieges hatte Rinko die Anti-Unsterblichkeitsrune auf sich selbst angewandt, weshalb sie nun wieder alterte. Doch schon kurze Zeit später beschwerte sie sich über die kleinsten Fältchen und gab große Beträge für Beautyartikel aus. Man munkelte, dass sie ihre Entscheidung, ihre Unsterblichkeit und damit auch den Alterungsstopp aufzuheben, regelmäßig bedauerte.

»Ho ho ho! Du bist wundervoll, egal in welchem Alter, Rinko! Lass uns zusammen alt werden!«

»Lu!«

Letzten Endes konnte die Liebe eben jedes Hindernis überwinden. War das nicht schön?

Jetzt reicht es, sucht euch ein Zimmer!

Ein grob aussehender alter Mann erschien.

»Ein König sollte nicht in aller Öffentlichkeit flirten, verdammt noch mal!«

»Oh, Fumar!«

Fumar Ketoshifen war der Anführer der Seefahrergilde von Azami. Um die verschwundene Rinko zu finden, hatte er seinen Militärdienst quittiert, doch nachdem sie wieder aufgetaucht war, hatte er sich erneut dem Königreich verschrieben und war nun für die Küstenwache und den Überseehandel zuständig.

»Trägst du denn nicht deine Uniform, Fumar?«, fragte Merthophan.

Fumar verzog das Gesicht. Das war nicht die Art von Frage, die er von einem Mann im Lendenschurz erwartet hätte.

»Ich war den größten Teil des Monats auf hoher See«, sagte der Leiter der Seefahrergilde. »Selbst Businessmänner tragen keinen Anzug, wenn sie nicht ihrer Arbeit nachgehen.«

»Das ist wahr! Wenn ich nicht das Feld bestelle, ziehe ich auch keinen Lendenschurz an.«

»Für dich scheint das wohl zum Standardlook geworden zu sein ...?«

Der König legte Fumar einen Arm um die Schulter.

»Ho ho ho! Er hat sich zwar wieder in meinen Dienst gestellt, ist aber trotzdem noch so ein Sturkopf. Soll ich dich jemandem vorstellen? Vielleicht würdest du dadurch ein bisschen gelassener werden.«

»Ja nicht! Das Meer ist meine einzige wahre Liebe!«

Rinko beobachtete die beiden mit einem Lächeln im Gesicht.

»Wie schön! Alt, aber noch immer gute Freunde! So rein und unschuldig wie in eurer Jugend!«

Daraufhin wandte sich Rinko den Akademieanwärtern zu.

»Zukünftige Kadetten! Sogar während ihr Azami beschützt, dürft ihr niemals vergessen, eure Jugend zu genießen. Wenn junge Leute keinen Spaß haben, hat das Land keine Zukunft!«

Mit ihren warmen, aufrichtigen Worten weckte sie den Ehrgeiz der Bewerber. Sie war früher die Leiterin eines Forschungslabors gewesen und wusste, wie man Menschen anspornte.

»Eine wundervolle Ansprache«, lobte Katsu sie.

»Und eine wertvolle Lektion«, erwiderte Rinko. »Wenn man nicht das Beste aus seinem Leben herausholt und dadurch entmutigt wird, endet man nur wie sie.«

»Wie sie?«

»Ja, sie ... Wenn man vom Teufel spricht ...«

Ich folgte Rinkos Blick.

»Hechel, hechel!«

Eine Art verwahrloster Zombie stolperte auf uns zu ...

»Oh, Marie!«

Ja, Maria Azami, auch bekannt als Marie. Sie trug nicht mehr ihr exotisches Hexengewand, sondern war in ein prunkvolles Kleid gehüllt, das der Königsfamilie würdig war. Allerdings wirkte es so, als würde sie ein Kettenhemd tragen, denn sie näherte sich uns mit extrem gebeugtem Rücken.

»Die sieht echt fertig aus.«

»Ich kann mir schon denken, warum.«

»Sie hat die gleichen Symptome wie meine Schwester ...«

Ganz genau, auch Marie widmete sich nun offiziell ihren Aufgaben als Prinzessin von Azami. Lloyd lebte noch immer im Gemischtwarenladen, doch sie war zurück in den Palast gezogen, wo sie mit ihrem königlichen Training beschäftigt war ... Es war ohnehin schon mehr als merkwürdig gewesen, dass sie so lange mit Lloyd hatte zusammenleben dürfen. Doch obwohl sie weiter bekocht wurde, andere die Wäsche für sie machten und sie weiterhin total verwöhnt wurde, sah sie ungeheuer erschöpft aus. Woran das wohl lag?

»Mu ha? Warum siehst du denn so kaputt aus?«

Nexam fragte genau das, was jeder andere aus Rücksichtnahme vermied. Marie drehte ihren Kopf langsam zu ihm, wie ein Roboter.

»Alkohol ...« Schon traurig, dass dieses eine Wort bereits ausreichte, damit wir Bescheid wussten. Der Grund war banaler, als wir angenommen hatten, doch Marie fuhr mit zitternder Stimme fort. »Ich darf nicht trinken, wann es mir passt! Solch ein Leid ist mir in meinem ganzen Leben nicht widerfahren!« Das war kein Leid, sondern ganz normal! Ungeachtet der schiefen Blicke, die wir ihr zuwarfen, klagte Marie weiter. »Aber noch viel schlimmer ist: Als die Nachbarn erfuhren, dass ich eine Prinzessin bin, meinten sie alle, dass meine Mutter nur einen reichen Mann geheiratet hat und es sicher schwer sein müsse, plötzlich Prinzessin zu werden! Keiner von ihnen hat mir geglaubt! Keiner von ihnen hat mir abgenommen, dass ich schon von Geburt an eine Prinzessin bin!«

Obwohl sie luxuriöse Kleidung trug, besaß sie noch immer eine arme Seele ... Marie konnte nicht glauben, dass viele Leute sich weigerten zu glauben, dass sie schon immer die Prinzessin gewesen war. Außerdem behaupteten sie sogar, sie sei zufällig in dieses Leben hineingeraten. Indessen konnte man ihnen das nicht vorwerfen.

»Ich wusste ja, dass ich mich gut unters Volk mischen kann, aber ich bin einfach viel zu gut darin … Das ist wirklich schockierend!«

Um ihren Seelenfrieden wiederzuerlangen, versuchte Marie, sich selbst gut zuzureden. Ihr Zustand schien wirklich kritisch zu sein.

»Vielleicht hast du einfach zu wenig Karma angesammelt …«

»Du hast eben eine nachlässige Aura.«

»Tatsächlich glaube ich, dass sie besser dran wäre, wenn sie ihren Anspruch auf den Thron aufgegeben hätte.«

Ihre sogenannten Freundinnen gingen gnadenlos mit ihr ins Gericht … Offenbar waren sie noch immer ein bisschen sauer, dass sie zwei Jahre lang mit Lloyd zusammengelebt hatte. Ihre griesgrämige und tieftraurige Stand-up-Comedy-Routine schien noch eine ganze Weile anzudauern und wir alle befürchteten, die potenziellen Kadetten könnten die Hoffnung in die Zukunft unseres Landes verlieren.

Doch in diesem Moment eilte Chrom herbei, Kopf der königlichen Leibgarde und Ausbilder an der Militärakademie von Azami.

»Ähm, Prinzessin Maria, du bist ziemlich laut …«

Er war für ihre Erziehung zuständig und gab sein Bestes, sie wieder zu einem angemessenen Verhalten zurückzuführen.

Merthophan, sein Ex-Kollege, nickte ihm wohlwollend zu.

»Lange nicht gesehen, Chrom. Du scheinst wirklich jede Menge um die Ohren zu haben. Das verdient meinen Respekt.«

»Im Ernst? Dann zieh dir gefälligst was an. Schließlich ist das Lloyds großer Tag!«

»Hm? Aber deshalb bin ich doch in meiner Festtagskleidung hier! Zur Feier des Tages habe ich sogar einen Rettich mitgebracht!«

»Was stimmt bloß nicht mit dir? Was soll der denn bitte bringen ...?« Chrom war bekannt dafür, Dinge unverblümt anzusprechen, doch Merthophan ließ sich davon kein bisschen stören ... Die beiden waren wirklich ein gutes Team (ha ha). Chrom rieb sich die Schläfen und ließ die Schultern hängen. »Wie dem auch sei ... Mach uns nicht noch mehr Schwierigkeiten, Prinzessin Maria. Ich habe schon genug zu tun!«

»Ho ho ho! Du machst wirklich einen super Job, Chrom! Zeig bei Maria keine Gnade und führe sie wieder auf den Weg zu einer richtigen Adligen. Sie hat sich zu sehr an die East Side gewöhnt.«

»Ich glaube eher, dass sie schon von vornherein die Veranlagung dazu hatte ...«

Marie war das wandelnde Chaos.

»Das zeigt nur, dass sie meine Tochter ist!« Rinko strahlte.

Aus allen Ecken und Enden wurde auf Marie eingedroschen, doch die Zeit, die sie mit Lloyd zusammengelebt hatte, kam einer Sünde gleich, weshalb sie es sicher verdient hatte.

Fumar und Katsu beobachteten die Szene amüsiert.

»Es ist tatsächlich wieder Frieden eingekehrt, Katsu«, sagte Fumar.

»Ja, ich hätte nicht gedacht, dass ich diesen Tag noch erleben würde. Ich freue mich unheimlich darüber!«

Chrom war der Ansicht, dass es den Anwärtern eventuell schwerfallen könnte, ihre Prüfung durchzuziehen, während eine schluchzende Prinzessin in der Nähe war. Deshalb geleitete er die königliche Familie zu den VIP-Plätzen.

»Wir haben ein paar Plätze für euch hergerichtet. Eure Majestät, dürfte ich Euch bitten, Euch dorthin zu begeben? Prinzessin Maria, bitte stell dich aufrecht hin ... Und ihr anderen, hört auf zu quatschen und geht zurück auf eure Posten.«

»Gute Arbeit, Chrom! Ich bin stolz darauf, mich als deinen ehemaligen Kameraden bezeichnen zu dürfen.«

»Echt? Wenn das so ist, dann nimm deinen halb nackten Begleiter und stell dich mit ihm in eine Ecke, wo euch niemand sehen kann.«

»Mu ha ha! Glaubst du wirklich, dass es einen Ort gibt, an dem meine Muskeln keine Aufmerksamkeit auf sich ziehen, mein quadratischer Kamerad?«

»Strengt euch zumindest an! Und nenn mich nie wieder so!«

Obwohl die Prüfung noch nicht mal begonnen hatte, war Chrom bereits erschöpft. Wäre ich Soldatin gewesen, hätte ich ihm salutiert. Nachdem die königliche Familie seiner Anweisung gefolgt war, wischte er sich die Schweißtropfen von der Stirn und seufzte.

»Grundgütiger ... Das ist mir alles zu viel ...«

»Tief durchatmen, Chrom! Leidenschaft!«, rief Shoma durch seine Kamera.

Chrom warf ihm einen missbilligenden Blick zu.

»Bitte tu nichts, was die Prüfung stören könnte, Shoma!«

»Ich gebe mein Bestes, deiner leidenschaftlichen und arbeitswütigen Seele den gebührenden Respekt zu erweisen!«

Die beiden hatten in der Vergangenheit schon das ein oder andere Mal miteinander zu tun gehabt ... doch ehe sich die beiden weiter unterhalten konnten, brach eine Welle der Unruhe über die Anwärter herein.

»Hm? Was ist denn los?«

»Schaut mal ...«

Phyllo zeigte auf einen übergroßen Rekruten, der herumstolzierte und die anderen Anwärter einschüchterte. Oh, anscheinend wich ein kleinerer Junge ängstlich vor ihm zurück. Chrom kratzte sich verlegen am Nacken.

»Es gibt immer jemanden, der versucht, die anderen Anwärter einzuschüchtern ... Aber das ist nicht wirklich verwunderlich, so wie man sich auf die Stärke des Einzelnen fokussiert.«

Riho kniff die Augen zusammen, sie schien sich an etwas zu erinnern.

»Oh ja, stimmt ... Allan hat damals dasselbe abgezogen.«

»Er hat nicht versucht, jemanden einzuschüchtern«, sagte Selen. »Er hatte es nur auf mich abgesehen ... Aber die Freude darüber, Lloyd wiederzubegegnen, hat mich diese Lappalie vergessen lassen.«

Ihre Denkweise ist mir wirklich ein Mysterium ... Mein Vater sollte ihr Gehirn einmal untersuchen, vielleicht findet er ja etwas von Wert ...

»Oh, Lloyd ... allein der Gedanke an diese Freude ist so über alle Maßen erfüllend, dass ich auf vier oder fünf Mahlzeiten verzichten könnte!«

Vielleicht würde mein Vater aber auch etwas entdecken, das die Entwicklung der Menschheit bedrohen könnte. Am besten, man ging einfach auf Abstand: Hielt man sich von ihrem Gehirn fern, konnte man die Menschheit vor dem Untergang bewahren.

Während wir redeten, heizte sich die Stimmung auf dem Platz immer weiter auf ... Die Auseinandersetzungen der Anwärter drohten zu eskalieren.

»Leidenschaft ist super, aber das hier nicht! Kurz vor der Prüfung sind sie wohl alle ziemlich angespannt.«

Das war nicht Shomas Problem. Dennoch warf er einen Blick zu Chrom, um diesen zum Einschreiten zu bewegen.

»Möchtest du, dass ich eingreife, Chrom? Wenn das so weitergeht, könnte das die Prüfung beeinflussen.«

Auch Merthophan war eine Zeit lang Ausbilder an der Militärakademie und entsprechend für die Prüfungen zuständig gewesen – er erkannte die Gefahr.

»Jemanden zurechtzuweisen, gehört zu unserem Job ...«

»Menno, ich will doch einfach nur Geld verdienen.«

»Das verlangt wohl nach Notfallmaßnahmen!«

Die Mädchen wechselten in den Arbeitsmodus, doch Chrom hielt sie zurück.

»Nicht so voreilig, Leute.«

»Seit wann bist denn du die Stimme der Vernunft, Chrom? Sonst bist du doch der Erste, der in Panik verfällt!«

»Das ist wirklich gemein ... Ich mag es eben nicht, wenn alles aus den Fugen gerät!« Er zuckte mit den Schultern und zeigte in Richtung Platz. »Er ist da, daher wird schon alles gut gehen.«

Wir richteten unseren Blick in die Richtung, in die sein Finger zeigte: Dort stand in einer tadellos gebügelten Uniform ein Junge. Mittlerweile war er allerdings so sehr gewachsen, dass die Bezeichnung »Junge« nicht mehr wirklich zutraf. Er strahlte die nötige Würde aus, die ein Ausbilder mitbringen musste. Nachdem Lloyd ... nein, Ausbilder Lloyd den Platz betreten hatte, veränderte sich die Atmosphäre schlagartig. Wo vorher Anspannung geherrscht hatte, machte sich nun Begeisterung breit.

»Ll... Lloyd!«

»Das ist Lloyd Belladonna?!«

»Er ist wirklich hier!«

Die Anwärter, eben noch kurz davor, sich in eine Prügelei zu stürzen, senkten ihre Fäuste. Allein sein Auftauchen hatte alles verändert. So war Lloyd eben. Er besaß wahre Stärke und hatte jederzeit ein klares Ziel vor Augen. Hätte ich ihm das allerdings ins Gesicht gesagt, hätte er sich vermutlich total bescheiden verhalten.

»Aber genau das ist ja so toll an ihm ...« Hoppla, ich hatte meine Gedanken laut ausgesprochen.

»Oh, tut mir leid, darf ich mal kurz durch? Ich wünsche euch allen viel Glück!«

Lloyd bahnte sich seinen Weg über den Platz, um Chrom Bericht zu erstatten. Sein Gesichtsausdruck spiegelte keinerlei Arroganz wider, sondern nur seine typische Freundlichkeit.

»Ausbilder Chrom, die Vorbereitungen für die Prüfung sind abgeschlossen.«

»Gute Arbeit, Lloyd!«

»Danke ... Oh, ihr seid ja alle hier!«

Lloyd wirkte unheimlich überrascht. Trotz seiner neu gewonnenen Autorität hatte er seine liebenswerte Art beibehalten ... Dieser Kontrast war einfach unwiderstehlich. Kein Wunder, dass er überall so beliebt war.

»Wir faulenzen nicht«, sagte Riho mit einem Grinsen. »Wir sind hier, um sicherzustellen, dass alles mit rechten Dingen zugeht. Und die anderen ...«

»... sind hier, um deinen großen Tag mitzuerleben, Meister ...«

»Das ist aber wirklich peinlich, nicht wahr, Lloyd?«, fragte Selen. »Immerhin ist doch jeder Tag dein großer Tag! Das weiß eigentlich jeder ...«

Ich hatte keine Ahnung, warum sie meinte, so von oben herab über uns sprechen zu können, aber so war Selen eben ...

»Mu ha ha! Ich werde deinen großen ☆ Tag mit meiner muskulösesten Pose feiern, junger Lloyd!«

»Ich habe dir zur Feier des Tages sogar einen Rettich mitgebracht! Ich bin jederzeit bereit zu tanzen!«

Der Rettich war also zum Tanzen gedacht? Und warum versuchte Nexam ununterbrochen, einen Muskelstrahl abzufeuern?

»Merthophan, Nexam, eure Leidenschaft ist bewundernswert, aber sie ist hier leider fehl am Platz!«, sagte Shoma. Selbst wenn er sich nun gegen sie wandte, schien er es wirklich zu begrüßen, dass es mit den beiden niemals langweilig wurde.

Ich richtete meinen Pony und wandte mich an Lloyd.

»Lange nicht gesehen, Lloyd!«

»Ja, stimmt, Asako! Bist du zu Recherchezwecken hier?«

»Ja! Ich will alles gründlich und vollständig dokumentieren! Das ist dein erster Tag als Ausbilder! Das darf ich mir auf keinen Fall entgehen lassen!«

Ich war ihm wohl einen Schritt zu nahe gekommen, denn Riho und Phyllo packten mich an den Armen und zogen mich zurück.

»Zurück, Mädchen!«

»Sicherheitsabstand ...«

»Lasst mich loooos! Selbst bei einem Handshake-Event bekommt man länger Zeit, um mit seinem Idol zu reden!«

»Ah ha ha!«

Lloyd kratzte sich verlegen am Kopf. Er war einfach so liebenswert!

Auch Marie konnte nicht länger an sich halten und sprang von der Zuschauertribüne herunter.

»Heeey! Viel Glück, Lloyd! So schnell gebe ich nicht auf!«

Sie hielt den Saum ihres Kleides fest, raffte ihn nach oben und eilte auf uns zu. So wirkte sie allerdings nicht besonders damenhaft.

»Oh, Marie!«

»Gib dein Bestes, mein kleiner Lloyd! Heute wird einer deiner Träume wahr! Und eines Tages wirst du der König von Azami ...«

»Behalt deine Hirngespinste für dich, Marie!«

Noch nie hatte Selen so sehr ins Schwarze getroffen. Zwar sollte sie die Letzte sein, die solche Dinge zu anderen sagte, doch wir beschlossen, das Ganze nicht zu kommentieren.

»Mein Traum ...« Lloyd dachte einen Moment nach und nickte. Sein Blick schweifte über die Menge und er fügte hinzu: »Als ich hier ankam, wusste ich nicht, was richtig und was falsch ist, aber dank euch habe ich es bis hierher geschafft. Sogar dank dir, Marie!«

»Lloyd ...«

War es nicht einfach wundervoll, wie er jeden mit netten Worten bedachte?

»Ich war ein Weichei ohne Selbstvertrauen, aber ihr habt mir geholfen, die nötigen Erfahrungen zu sammeln. Ich erinnere mich noch genau daran, wie ich am Tag der Prüfung dort drüben saß und mein Herz raste.«

»Hi hi, stimmt. Du hast mich angesprochen und wurdest dann in den Ärger zwischen Selen und Allan verwickelt, nicht wahr?«

»Ja, wobei Allan jetzt an einem weit entfernten Ort ist ...«

Wir sollten nicht von ihm sprechen, als wäre er tot. Er ist nur zu Renge gegangen, weil die beiden ein Kind bekommen haben ...

»Seitdem ist so viel Zeit vergangen! Ich hätte niemals gedacht, dass ich meine Mutter wiedersehen würde«, sagte Marie.

»Ich habe meine Mutter nur dank dir gefunden, Meister ... Und meinen dämlichen Dandy-Vater ...« Ein sanftes Lächeln legte sich auf Phyllos Lippen. Zwar tat mir Sardin ein wenig leid, aber ... in ihren Worten steckte ja schon Liebe.

»Du hast mich von meinem verfluchten Gürtel befreit und dafür gesorgt, dass ich mich wieder mit meinem Vater vertrage!« Selen war sich bestimmt nicht bewusst, welche Sorgen ihren Vater momentan wegen ihr plagten.

»Rol und ich ... wir kommen ganz okay miteinander aus.«
Riho konnte es zwar nicht direkt ansprechen, doch auch sie schien
glücklich darüber zu sein, wie sich die Dinge entwickelt hatten.

»Ich habe die Freuden der Landwirtschaft nur durch dich entdeckt, Lloyd! Landwirtschafts ☆ Freudentanz!«

»Mu ha! Doppelbizeps und Oberschenkelmuskulatur!«

»Das ist eine wahrhaft leidenschaftliche Szene! Also mach
nichts Dummes ... Es ist schwer, das im Nachhinein rauszu-
schneiden!«

Die drei waren einfach nicht in der Lage, die Vibes zu spüren.
Doch Lloyd strahlte nur unbekümmert in die Runde.

»Ich feuere dich an, Marie!«

»Ll... Lloyd ...!«

Sie errötete. Aber ...

»Zwar bist du plötzlich von einer normalen Bürgerin zur Prinzessin geworden, aber ich weiß, du kannst das schaffen!«

»Hngyah!«

Lloyd meinte es keineswegs böse, doch auf Maries Gemüt
wirkten seine Worte zerstörerisch. Sie konnte es einfach nicht
glauben: Er hatte immer noch nicht verstanden, dass sie wirklich
eine Prinzessin war.

»S... So viel Zeit ist vergangen ... und er weiß es immer noch
nicht?!«

Sie sank zu Boden und wurde anschließend von Riho und
Selen zurück zu den Zuschauerrängen gezerrt.

»Jaja, jetzt geh schon zurück an deinen Platz. Du störst hier
bloß!«

»Rinko lacht sich gerade schlapp über dich.«

Marie verhielt sich daraufhin trotzig wie ein Kleinkind und protestierte.

»Ich will aber nicht! Ich will bei euch bleiben! Ich gebe das Prinzessinnendasein auf!«

»Was soll das denn jetzt auf einmal? Wo kommt denn plötzlich all der Frust her?«

»Was bringt es, wenn ich nicht trinken darf, wann immer ich möchte!«

»Wenn es keinen Sinn macht, dann hör doch einfach auf zu trinken ...«

»Das löst meine Probleme auch nicht!«

Was genau wollte sie denn lösen? War sie etwa traurig darüber, dass sie nicht mehr wie früher mit allen zusammen sein konnte, und verhielt sich deshalb absichtlich so störrisch? Ein durch die Prinzessin verursachter Aufruhr in der Öffentlichkeit hätte die Akademiekandidaten ungünstig beeinflusst, sodass sie weggebracht wurde.

Kurz darauf begann auch schon die Prüfung ...

»Ähm, okay. Ich bitte um eure Aufmerksamkeit! möchte, dass ihr alle euer Bestes gebt!«

»»»Ja, Sir!!!«««

Als Lloyd vor den Kandidaten stand und zu reden begann, wirkte er leicht nervös. Auch die Kandidaten schienen äußerst angespannt zu sein, da sie einer Legende Auge in Auge gegenüberstanden.

Klonk! Klonk! Klonk!

Dummys und riesige mit Eisenplatten bedeckte Kisten, gefüllt mit allen möglichen Arten von Waffen, wurden vor ihnen abgestellt. Jede der Puppen war zu schwer, als dass eine einzige Person sie tragen konnte ... Wäre eine davon auf einen Kandidaten gefallen, hätte das ziemlichen Schaden angerichtet. Einige Anwärter wirkten eingeschüchtert, andere strahlten umso größere Entschlossenheit aus. Allein anhand ihrer Reaktionen konnte man viel über ihren Charakter erfahren.

»Da kommen Erinnerungen hoch, nicht wahr, Merthophan?«, sagte Riho.

»Mhm, ich hatte keine Ahnung, wer Lloyd war ... Für mich war er so was wie ein Monster in unseren Reihen.«

»Ich wusste genau, wie stark er war, und habe dich um Informationen gebeten.«

»Die ich nicht hatte.«

»Wüsstest du jetzt etwas?«

»Tun wir das nicht alle? Er ist die Zukunft von Azami!«

»Ha ha ha, wie recht du hast.«

Riho und Merthophan schwelgten lachend in Erinnerungen.

»Jaja, das reicht jetzt!«, schnauzte Selen sie an. »Und jetzt zurück an die Arbeit! Lasst uns Lloyds heldenhaften Anblick in unsere Gehirne brennen, während wir dafür sorgen, dass sein großer Tag nicht von irgendwelchen Chaoten gestört wird.«

»Jawohl ...«

Erstaunlicherweise nahm Selen ihre Aufgabe todernst. Vielleicht wandelte sich ihr Charakter zum Besseren, jetzt, da man ihr mehr Verantwortung übertragen hatte.

»Nehmt euch eine beliebige Waffe und schlagt auf diese Dummys ein«, sagte Lloyd. »Wir beobachten eure Bewegungen. Wenn es euch gelingt, sie in Stücke zu schlagen, dann nur zu!«

Niemand wusste, ob er es ernst meinte. Mit seinen Worten begann einfach die Prüfung und die Anwärter machten sich daran, die Dummys mit ihren Waffen zu bearbeiten. Unter den Kandidaten befand sich auch der schüchterne Junge von gerade eben. Zwar hielt er eine Waffe in den Händen, aber ... er bewegte sich nicht. Der Vorfall, der sich kurz zuvor ereignet hatte, musste ihm die Nerven geraubt haben ... Möglicherweise hatte ihm der Anblick so vieler Anwärter, die mehr als er zu bieten hatten, den Wind aus den Segeln genommen. Anscheinend traute er sich keinen Schritt nach vorn. Dies blieb den Zuschauern natürlich nicht verborgen ... Aus der Menge ertönten Gekicher und Gemurmel.

Lloyd bemerkte das und ging langsam auf den Jungen zu.

»Alles in Ordnung?«, fragte er ihn.

»Mir geht es gut«, antwortete der Junge mit zittriger Stimme.

Möglicherweise blickte er zu Lloyd auf, denn seine Beine zitterten merklich. Lloyd lächelte ihn freundlich an.

»Das ist wirklich nervenaufreibend, oder? Ich war damals auch total nervös! Alle um mich herum waren so stark und das hat mich fast erdrückt.« Indem Lloyd dem Anwärter seine eigenen Erfahrungen mitteilte, half er diesem, sich wieder zu beruhigen. Schon bald verstummten alle Anwesenden und lauschten gespannt seinen Worten. »Sicher hast du hart gearbeitet, um hierherzugelangen. Jetzt musst du nur noch sicher gehen, dass sich deine Anstrengungen auszahlen werden. Verlier dein Ziel nicht aus den Augen! Aber vergiss auch nicht, wer dir geholfen hat und wem du helfen willst!« Ich war zwar nicht Shoma, doch ich konnte wahre Leidenschaft in seinen Worten erkennen. »Auf dieses Ziel hinzuarbeiten, ist wahre Stärke. Nur wenn du es nicht aus den Augen verlierst, wirst du zu mehr Selbstvertrauen gelangen ... Aber ich will dir auch keinen Vortrag halten ... schließlich habe ich selbst noch einen weiten Weg vor mir.«

»Will der Kerl etwa noch stärker werden?«

Rinko lachte und schüttelte den Kopf.

Aber genau das ist es, was wir alle so sehr an ihm lieben.

»Ich habe an der Militärakademie gelernt, in der Kantine gearbeitet, Freundschaften gepflegt und meine Ziele im Auge behalten. Ich weiß, dass du auch Verbindungen und Beziehungen hast. Du darfst all das niemals vergessen!«

»Leidenschaft! Leidenschaft!!«

Klappe, Shoma! Aber ich stimme dir zu ...

Lloyd warf Chrom einen fragenden Blick zu. Der wusste auf Anhieb, was er ihm damit zu verstehen geben wollte, und nickte ihm zu. Lloyd entnahm einer Kiste ein kleines Messer und trat vor einen der Dummys.

»Wenn du dir dein Ziel vor Augen rufst und all deine Bemühungen hineinlegst, dann ... Sieh her!«

Mit unglaublicher Geschwindigkeit schnitt Lloyd durch den Dummy. Einen Moment später ... war er fort. Die Puppe zerfiel nämlich in unzählige Teile und rieselte lautlos zu Boden, wo nur ein kleiner Haufen Staub zurückblieb. Danach wandte sich Lloyd mit einem Lächeln wieder dem Jungen zu.

»Irgendwann wird dir das auch gelingen. Schließlich habe ich es auch hinbekommen.«

Es folgte eine lange Stille. Nach einer Weile erklang vermehrt Gemurmel, das schließlich in donnernden Applaus überging.

»Die Geschichten sind also wahr!«

»Ausbilder Lloyd ist unglaublich!«

»Er hat die Metallplatten pulverisiert!«

Er hatte nur einen Dolch benutzt und sein Hieb nicht sonderlich kraftvoll ausgesehen ... Dennoch hatte er den Dummy einfach so in Staub verwandelt. Die Menge war fassungslos.

»Schon gut. In der Prüfung geht es darum zu sehen, wie ihr euch bewegt. Es ist also nicht nötig, so weit zu gehen wie ich gerade eben ... Tut mir leid!«

Mit spielender Leichtigkeit trug Lloyd einen Ersatzdummy herbei. Eine lebende Legende bewies gerade vor aller Augen, woher er seinen Ruf hatte ... Der Gedanke, dass auch sie eines Tages so stark werden konnten, wenn sie nur hart genug arbeiteten, erfüllte die Anwärter mit Begeisterung. Kurz danach wurde die Prüfung fortgesetzt. Der schüchterne Junge stellte sich mutig dem Dummy und zeigte, was er konnte. Lloyd lächelte zufrieden, vermutlich erkannte er sich selbst in dem Jungen wieder. Es herrschte sichtlich bessere Stimmung.

»Mir gefällt, wie das Ganze hier abläuft. Lloyd ist wirklich beeindruckend.«

Es war meine Mission, Lloyds Großartigkeit in die Welt hinauszutragen, daher konnte ich mir ein Grinsen nicht verkneifen. Mein Kollege Shoma hatte alles mit der Kamera festgehalten.

»Azami allein ist nicht genug! Die ganze Welt soll von ihm erfahren!«

Doch noch während wir miteinander sprachen ...

»...?!«

... spürte ich, wie sich uns in ebendiesem Moment eine bösartige Präsenz näherte.

»Shoma!«

»Ich weiß, Asako ... Es überrascht mich nicht, dass sie gerade jetzt auftaucht.«

Auch Phyllos Blick richtete sich gen Himmel.

»Schlechte Neuigkeiten ... Ein neuer Feind? Nein, sieht nicht so aus ...«

Sie verbesserte sich schnell. Ich glaube, ihr wisst genau, um wen es sich bei dieser bösartigen Präsenz handelte. Auch die anderen schienen sich dessen bewusst zu sein – ein verbitterter Zug trat in ihre Gesichter. Wir wollten Lloyds Wunder mit der Welt teilen. Dieses Inkarnat des Bösen stellte den größten Störfaktor für unser Unterfangen dar. Sie war so sehr davon besessen, Lloyd für sich allein zu beanspruchen, dass sie jeglichen Anstand vermissen ließ. Ganz genau, es war ... Alka.

»Gaaah! Lloooooooyd! Ich hab dich so vermiiiiisst!«

Der weiße Teufel kam direkt auf uns zu! Alka war eine ständige Bedrohung für Lloyds Keuschheit!

»Uhh, ich wusste, dass die Pädo-Oma hier auftauchen würde!«

»Selen, du bist wirklich die Letzte, die ... Uff, nein, das ist jetzt nicht der richtige Augenblick für so was!«

»Ich werde den großen Tag meines Meisters retten ...«

Alka war außerstande, auf normale Weise irgendwo aufzutauchen ... Dafür musste man ihr fast schon Respekt zollen.

»Leidenschaft! Der weiße Teufel ist die moralische Verderbtheit in Person! Tut mir leid, aber ich werde verhindern, dass du Lloyds Debüt als Ausbilder versaust, und ich werde es dir heimzahlen, dass du deine Arbeit als Dorfvorsteherin auf mich abgewälzt hast!«

Shoma ließ seinen persönlichen Groll in die Sache einfließen. Es sollte sich allerdings ziemlich schwierig gestalten, Alka abzuwehren, solange er Lloyd filmte. Ich selbst hatte meine Dämonenkönigkräfte noch nicht unter Kontrolle, daher würden wir wohl gleich in ziemliche Schwierigkeiten geraten.

»Also gut! Es wird Zeit, sich den frisch gebackenen Ausbilder Lloyd zu schnappen!«

»Du kannst nicht einfach so hier aufkreuzen und dich wie ein Freak verhalten! Was gibt dir das Recht dazu?«, rief Marie panisch.

»Lloyd ist die Verkörperung meiner Motivation als Dämonenkönig!«, sagte Alka todernst. »Ich habe jedes Recht, ihn zu vergöttern!«

Ganz plötzlich offenbarte sie ihre Hintergrundgeschichte, doch niemand wollte ihr glauben. Auch wenn es stimmt, dass jeder jemanden lieben darf. Letztlich ist dies der einzig wahre Kampf, den es sich zu kämpfen lohnt. Man muss ihn nur gewinnen.

»Diese dämliche Pädo-Oma ... Selbst nach so langer Zeit behauptet sie immer noch solch einen Quatsch«, fluchte Marie.

»Ah ha ha! Weiter so, Alkalein!«, feuerte Rinko sie ausgelassen an. Sie war wirklich für jeden Spaß zu haben.

Ahnungslos, wie viel Zorn sie auf sich zog, war Alka nicht aufzuhalten – und unsere Kräfte reichten dafür auch nicht aus. Vor den Augen aller zukünftigen Kadetten würde sie jeden Moment ihre giftigen Fangzähne in den armen Lloyd rammen.

»Ich werde vor aller Augen Lloyds Lippen stehlen und ... Uhhh!«

Plötzlich krachte jemand mit voller Wucht gegen sie. Wer denn bloß?

»Du warst schon immer ein totaler Volltrottel!«

»Was?! P... Pyrid?!«

Ja, es war tatsächlich der alte Mann, der sich derzeit ja eigentlich noch im Dorf Konlon aufhalten sollte. Ein Schlag von jemandem, der genauso stark war wie sie, schleuderte Alka durch die Luft. Sie landete auf dem Dach des Schlosses und taumelte vor Schreck.

»W... Warum bist ...?«

Wie aus dem Nichts ploppte plötzlich Sou auf.

»Ich habe ihn mitgebracht.«

»Was?! Sou?!«

Das war also die Kleinigkeit gewesen, die er noch zu erledigen gehabt hatte.

»Wie von unserem Produzenten zu erwarten ... Er hat geahnt, dass Alka etwas planen würde.«

»Ach wo, nicht doch«, sagte Sou und schüttelte den Kopf. »Ich kenne sie schon sehr lange, da fällt es mir leicht, so was vorherzusehen.«

»Ich bin nicht vorhersehbar! Waaah!«

Erneut schleuderte sie ein Schlag Pyrids durch die Luft. Er grinste und zwinkerte Lloyd zu.

»Lloyd! Ich kümmere mich um dieses Dummerchen! Konzentrier du dich auf deine Aufgaben!«

»Ah ha ha, danke, Opa!«

Das war Lloyds Opa? Ein Raunen ging durch die Menge. Das war allerdings nur allzu verständlich, denn alle hatten gerade einen Luftkampf miterlebt.

»Verdammter Pyrid ...! Hnnng?!«

Dieses Mal hielten sie ein paar Baumwurzeln fest.

»Hör auf damit, Alka!«

Ausgerechnet Micona mischte sich ein.

»Verrätst du mich etwa, Micona?!«

Sie hielt Alka mit ihren Trent-Wurzeln fest und schüttelte den Kopf.

»Nein, gar nicht«, erwiderte sie. »Aber wenn ich dich hier festhalte, kann ich bei Marie fleißig Punkte sammeln ... Hä hä!«

Auch wenn sie damit wenig erfolgreich sein würde, war ihre Strategie gar nicht mal so übel. Uns kam sie jedenfalls zugute.

»Grrr, wären unsere Rollen vertauscht, würde ich vermutlich dasselbe tun.«

Die Denkweisen der beiden ähnelten sich wirklich. Während Micona die Wurzeln um Alka schnürte, rief sie Lloyd etwas zu.

»Lloyd Belladonna! Du bist ein Ausbilder, also mach deinen Job auch ordentlich!«

»Micona ... Ja, ich werde mein Bestes geben!«

»...«

Micona hob wortlos ihren Daumen. Wirklich niemand wollte, dass Lloyds erster Arbeitstag ein Albtraum wurde. Unterdessen tauchten weitere Menschen auf.

»Wir sind da, Phyllo!«

»Sardin! bei der! Aufnahmeprüfung der Militärakademie von Azami!«

»Mama, Papa ...«

Die königliche Familie von Rokujo und ...

»Wow, hier wird es wirklich niemals langweilig, oder?«, sagte Mena, die in ihrer Alltagskleidung aufgetaucht war.

Phyllo konnte ihre Überraschung nicht verbergen.

»Was, du auch, Schwester ...?!«

»Nah ha ha! Besser, du schaust noch mal genauer hin, Phyllo! Wir sind nicht allein! Nicht wahr, Choline?«

Tatsächlich war auch die Ausbilderin mitgekommen. Merthophan war so überrascht, dass er beinahe seinen Rettich fallen ließ.

»Hm? Was machst du denn hier, Choline?«

»Was, freust du dich etwa nicht, mich zu sehen? Leg den Rettich weg und umarme mich!«

Sou kicherte.

»Das ist Lloyds großer Tag. Ich dachte, je mehr wir sind, desto herzlicher wird es! Daher hab ich alle mitgebracht!«

»Du bist wirklich voller Leidenschaft, Sou!«, sagte Shoma begeistert.

Sou schloss die Augen und lächelte.

»Tja, das haben mir Alka und Pyrid beigebracht, nicht wahr?«

Nachdem Pyrid aus seinem Kälteschlaf erwacht war, hatte er diese Erinnerungen verloren, daher neigte er nur fragend den Kopf zur Seite.

»Hm? Ich habe so eine vage Erinnerung daran, aber ... Weißt du vielleicht mehr, Alka?«

Diese seufzte und lächelte leicht resigniert.

»Du kannst dich immer noch nicht erinnern? Na, vielleicht haben wir tatsächlich so was gesagt. Mein Runensohn hat sich schon immer schnell einsam gefühlt ...«

Während die beiden so redeten, tauchten noch weitere vertraute Gesichter auf, um Lloyds großen Tag zu feiern. Threonins Stimme erschallte besonders laut.

»Woooooow! Endlich halte ich mein Enkelkind in den Armen! Lloyds Debüt als Ausbilder mag zwar etwas Besonderes sein, aber das hier übertrifft es um Längen!«

»Vater, bitte stör nicht die Prüfung ... Oh, Lloyd! Herzlichen Glückwunsch zu deinem ersten Tag als Ausbilder!«

»Lloyd, immer schön elegant bleiben!«

Allan und Renge waren bei ihm.

»Ich hätte auch gerne ein Enkelkind, aber wenn ich das anspreche, überschreitet sie bestimmt wieder irgendwelche Grenzen ...«, murmelte Robin.

»I... Ich teile diese Sorge mit dir, Robin. Wobei ich glaube, dass Lloyd durchaus damit klarkommen würde«, sagte Minoki.

»Satan, wie sieht's aus? Ich weiß, dass Asako dir davon erzählt hat. Hast du dich schon entschieden?«

»Hey, Anzu, Rol hat zuerst gefragt!«

»Wie wäre es, wenn wir einfach alle zusammen essen gehen?«

»»Niemals!««

Der Wettstreit der beiden war längst in vollem Gange. Satan war zu einem waschechten Romance-Manga-Protagonisten geworden.

»Oh my god ...! Warum immer Seta ...? Warum kann nicht mal ich beliebt sein?«

»Hi hi hi, Surt ... Soll ich dich wieder in einen Menschen verwandeln? Ich habe schon lange keine verrückten Experimente mehr gemacht!«, packte Eug die Gelegenheit beim Schopf, wenn auch auf zutiefst Furcht einflößende Art und Weise.

»Ist das nicht toll? Alle sind hier. Das ist wirklich ein Riesenspaß, Lu! Lass uns den Rest unseres Lebens so genießen.«

»Ganz genau, Rinko. Bis dass der Tod uns scheidet!«

Rinko und der König sahen überglücklich aus.

»Also wirklich, wenn Lloyd in der Nähe ist, wird es niemals langweilig ... mit dir natürlich auch nicht, Selen.«

»Das sehe ich auch so. Aber ich werde Lloyd niemals jemand anderem überlassen.«

»Ha ha ha, red du nur!«

Riho und Selen waren mittlerweile gute Freundinnen, die miteinander lachten. Es herrschte das reinste Chaos ... aber jeder hatte Spaß. Selbst ich kam nicht umhin zu lachen.

»Mensch, dabei sollte der heutige Tag doch den Anwärtern gehören«, sagte Lloyd, dem ebenfalls ein Lächeln auf den Lippen lag. Marie hatte sich inzwischen wieder in ihre Hexenkleidung geworfen und stand dicht neben Lloyd.

»Das ist die Gelegenheit! Nutzen wir das Durcheinander und schleichen uns in den Laden! Koch mir was, Lloyd!«

»Ähm, bist du dir da sicher, Marie?«

»Ja, das ist für mich in etwa so, als würde mir meine Mutter Essen machen.«

Bei diesen Worten konnte Lloyd nun wirklich nicht mehr anders, als zu lächeln, er fühlte sich geschmeichelt.

»Okay, wenn die Arbeit hier getan ist, werde ich für uns alle kochen! Ich werde euch zeigen, wie sehr ich mich verbessert habe!«

»Bin dabei …«

»Einverstanden!«

»Lloyd kocht? Wie sehr ich das vermisst habe!«

Wir haben in der Vergangenheit viele Vergleiche in dieser Geschichte angestellt, doch dieses Ende braucht ganz bestimmt keinen. Jede der Geschichten wird weitergehen, doch ich hoffe, dass der chaotische und fröhliche Alltag unserer Helden für immer andauern wird … Denn das hier ist in der Tat ein unvergleichliches Happy End.

©Nao Watanuki

Nachwort

Als ich den letzten Band von *Ein Landei aus dem Dorf vor dem letzten Dungeon* beendet habe, war ich nicht mal ansatzweise so traurig, wie ich es mir vorgestellt hatte. Ich gehöre definitiv zu der Sorte Mensch, die nach Beendigung von Spielen, Romanen, Manga und so weiter von Einsamkeit und Rührung überwältigt wird, sodass ich eine ganze Weile nichts anderes mehr tun kann. Ich dachte, meine eigene Arbeit würde mich noch länger außer Gefecht setzen, aber stattdessen war ich einfach glücklich und zufrieden. Ich hatte das Gefühl, etwas erreicht zu haben.

In neueren Spielen gibt es selbst nach dem letzten Dungeon noch eine Menge zu erledigen. Manchmal habe ich sogar das Gefühl, dass man danach meistens noch mehr zu tun hat. Dasselbe Phänomen ist auch bei meinem eigenen Werk aufgetreten ... Zumindest sehe ich das derzeit so. Die Geschichte ist noch nicht vorbei, sie hat nur einen Haltepunkt erreicht. Wenn ich wollte, könnte ich jederzeit mehr über den Alltag von Lloyd und seinen Freunden schreiben. Auch wenn es vielleicht nicht veröffentlicht werden würde, könnte ich unbezahlt, als Hobby oder nur für mich, die Abenteuer von Lloyd und seinen Freunden wieder aufleben lassen. Wann immer ich es auch möchte, könnte ich meine eigene Post-Game-Story schreiben. Doch jetzt, nachdem ich diesen Haltepunkt erreicht habe, bin ich erst einmal dankbar dafür, dass ich mein Debütwerk bis hierher schreiben durfte.

Da dies der letzte Band ist, werde ich im Nachwort ernstere Töne anschlagen. Aber ohne weiter um den heißen Brei herumzureden, möchte ich jetzt zuerst meine Danksagungen aussprechen.

An meinen Redakteur Maizou: Vielen Dank, dass du mir von Anfang an zur Seite gestanden hast. Auch wenn ich noch ein unerfahrener Autor bin, hoffe ich, dass wir in Zukunft wieder miteinander arbeiten können.

An meinen Illustrator Nao Watanuki: Danke für deine wundervollen Illustrationen. Das Cover des letzten Bandes ist ein wahres Schmuckstück. Es wird in meinem Haus einen Ehrenplatz finden! Jede der Figuren wurde von dir mit Liebe gestaltet, was mir als Autor wahre Glücksgefühle beschert hat. Herzlichen Dank.

An den Mangaka Fusemachi: Du warst direkt dafür verantwortlich, dass ich so viele neue Leser hinzugewonnen habe. Ich war immer beeindruckt, wie süß, lustig und ernst (was auch immer dran war) du diese Reihe gezeichnet hast. Ich kann es kaum erwarten zu sehen, wie du den Manga zu einem Ende führen wirst!

An Souchu, den Zeichner des Spin-offs: Vielen Dank, dass du dich bereit erklärt hast, es zu zeichnen. Ich habe Rohskizzen geliefert und du hast sie zum Leben erweckt! Ich kann dir gar nicht genug sagen, wie dankbar ich bin.

Ein großes Dankeschön geht auch an alle anderen in der Redaktion, bei Square Enix und an alle, die an der Adaption als Anime beteiligt waren.

Da es sich hierbei um den letzten Band meiner Light Novel handelt, möchte ich euch ein paar Details zu Lloyd und seinen Freunden liefern. Seht es als kleines Geschenk an all die Leser, die mich auf dieser Reise begleitet haben.

Lloyd Belladonna

Als ich angefangen hatte zu schreiben, dachte ich, ein »netter Junge« als Hauptfigur wäre etwas Neues. Lloyd vereint all die guten Eigenschaften in sich, die ich selbst nicht besitze. Wie ihr vielleicht wisst, hat Gott in Dragon Ball all das Böse aus seinem Herzen verbannt und dadurch den Oberteufel Piccolo erschaffen. Bei Lloyd und mir ist es quasi genau das Gegenteil.

Sein Name geht auf »Belladonna total alkaloids« zurück, dem Bestandteil eines Nasensprays. Ursprünglich fand ich, dass der Name »Belladonna« nicht wirklich zu einer Figur passt, aber da es sich um eine Einsendung für einen Nachwuchspreis handelte, dachte ich mir: »Wird schon klappen.« Inzwischen sind fünf Jahre vergangen und ich finde, der Name Belladonna passt nun perfekt zu ihm. Anfangs sollte die Geschichte von Lloyd, Alka und Sou handeln ... aber na ja, manche Pläne sind eben zum Scheitern verurteilt. (Ha ha)

Alka (Ruka Akizuki)

Sie ist die Personifizierung des Bösen und eine Art Deus Ex Machina. In dieser Geschichte ist sie wie Leopardon aus der Toei-Version von Spider-Man. Ein Charakter, dessen Auftauchen alles regelt. Als ich damals den Nachwuchspreis gewann, schrieb ein Redakteur auf Twitter: »Die Pädo-Oma ist echt niedlich!« Daraufhin kam mir die Idee, auch in die Geschichte eine Pädo-Oma einzubauen – die Figur der Alka. »Sie wird ohnehin kein Happy End finden, daher kann ich mit ihr auch machen, was ich will«, dachte ich mir und so gab sie ihren Impulsen bis zum bitteren Ende nach.

Marie (Maria Azami)

Dieser Charakter basiert auf der Mitsuhiko-Asami-Reihe. Zunächst lehnen die örtlichen Polizisten Mitsuhikos Versuche ab, sich in ihre Fälle einzumischen, doch nachdem sie erfahren, dass er der Bruder des leitenden Kommissars ist, vollführen sie eine Kehrtwende. Ich wollte den Wandel einer Person zeigen, die zuerst kalt ist, aber schon bald demütig wird. Es entstand eine Kombination aus einem Mädchen, das unfähig im Haushalt ist, und einem Jungen, der sie bemuttert und ihr ein wenig beibringt zu leben. Ich ließ alle meine schlechten Eigenschaften in sie einfließen, sodass es sich sehr einfach gestaltete, sie an den verschiedensten Stellen auftauchen zu lassen.

Selen Hermion

Ihr Name leitet sich von Zink und anderen Nahrungsergänzungsmitteln ab. Sie ist eine »jener« Figuren ... Viele Leute meinten, dass sie Selen gern als verfluchte Gürtelprinzessin sehen würden. Ursprünglich war sie eine Informantin, die sich in alles verwandeln konnte, indem sie ihren ganzen Körper mit einem Gedächtnismetall umhüllte – damals schrieb ich noch an einer Science-Fiction-Geschichte. Als ich dann jedoch auf ein RPG-Thema umstieg, dachte ich: »Dann mache ich aus ihr eben eine Figur mit verfluchter Ausrüstung.« So entstand die verfluchte Gürtelprinzessin. Zunächst sollte sie die Handlung als Charakter, der in den Protagonisten verliebt ist, etwas aufmischen, aber im Laufe der Zeit eskalierte das immer mehr ... Ab Band vier hatte ich dann vollkommen die Kontrolle über sie verloren.

Riho Flavin

Ihr Name leitet sich von Vitamin B2 ab. Sie ist eine offensichtliche Schurkin, die nur darauf aus ist, den Protagonisten übers Ohr zu hauen ... Was wäre aber, wenn diese Schurkin als Erste die Fähigkeiten des Protagonisten durchschaut ...? Nur mit diesem Ziel vor Augen wurde sie erschaffen. Doch mit der Zeit, als ich ihren Charakter stetig weiterentwickelte, mochte ich sie immer mehr und nun bin ich wirklich stolz auf sie! Als Charakter, der Geld wirklich liebt, sollte sie zudem für komödiantische Einlagen sorgen. Sie ist großartig darin, sich über die anderen Charaktere lustig zu machen, aber auch unsagbar klug. Und sie half mir dabei, die Handlung voranzutreiben: Alles in allem hat sie mich sehr unterstützt.

Allan Toin Lidocain

Sein Name leitet sich unter anderem von Inhaltsstoffen zur Wundheilung der Schleimhäute ab. Er war der typische »Lückenfüller«-Charakter. In meiner Vorstellung tragen solche Protagonisten immer Äxte. In meiner Geschichte vergöttert er Lloyd zwar, doch es gab durchaus die Überlegung, ihn zu einer »Großer-Bruder-Figur« werden zu lassen, der immer ein wachendes Auge auf den unschuldigen, starken Jungen hat. Diese Rolle erhielt jedoch letztendlich Riho und er wandelte zunächst auf dem Pfad des Schurken ... Doch an Schlüsselstellen der Geschichte trifft er einige wichtige Entscheidungen, die ihm ein Happy End bescheren. Ein mittelmäßiger Charakter, der eine solide Entwicklung durchlaufen hat.

Merthophan Dextro

Sein Name stammt vom hustenstillenden Wirkstoff Dextromerthophan. Er sollte ein starker Verbündeter werden, der genau um die Stärken des Protagonisten weiß ... und genau deshalb stattete ich ihn von Anfang an mit jeder Menge Komik aus. Als er jedoch zu einem späteren Zeitpunkt wieder auftaucht, ist er nicht mehr nur »sehr lustig«, sondern ein »richtiger Clown« und trägt zum Wohl der Landwirtschaft eine Art Kleidung, die zu seinem Markenzeichen wird. Da er genau meinen Humor widerspiegelt, war es einfach, ihn hier und da einzubauen. Zwar hatte ich vorgeschlagen, eine Spin-off-Serie über Merthophans Leben und seine Landwirtschaft zu schreiben, aber Square Enix lehnte freundlich ab und fragte mich, ob ich das ernst meine.

Choline Sterase

Ich brauchte einen Gesprächspartner für Merthophan. Weiter hatte ich keine Pläne für sie. Also dachte ich, sie könne mir als Erklärungshelferin dienen. Um dem Leser klarer zu machen, dass sie gerade redete, stattete ich sie mit einem Dialekt aus ... Das war's eigentlich auch schon ... besorgt man sich allerdings eine weiße Leinwand, möchte man sie auch füllen. Ehe ich mich's versah, hatte sie sich in Merthophan verliebt und eine gemeinsame Vergangenheit mit Rol in Rokujo ... Als ich dann auch noch sah, wie süß Watanuki sie zeichnete, hatte ich das Bedürfnis, sie noch weiter auszubauen. Sie wurde zu einer Hauptfigur und bildete mit Mena ein Duo. Ich nenne das Watanuki-Magie!

Chrom Molybden

Wie der Name schon andeutet, ist er ein spießiger und grober Kerl. Ich habe ihn eigens erschaffen, um zu zeigen, dass der Junge, der sich um den Job in der Kantine bewirbt, eindeutig nicht normal ist. Da jeder, der erkennen kann, wie stark Lloyd wirklich ist, selbst stark sein muss, kam mir der Gedanke, ihn zum ehemaligen Anführer der königlichen Leibgarde zu machen. In der Rolle eines strengen Ausbilders, der ständig herumgeschubst wird, ging er mir sehr einfach von der Hand. Auch wenn es in der Geschichte bislang nicht der Fall war, hoffe ich, dass er eines Tages die Anerkennung erhält, die er verdient.

König Azami (Luke Thistle Azami)

Da es zuerst nur um einen Nachwuchspreis ging, hatte ich keine Pläne für eine Fortsetzung und daher auch keinen richtigen Namen für ihn. Azami bedeutet »Distel« und Luke kam von der japanischen Aussprache des englischen Wortes für Milch »Miruku«: Miruku Thistle. Da ich mir keinerlei Gedanken darüber gemacht hatte, was nach seiner Besessenheit durch Abaddon passieren würde, war seine gesamte Persönlichkeit bis dahin darauf ausgelegt, Chrom Kopfschmerzen zu bereiten (ha ha). Nachträglich wurde er allerdings zu einem Boss, der zwar motiviert war, den anderen aber meistens Schwierigkeiten bescherte.

Phyllo Quinon

Sie und Mena sind die Vitamin-K-Schwestern. Ursprünglich wollte ich sie als rüpelhafte Brüder darstellen, wobei Phyllo der starke, aber dumme Part sein sollte. Mein Redakteur meinte allerdings, dass sich das nicht verkaufen würde ... Eins führte zum anderen und so verwendete ich einen Charakter aus einem meiner früheren Werke wieder, das ich mal bei einem Wettbewerb eingesandt hatte. Eine Figur, die nur leise vor sich hin murmelt, ist für Witze aller Art gut zu gebrauchen. Das »...« nach jedem gesprochenen Satz machte es zudem einfacher, sie von den anderen Charakteren zu unterscheiden. Ich ließ sie mit Riho und Selen ein Team bilden, was ziemlich gut funktionierte. Sie ist zwar unscheinbar, aber doch talentiert und zählt zu meinen Favoriten.

Mena Quinon

Während Phyllo ein Naturtalent ist, muss Mena sich ihre alberne Seite erst aneignen. Sie nimmt andere auf die Schippe und wirkt schusselig, ist aber eigentlich total vernünftig und zeigt ihr wahres Gesicht, sobald sie überfordert ist. Das war jedenfalls am Anfang der Plan ... Sie erhielt im Nachhinein mehr und mehr Eigenschaften und war letztendlich Söldnerin, Schauspielerin und Prinzessin ... Ich bereue es etwas, dass mir die Dinge so aus der Hand geglitten sind. Tatsächlich mag ich sie so sehr, dass ich fast wünsche, ich hätte mehr romantische Szenen zwischen ihr und Lloyd ausgearbeitet.

Rol Calcife

Der klassische Fiesling. Ihr Name leitet sich vom Element Kalzium ab. Sicher habt ihr schon einmal gehört, dass Kalziummangel reizbar macht, oder? Rol ist ein Charakter, der grundsätzlich wovon auch immer gereizt ist. Da ich zwischen ihr und Choline eine Fehde einbaute, wollte ich ihr einen Kansai-Dialekt verpassen* ... Aber warum spricht ihre »Schwester« Riho dann normal? Nun, sie musste dann wohl aus einem Waisenhaus stammen, in dem Kinder aus allen Teilen der Welt aufgenommen wurden! Auf diese Art und Weise habe ich übrigens viele Details in dieser Serie festgelegt. Zuerst wurde Rol zu Bösem verleitet, später besserte sie sich. Danach hatte ich keine konkreten Pläne mehr für sie. Zwar gehörte sie nicht zu meinen Hauptfiguren, doch aufgrund ihres Egos, ihres Ehrgeizes und ihrer Besessenheit taucht sie im Verlauf der Geschichte immer wieder auf. Sie ist ein kleiner Dämon, der sich selbst gut vermarkten kann, einfach zu handhaben ist und dem Autor nie Schwierigkeiten bereitet hat ...

Kikyo
Eigentlich hatte ich vor, in Band drei Mena ihre Rolle einnehmen zu lassen, doch da mir in Band zwei ein wenig die Würze fehlte, musste ich sie um einen Band vorziehen, wodurch Kikyo entstand und eben dann in Band drei ihren Auftritt hatte. Sie ist zwar ein bisschen tollpatschig und trifft immer die richtigen Entscheidungen ... Ja, sie ist sozusagen eine Variation von Mena. Sie sollte eine Klassenkameradin von Choline und Rol sein. Genau wie sie ist sie Absolventin der Magieakademie in Rokujo und sie sind gut befreundet. Sie reisen zusammen und Kikyo schreit ihren Frust aufs Meer hinaus, während Choline sie tröstet. Kikyo beneidet diese allerdings darum, dass sie sich so gut mit Merthophan versteht. Als Rol hämisch über sie lacht, faucht sie sie an: »Such

* Anspielung auf die kleinen Sticheleien zwischen Osaka und Tokyo.

du dir erst mal Freunde, Rol ...« Solche Ideen schwirrten mir im Kopf herum, aber ich habe sie leider nie umgesetzt. Tut mir leid!

Coba Lamin

Ehemaliger Kommandant der königlichen Leibgarde, der jetzt ein Hotel führt. Daraus lässt sich schließen, dass er der erfolgreichste Charakter der Geschichte ist! Ich habe ihn nur für die Hotel-Szenen erfunden, doch ich wünschte, er hätte mehr Verwendung gefunden.

Threonin

War ursprünglich nicht als Allans Vater, sondern als Minister des Jio-Imperiums vorgesehen. Ich hatte mir überlegt, dass er Gefallen an Lloyd findet, obwohl er der Minister eines feindlichen Landes ist, woraufhin Lloyd nicht als Kadett agiert, sondern zu einer Art Vermittler zwischen den beiden Staaten wird. Mein Redakteur wies mich jedoch klugerweise rechtzeitig darauf hin, dass es reichlich merkwürdig wäre, wenn Allan später eine Verlobung eingehen würde, ohne dass seine Familie anwesend ist, weshalb ich Threonin kurzerhand zu Allans Vater machte. Seine Persönlichkeit habe ich beibehalten und sie harmonierte überraschend gut mit der von Allan. Im Nachhinein war es also eine weise Entscheidung (ha ha).

Robin Hermion

Der Name stammt von Hämoglobin. Er und Selen bilden eine eisenartige Familie. Ursprünglich sollte er ein namenloser Nebencharakter werden, letztlich spielte er jedoch eine größere

Rolle, um ein Gleichgewicht zu Allan zu bilden. Da ich Ideen für beide »Väter« hatte, beschloss ich, eine Geschichte über Väter zu schreiben, die gleichzeitig aber auch eine Geschichte über Selen sein sollte. Robin liebt seine Tochter, ist aufgrund ihres Alters allerdings unsicher, wie er mit ihr umgehen soll – ein bekanntes Klischee.

Während ich zu Allans Mutter keine konkreten Pläne hatte, war Selens Mutter in einem anderen Land als Widerstandskämpferin aktiv. »Du brauchst Stärke, um den Fluch des Gürtels zu brechen? Cool, dann muss ich eben zu einer Heldin werden, die ein ganzes Land rettet!« In Söldnerkreisen ist sie eine Legende. Als sie jedoch herausfindet, dass der Fluch ihrer Tochter gebrochen ist, verliert sie ihre Motivation, den Widerstand anzuführen. Daher plante ich eine Geschichte, in der Lloyd und seine Freunde dieses Land für sie retten – ich habe sie allerdings nie verwendet. Ihren Kampfgeist und ihre Energie hat Selen auf jeden Fall von ihrer Mutter geerbt.

Minoki

In der ursprünglich geplanten Geschichte hatte er keinen Namen, sondern war nur ein namenloser Sekretär. Da er für die Anime-Adaption aber einen brauchte, habe ich ihn nach einem Wirkstoff zur Förderung von Haarwuchs benannt. Nebenbei bemerkt gab es einen Grund dafür, warum ab Band drei so viele Charaktere mit Glatzen auftauchen. Das lag daran, dass ich selbst stressbedingten Haarausfall hatte und überlegt habe, ob ich Haarwuchsmittel vielleicht als Geschäftsausgabe absetzen könnte, wenn ich

Szenen einbaue, in denen Charaktere diese Mittel ausprobieren (wie bei Zanoff im Spin-off). Doch die Zeiten sind nun mal so, wie sie sind, und ich hätte gegen Regeln und Vorschriften verstoßen, weshalb ich die Idee schnell wieder verwarf und einfach eine Menge Glatzköpfe in der Geschichte auftauchten. Fusemachi ließ ihn im Manga wie einen ziemlich tollen Kerl erscheinen, weshalb ich beschloss, ihm noch eine Chance zu geben – und so durfte er in Band dreizehn glänzen. Er übertraf meine Erwartungen und entwickelte sich zu einem Charakter, der mich im positiven Sinne überrascht hat.

Micona Zol

Unbemerkt wurde sie zu einem Charakter, der regelmäßig auftaucht und seit seinem ersten Aufritt kaum mehr aus der Geschichte wegzudenken ist. Da sie die einzige Figur ist, die Lloyd nicht leiden kann, war es wirklich einfach, sie in die Geschichte einzubauen. In Kombination mit ihrer exzentrischen Seite kann sie dadurch in vielerlei Hinsicht glänzen. Auch wenn sie mal eine Niederlage einstecken muss, kommt sie immer wieder auf die Beine, außerdem hat niemand Mitleid mit ihr, was es ziemlich spaßig machte, an ihr zu schreiben.

Shoma

Lloyds größter Fan. Mein Redakteur meinte, es wäre ganz interessant, einen schurkischen Dorfbewohner aus Konlon zu haben, und er war das Ergebnis ... Es fiel mir jedoch schwer, einen Grund für seine Gesinnung zu finden. Letztendlich entschied ich mich für einen gut aussehenden Kerl, der Lloyd so sehr vergöttert, dass er genau das tut, was Lloyd eigentlich am wenigsten will. Er hat sich anders entwickelt als ursprünglich gedacht, was ich ein wenig bedauere, doch im Großen und Ganzen kann ich mit ihm leben.

Sou

Lloyds zweitgrößter Fan. Ein uralter Held, der versucht, Lloyd zum Helden zu machen, um sich selbst von seinem unaufhörlichen Leid zu befreien. Eigentlich sollte er der Endgegner dieser Serie werden. Am Ende wurde er jedoch zu einer Großvater-Figur, die Lloyd über alles liebt. Obwohl er als mysteriöse Figur eingeführt wurde, die herumstreift und wie eine urbane Legende fragt: »Wie seht ihr mich?«, endete er als jemand, der mit einer Kamera in der Hand seinem Idol nachjagt. Was ist hier bloß schiefgelaufen? Die Geschichte um Sou, Alka und Lloyd brach schnell zusammen. Zwar wurde ihm der Thron des Endbosses entzogen, doch ich finde, dass seine finale Rolle besser zu ihm passt.

Anzu Kyonin

Nach den großen Veränderungen in Band fünf dachte ich mir, dass es vielleicht ganz interessant sein könnte, wenn es ein weltpolitisches Treffen wie in *One Piece* geben würde, bei dem alle Großmächte der Welt zusammenkommen. Die Schwertkämpferin wurde eigentlich nur geboren, um die Reihen ein wenig aufzustocken. Ich mag diese orientalischen Schwerkämpferinnen vom Typ große Schwester, doch als ich sie in Band sieben eingeführt habe, mangelte es mir an Charakteren, die angemessen reagieren konnten, weshalb sie sich zu einer kleinen Katastrophe entwickelte. Ich hätte nie gedacht, dass sie am Ende sogar eine entscheidende Rolle am Höhepunkt der Story spielen würde (obwohl das eine spontane Entscheidung war). Das ist es, was beim Schreiben von Light Novels so großen Spaß macht!

Eve Profen (Präsidentin Eva)

Ehe ich mich's versah, wurde sie zur Endgegnerin. Sie begann als geheimnisvolle Figur in einem Kostüm, um die Novel mit Leben zu füllen, und ich hatte keine konkreten Pläne für sie. Doch als ich die Leerstellen dieses Charakters mehr und mehr vervollständigte, stellte ich fest, dass sie die perfekte Endgegnerin sein könnte. Dabei hatte ich bis zur zweiten Hälfte der Geschichte nicht einmal eine klare Vorstellung von ihrer Hintergrundgeschichte.

Ich verwarf die Idee, dass sie tierische Untergebene haben würde, und in meinem Kopf festigte sich die Vorstellung, dass sie ein Genussmensch ist, der sich mit Lug und Trug durchs Leben schlägt. Ich machte sie zu einer alten Frau, die am Rande des Todes steht. Sie blickt reuevoll auf ihr Leben zurück und strampelt sich dennoch verzweifelt ab, um weiterzuleben. In dieser höchst panischen Phase erlangt sie Unsterblichkeit, was sie noch weiter korrumpiert. Sie weiß, dass ihr Freundschaften fehlen, doch sie hat bereits ihr ganzes Leben damit verbracht, jeden Menschen auszunutzen, weshalb sie nicht damit aufhören kann. Ihre eigenen Konflikte treiben sie bis zum Äußersten ... Unsere Hauptschurkin ist eine ziemlich tragische Gestalt.

König Sardin

Schleimt sich bei jedem ein, ist undurchschaubar, verhält sich wie ein Idiot und ist unheimlich mächtig. Leider spielte er ein wenig zu oft den Deppen-Dandy und ist dadurch zu achtzig Prozent der Zeit einfach nur ein Dummkopf.

Ubi Quinon

Eine Assassinen-Mutter, die vorwiegend dazu dient, Sardin während seiner humorvollen Einlagen in die Parade zu fahren. Während er in mancher Hinsicht Mena ähnelt, habe ich darauf geachtet, dass Phyllo mehr nach ihrer Mutter kommt. Das ist auch der Grund, warum sie beide ein Alkoholproblem haben. Persönlich gefällt mir ihr Charakterdesign am besten.

Tiger ☆ Nexam

Sein Name geht auf Tranexamsäure zurück. Er ist einer der Faustkämpfer aus Ascorbin ... also ein Muskelprotz, wie er im Buche steht! Mehr habe ich mir bei der Erstellung dieses Charakters ehrlich gesagt zuerst nicht gedacht. In ihn habe ich mit Abstand am wenigsten Arbeit investiert ... Er war einfach immer da, wenn ich ihn gebraucht habe, ohne dass ich viel nachdenken musste. Obendrein hat er mir erneut bewusst gemacht, dass ich eine Vorliebe für blöde Witze habe. Technisch gesehen hat sein »Mu ha ha« es enorm leicht gemacht, ihn von den anderen zu unterscheiden ... Tief in meinem Herzen gehört er zu den Hauptcharakteren der Story!

Renge Audoc

Ihr Name ist ein Anagramm von Ouren Gedokuto, einer chinesischen Kräutermedizin, die gegen Hitzewallungen hilft. Das ist auch der Grund dafür, dass sie so oft knallrot wird! Unfähig, es mit Anzu aufzunehmen, beschämt über ihre ländliche Herkunft und gezwungen, sich elegant zu verhalten ... Dieses Kernkonzept eskalierte dann etwas: Sie will sich an Anzu rächen und verbündet sich mit dem Helden der Stadt, Allan. Das geht jedoch zu weit und sie heiraten sogar ... Sie und Allan erleben wohl das glücklichste Happy End.

Satan (Seta)

Die Figur, mit der ich mich am meisten identifizieren kann – mein liebster, feiger Dämonenkönig. Er fungiert in der Geschichte als zentraler Charakter und ab dem achten Band, nach seinem Erwachen, habe ich ihn bewusst in Rückblenden eingefügt. Gut in der Schule, schlecht im Job, den Kopf voller Träume ... und seine Willensschwäche macht ihn zum schwächsten aller Dämonenkönige.

Tatsächlich hatte ich sogar mal geplant, dass er hinter den Kulissen mit Shoma zusammenarbeitet. Da Shoma der Typ Held war, der sich seiner eigenen Stärke bewusst ist, habe ich bei Satan ein Light-Novel-Klischee eingesetzt: schlecht im Job, aber in der anderen Welt ein Dämonenkönig. Ein nutzloser Mitarbeiter, der keine Resultate erzielt und sich von seinen Kollegen mitschleifen lässt. Doch in einer anderen Umgebung zeigen sich seine wahren Talente ... Er lebt sozusagen den Traum jedes Isekai-Helden! Dann verliebt sich auch noch unsere Heldin Lloyd (ha ha) in ihn und er übernimmt somit eine Mentorenrolle. Eigentlich sollte er sterben, um Lloyds Erwachen zu ermöglichen, doch da ich mich so sehr mit ihm identifizierte, brachte ich es nicht übers Herz, ihn sterben zu lassen. Aus diesem Grund habe ich die Regel eingeführt, dass Dämonenkönige nach einer bestimmten Zeit wiederauferstehen, damit er nach einiger Zeit wieder auftauchen kann, um zu sagen: »Du bist echt stark geworden, Lloyd!«

Pamela

Für die Publikumsszene in Band vier hat Watanuki einen Haufen Statisten gezeichnet und die waren so niedlich, dass ich das Brillenmädchen hier und da einen Satz habe sagen lassen. Auf einmal hatte sie einen Namen. Während sie Lloyd zurechtmacht, rückt sie immer wieder ihre Brille zurecht. Sie dient als meine Vertretung in dieser Welt, ist der Charakter, der am meisten Selbstvertrauen in seine eigenen Fähigkeiten hat und es in puncto Leidenschaft sogar mit Sou und Shoma aufnehmen kann. Möglicherweise ist sie meine furchterregendste Schöpfung.

Vritra (Jin Ishikura)

Anfangs war es nur der Name für den verfluchten Gürtel, doch er entpuppte sich für den weiteren Verlauf der Geschichte als essenziell. Ich mag seine menschliche Gestalt sehr. In seinem früheren Leben war er ein harter Arbeiter, der Chrom in nichts nachstand. »Sich später schriftlich zu entschuldigen« – darauf bauten übrigens alle meine Ideen für die alte Welt sowie seine Beziehung zu Alka, Satan, Eug und den anderen Figuren auf.

Asako Ishikura

Erst in der zweiten Hälfte der Geschichte beschloss ich, dass Eve sich in Ishikuras Tochter befand. Wie bereits auch bei ihrem Vater stammt ihr Name von den Kanjis der chinesischen Medizin Ma Ze Ren Wan ab. Natürlich alles nachträglich hinzugefügt (ha ha). Ursprünglich hatte ich die Idee, dass Riho die Geschichte erzählt, nämlich den Kindern im Waisenhaus. Doch am Ende kam mir der Gedanke, diesen Part Asako zu überlassen. Und ich bin der Meinung, dass das ganz gut funktioniert. Sie symbolisiert perfekt den spontanen Charakter, den diese Light Novel ausmacht.

Ich wollte auch noch einiges über andere Charaktere schreiben, aber ... es tut mir leid, denn ich möchte ab hier ein paar persönliche Worte einbringen.

Sie gehen an meinen Vater, der krank geworden ist, während ich an diesem Nachwort geschrieben habe. Es hat mich wirklich geschockt zu erfahren, dass du dich plötzlich kaum noch bewegen kannst. Ich wusste, dass dieser Moment irgendwann käme, aber nicht dass es so schnell passieren würde. Es tut mir leid, dass ich dir meine Worte auf diesem Wege übermitteln muss, aber ich könnte den Anblick nicht ertragen, wie du Schmerzen erleidest und zu Hause bleiben musst. Ich kann mir keinen besseren Vater als dich vorstellen. Du liebst Pferderennen und Alkohol und machst hin und wieder Witze darüber, was für ein nachlässiger Vater du warst, doch als ich nicht mehr weiterwusste, warst du derjenige, der mich ermutigt hat, das zu tun, was ich will, solange ich nur gesund bleibe. Damit hast du mir die Kraft gegeben, die ich so dringend brauchte.

Diese Worte und die Tatsache, dass du mein Vater warst, haben mir geholfen, weitezumachen, um der Autor zu werden, der ich heute bin. Selbst als meine Bücher veröffentlicht wurden, hast du nicht damit aufgehört. Du warst nie gut darin, anderen Komplimente zu machen, aber du hast mir auf so vielen Wegen zu verstehen gegeben, wie beeindruckt du warst, und diese Momente werde ich für immer wie einen Schatz in meinem Herzen tragen.

Du sagtest zwar nur: »Ich zähle auf dich«, doch du meintest so viel damit! Ich werde alles geben, damit ich deinem Vertrauen gerecht werden kann. Ich bin mit Sicherheit nicht der perfekte Sohn, aber ich werde tun, was immer ich kann. Vielen Dank! Bitte ruh dich aus!

Tut mir leid, dass ich in diesem Nachwort auf etwas so Persönliches zu sprechen komme. Dass ich heute hier bin, verdanke ich meinen Lesern, allen an der Publikation beteiligten Personen und meiner Familie.

Wenn ich mir diese Reihe so anschaue, fällt mir auf, dass ich viele Szenen über Mütter und Väter geschrieben habe, die alles für ihre Familien geben, obwohl ich das überhaupt nicht geplant hatte. Ich denke, dass ich unbewusst über die Menschen schreiben wollte, die stets für ihre Familien da sind.

Meine Geschichte handelte von einem ahnungslosen Jungen, doch ich selbst war blind, was meine eigenen Ziele anging. Jetzt, da ich es besser weiß, möchte ich mich sowohl bei meinen Eltern als auch bei meinen Freunden, die alle immer für mich da waren, revanchieren.

Und was euch betrifft, meine lieben Leserinnen und Leser: Ich werde mich noch mehr anstrengen, um euch mit Geschichten zu unterhalten. Ich hoffe, ihr werdet mich eines Tages wieder auf einer Reise begleiten.

Vielen Dank!

Euer Toshio Satou

Toshio Satou

Man soll Nudeln sowohl mit Salz als auch mit Zucker kochen, um eine ähnliche Konsistenz wie im Restaurant zu erhalten. Ich bin übrigens Toshio Satou, der Mann, der selbst im letzten Band der Reihe eine unbedeutende Kleinigkeit in seinen Profiltext schreibt.

Nao Watanuki

Ich fertige Illustrationen für Light Novels und Charakterdesigns für Spiele an. Ich hoffe, es ist mir gelungen, die lebhaften Szenen in diesem Werk gebührend darzustellen.

Meine Wiedergeburt als Schleim in einer anderen Welt

Fuse | Taiki Kawakami | Mitz Vah

Satoru Mikami wurde ermordet. Aber statt im Jenseits zu landen, wird er in einer anderen Welt als Schleim wiedergeboren. Verwirrt, aber mit mächtigen Skills ausgerüstet, begibt er sich auf ein wabbliges Abenteuer durch eine Welt voller Goblins, Drachen und Zwerge!

Meine Wiedergeburt als Schleim in einer anderen Welt Light Novel

Fuse | Mitz Vah

Als Satoru Mikami im Alter von 37 Jahren von einem Attentäter getötet wird, fällt der Vorhang für sein belangloses Leben – zumindest dachte er das! Plötzlich findet er sich in einer anderen Welt wieder und merkt, dass er als Schleim wiedergeboren wurde?!

Fullmetal Alchemist – Ultra

Hiromu Arakawa

Die Brüder Edward und Alphonse Elric wollen mithilfe von Alchemie ihre verstorbene Mutter wieder zum Leben erwecken. Doch das Experiment missglückt und Edward verliert sein linkes Bein und seinen Bruder. Um ihn zurückzuholen, opfert Edward seinen rechten Arm und bindet Alphonse' Seele an eine Rüstung. Damit beginnt die Reise, um sich alles zurückzuerobern, was ihnen genommen wurde.

Fullmetal Alchemist – Light Novel

Original Story: Hiromu Arakawa | Story: Makoto Inoue

Ihre Suche nach dem Stein der Weisen führt Edward und Alphonse in die ehemals prächtige, doch nun verödete Goldgräberstadt Xenotime. Dort erfahren sie von zwei jungen Alchemisten, die an der Herstellung des Steins forschen. Entsetzt stellen die Brüder fest, dass es sich dabei um Hochstapler handelt, die ihre Identitäten gestohlen haben. Doch wer sind die Betrüger?

Artwork: DUBU (REDICE STUDIO)
Story: Chugong

Solo Leveling
Chugong | DUBU (REDICE STUDIO)

Seitdem Portale die reale Welt mit Dungeons voll von Monstern verbinden, sind Menschen mit speziellen Fähigkeiten erwacht, die Jagd auf diese Monster machen und so ihr Geld verdienen. Kann sich Jin-Woo Sung, der von seinen Kollegen nur »der Schwächste« genannt wird, an die Spitze kämpfen?

Solo Leveling — Roman (Taschenbuch)

Chugong | Peperon

Als Portale begannen, die Welt mit Dungeons voller Monster zu verbinden, sind Menschen mit speziellen Fähigkeiten erwacht. Sie sind als Hunter bekannt und ihre Aufgabe ist es, die Dungeons unschädlich zu machen. Jin-Woo Sung ist einer von ihnen, wird aber immer nur als Schwächling bezeichnet. Kann er sich an die Spitze kämpfen?

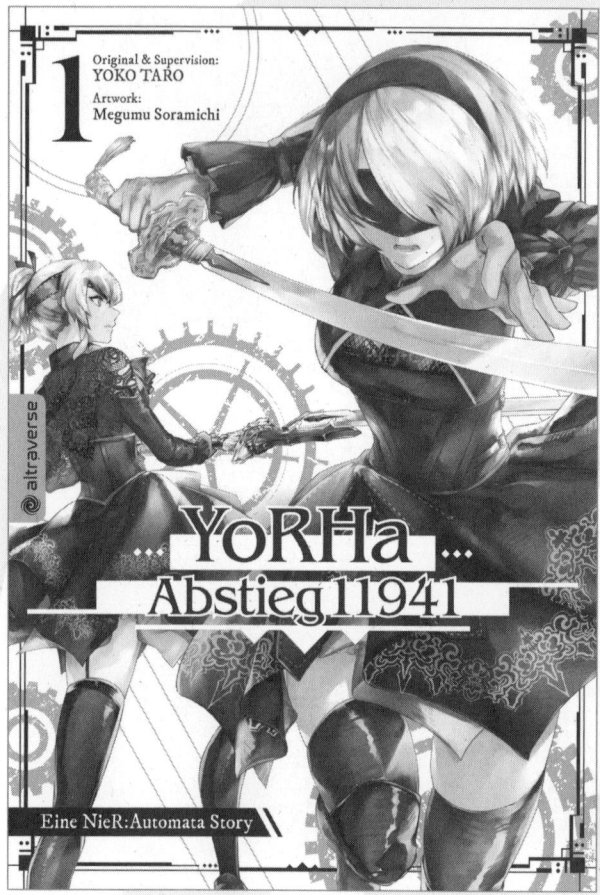

YoRHa Abstieg 11941 – Eine NieR:Automata Story

Yoko Taro | Megumu Soramichi

Es ist das Jahr 11941 – ein Überfall fremder Wesen und ihrer mechanischen Armee hat die Menschheit dazu gezwungen, auf dem Mond Zuflucht zu suchen. Um sich den feindlichen Horden entgegenzustellen, wird eine Schwadron aus Android-Soldatinnen entsandt.

Story: Jun Eishima
Original Story: Yoko Taro

altraverse

NieR:Automata
Lange Geschichten

NieR:Automata – Lange Geschichten

Jun Eishima | Yoko Taro

Es ist das Jahr 11945 – die Menschheit hat sich auf den Mond zurückge-
zogen und muss sich auf der Erde im Kampf gegen eine von außerirdi-
schen Mächten gesandte Armee von Maschinenwesen auf ihre eigenen
YoRHa-Androiden verlassen. Zwei dieser Androiden sind 2B und 9S, die
inmitten dieses Krieges hinter Geheimnisse kommen, die auch sie selbst
und ihre Verbindung zueinander betreffen.

Ich habe 300 Jahre lang Schleim getötet und aus Versehen das höchste Level erreicht

Kisetsu Morita | Yusuke Shiba | Benio

Die Büroangestellte Azusa Aizawa arbeitet sich schon in jungen Jahren im wahrsten Sinne des Wortes zu Tode. Doch dann wird sie als siebzehnjährige Hexe in einer fremdartigen Welt wiedergeboren. Dort will sie es langsam angehen lassen, wird Selbstversorgerin und tötet nur ab und an mal einen Schleim …

Fantasy 13 +

Ich habe 300 Jahre lang Schleim getötet und aus Versehen das höchste Level erreicht Light Novel

Kisetsu Morita | Benio

Die junge Azusa Aizawa arbeitet sich im wahrsten Sinne des Wortes zu Tode. Doch dann wird sie als siebzehnjährige Hexe in einer anderen Welt wiedergeboren. Dort will sie es langsam angehen lassen, wird Selbstversorgerin und tötet nur ab und an mal einen Schleim ...

Story: **Mato Sato**
Artwork: **Ryo Mitsuya**
Character Design: **nilitsu**

Virgin Road – Die Henkerin und ihre Art zu leben

Mato Sato | Ryo Mitsuya | nilitsu

Die junge Menou ist Henkerin, eine Auftragsmörderin im Dienst der Kirche. Als solche ist es ihre Aufgabe, sogenannte Verlorene – Menschen, die beim Übertritt in ihre Welt übermenschliche Kräfte erhalten – zu töten, bevor sie Chaos und Verderben säen können. Allerdings scheint Menous neues Ziel, die süße Akari, unsterblich zu sein ...

Virgin Road – Die Henkerin und ihre Art zu leben
Light Novel

Mato Sato | nilitsu

Mit ihren gewaltigen Kräften bringen die Verlorenen Chaos und Zerstörung über die Welt. Menous Aufgabe als Henkerin ist es, sie hinzurichten, bevor sie sich ihrer Macht bewusst werden. Ihr neustes Ziel, die unschuldige Akari, stellt Menou jedoch vor eine besondere Herausforderung, denn das Mädchen scheint unsterblich zu sein ...

altraverse

Deutsche Ausgabe / German Edition
Altraverse GmbH – Hamburg 2024
Aus dem Japanischen von Benjamin Leimser

TATOEBA LAST DUNGEON MAENO MURANO SHOUNEN GA
JYOBAN NO MACHI DE KURASUYOUNA MONOGATARI vol. 15
© 2022 Toshio Satou
Illustrations © 2022 Nao Watanuki
All rights reserved.
Original Japanese edition published in 2022 by SB Creative Corp.

This German edition is published by arrangement with SB Creative Corp.,
Tokyo in care of Tuttle-Mori Agency, Inc. Tokyo.

Redaktion: Karen Eifler
Satz + Herstellung: Marilis Pästel

Druck: Nørhaven A/S, Viborg
Printed in Denmark

MIX
Papier | Fördert
gute Waldnutzung
FSC® C104608

ISBN 978-3-7539-2932-3
1. Auflage 2024

www.altraverse.de